闘え！ミス・パーフェクト

横関大

幻冬舎文庫

目次

次の問いに答えよ。

第一問：限界集落である某村を活性化させなさい。　7

第二問：某市の給食センターの異物混入問題を解決し、ついでに客離れに悩む某キャバクラの売り上げを回復させなさい。　87

第三問：ハラスメントだらけの某女子バレーボールチームを改革しなさい。　183

第四問：厚労省の元キャリア官僚によるインサイダー取引疑惑の真相を解明し、地に墜ちた厚労省の評判を回復させなさい。　305

全問正解なるか?!

闘え！ ミス・パーフェクト

第一問：

限界集落である某村を
活性化させなさい。

審議が長引いている。ここは国会議事堂三階にある委員会室だ。現在、臨時国会の最中であり、通常国会で成立させられなかった各法案の審議がおこなわれている。川尻賢太はセイコーの腕時計に目を落とした。そろそろ午後二時になろうとしている。

「……大臣、去年の反省を全然活かしきれていないじゃないですか。また毒性の強い変異株が猛威をふるうかもしれないんですよ」

川尻は法務省大臣官房秘書課に所属する職員だ。大臣の秘書的な業務をこなしつつ、各部局の総合調整などに奔走する、いわゆるキャリア官僚だ。

今は新型コロナウイルス感染症収束後の企業への助成金を巡る法案の審議がなされている。所管は経済産業省だが、関係する各大臣も審議に出席しており、川尻も法務大臣から少し離れた壁際の席に座っている。今のところ法務大臣の発言の機会はない。

「……企業に助成金を支給する前に、まずは自国でワクチンや特効薬を開発するのが先決だと思います。大臣、国内におけるワクチンや特効薬の開発状況はどうなっていますか？」

今、発言しているのは野党の若手政治家だ。話を振られた厚労大臣が立ち上がり、マイクの前に進む。

「国内の各製薬会社とも連携を密にして、鋭意取り組んでいるところでございます」

そのまま引き下がった厚労大臣に対し、若手政治家の容赦ない声が飛ぶ。

「全然回答になっていないですよ。開発状況がどうなっているのか、私はそれを質問したんです。鋭意取り組んでいる。そんな杓子定規な答えなら小学生だってできますよ」

野党の席から笑いが起きる。厚労大臣は側近らしき男と何やら言葉を交わしている。やがて厚労大臣は再びマイクの前に立った。

「ワクチン等の開発状況につきましては、企業秘密に関するデリケートな問題でもあり、公表については難しいところがあるとご理解いただきたいと存じます」

「大臣、だから答えになっていませんって。まずはワクチンや特効薬を国内で開発・製造して、それから景気回復の策を講じる。それが筋だと私は申し上げたいだけなんですよ」

席に戻った厚労大臣は側近の男と顔を寄せ合って話している。足立(あだち)厚労大臣は御年七十歳。栗林(くりばやし)内閣を支える主流派閥に属する政治家だ。押しは弱いが、調整力に長(た)けた政治家として知られていた。ただしその調整力も最近では衰えが見られていて、国会や各委員会でも野党に押し込められることが多い。

もしあいつがいたら。川尻はそう思わずにはいられない。一年ほど前、厚労省を去ってしまった女性キャリア官僚だ。彼女とは東大の麻雀サークルで一緒だった。雀卓を囲んだことも数知れず、何度彼女に煮え湯を飲まされたことか。一番負けた者がラーメンを奢るのがサークルの習わしになっていて、彼女にラーメンを奢ったのは一度や二度ではない。

真波莉子。それが彼女の名前だ。何でも屋、というのが彼女のあだ名だった。どんな仕事でもいとも簡単にこなしてしまうという意味でもあるし、あらゆる仕事に顔を出すというフットワークの軽さを表す意味もあった。将来を嘱望される事務系の官僚であった彼女だったが、去年突然厚労省を去った。実は彼女、現内閣総理大臣である栗林智樹の隠し子であることが発覚したのだ。

たかだか一人の若手官僚が去っただけではないか。そういう意見が大半を占めるが、川尻はそうではないと思っていた。組織というのは、結局は人で成り立っている。優秀な人材というのは大きな財産であり、真波莉子という人材は余人をもって代え難い。それだけの価値がある人物を失ったというのは、厚労省にとっても大きな損失になるはずだ。彼女が総理の娘であり、今後も父を背後で支えるであろうという希望的憶測が、せめてもの救いだった。

「大臣、いつまで待たせる気ですか。もう予定の時間をだいぶオーバーしているんですから。それともあれですか。一服しないと頭が回りませんか？」

厚労大臣がヘビースモーカーであるのはよく知られていて、それを揶揄する発言だった。野党の席から失笑が洩れる中、川尻は胸ポケットに振動を感じた。スマートフォンに着信が入っていた。この分だとしばらく法務大臣に発言の機会は回ってこなさそうだ。そう判断して川尻は立ち上がった。

「ちょっと失礼します」

周囲に声をかけながらスマートフォンを出した。未登録の番号が画面には表示されている。それを見て川尻は訝しく思った。実家である長野県の市外局番だったからだ。

委員会室を出た。スマートフォンを耳に当てる。男の声が聞こえてきた。

「賢ちゃんだよな。川尻さんところの賢ちゃんだろ」

いかにも自分は川尻賢太だ。ただし自分のことを賢ちゃんと呼ぶのは家族や親戚以外では数えるほどだ。男の声に聞き憶えがあるような気がしたが、誰なのかは思い当たらなかった。

「すみません。どちら様でしょうか？　あ、私は川尻賢太で間違いありませんが」

「俺だよ、俺。鹿のおじちゃんだ」

鹿のおじちゃん。その呼び名を聞くのは久し振りだ。実家の近所に住む独り身の猟師であり、川尻が子供の頃にはよく鹿肉を届けてくれた。だから川尻はその猟師のことを「鹿のおじちゃん」と呼んでいたのだ。

「今しがた、お父さんが救急車で運ばれたぞ。どうやら心臓発作で倒れたらしい。近所の人が庭で倒れてるところを見つけたんだ」

親父が……心臓発作で倒れた？

川尻は鼓動が速まるのを感じた。しっかりしろ、と自分に言い聞かせつつ、詳しい事情を訊き出すためにスマートフォンを耳に押し当てた。

○

「やだよ、キャンプ行きたかったよ。せっかく準備したのに台無しじゃん」

「仕方ないだろ。台風来てるんだから」

城島真司（じょうじましんじ）は娘の愛梨（あいり）に対してそう言った。居間のテレビの前だ。さきほど愛梨が所属するミニバスケットボールチームのグループＬＩＮＥに、週末のキャンプ中止の連絡が入ったのだ。太平洋上に台風が発生して、おそらく週末には日本列島に接近するとのことだった。上陸するかどうかは微妙なところだが、安全上の観点からキャンプは中止にするとの連絡だ。

「だって晴れてるじゃん。台風なんて来ないよ、きっと」

「もし何かあったらどうするんだ？　そうだ、なんなら庭にテントを張ってもいいぞ」

「庭じゃ駄目だよ。臨場感がないよ、全然」
娘の愛梨は小学四年生になる。臨場感なんて生意気な言葉をどこで覚えてくるのだろうか。ミニバスのチームでは夏のキャンプを恒例行事としていて、愛梨は千葉の房総半島にキャンプに行くのを楽しみにしていた。台風の進路によっては房総半島も台風の暴風域に入ることが予想されるため、保護者たちの声もあって、やむなく中止という決断がなされたのだ。

ここ神奈川県北相模（きたさがみ）市に移住し、早七ヵ月が経過した。今は夏休みで、毎日愛梨は小学校のプールに通っている。城島は〈ジャパン警備保障〉という警備会社に勤務する元警視庁のＳＰだが、去年ある人物の運転手をすることになった。その人物こそ現職の総理大臣の隠し子であり、厚労省の女性キャリア官僚、真波莉子だった。しかし自身が総理の隠し子であることがマスコミに露見し、彼女はすぐに厚労省を去った。以来、その能力と人脈を駆使し、さまざまな仕事をこなしていった。

今は地元の北相模市立病院の経営再建に力を入れている。赤字経営が続く市立病院も、ここ最近はかつての活気をとり戻しつつあり、莉子が敷いたレールの上を順調に走り始めていた。莉子が生まれ故郷である北相模市に戻ったのは、彼女の母親である真波薫子（かおるこ）が交通事故に遭って長期入院を強いられることになったせいだ。その薫子も今は退院して、勤務先である水道会社に毎日出勤している。城島父娘は真波家に居候するという、奇妙な同居生活を送っているのだ。

「だってほら、台風はあっちに向かってるじゃん」

愛梨はテレビの画面を指でさした。ＮＨＫのニュースが台風の最新の予想進路を伝えていた。上陸する確率はなくなったらしく、房総半島沖を北上するコースを辿るようだ。都内やここ北相模市では風が多少強まる程度で、さほど警戒しなくてもいいらしい。

「暴風域ってのがあるんだよ。海は大荒れで、海水浴なんてできっこない。今回は諦めろ」

不満げな顔つきで愛梨はテレビの天気図を眺めている。今日、莉子は都内でいくつかの会議に出席するらしく、朝一番で城島が車で送った。夜の七時に迎えにきてくれと言われているので、そろそろ出発してもいい時間だ。莉子を迎えにいく前に本社にも顔を出したい。

「愛梨、俺は真波さんを迎えにいってくる。帰りは遅くなると思う。よろしく頼むぞ」

「はーい」

愛梨は気のない返事をする。去年まで愛梨は都内の小学校に通っていたが、クラス内で孤立する傾向があり、城島も思い悩んでいた。ちょうどそんなときだ。莉子が母の看病のために北相模市に帰省すると言い出し、一緒に来ないかと誘われたのだ。今では愛梨もすっかり北相模市の生活に馴染んでしまっている。

「じゃあ行ってくるぞ」

「行ってらっしゃーい」

城島は車のキーを持って外に出た。家の前には畑があり、そこには季節の農作物が育っている。城島は愛車である白いプリウスに乗り込んだ。愛車といっても会社名義の車であり、莉子の送迎のために用意された車だ。城島は車を発進させた。

今年の春先から、城島は莉子のことを異性として意識していた。彼女からも思わせぶりなことを言われたことがあり、それを契機に彼女のことを想うようになった。と言っても相手はひと回り以上年下の元キャリア官僚であり、しかも総理大臣の隠し子だ。自分なんかとは到底釣り合わない存在であるのは百も承知で、最近ではこちらからモーションをかけるような真似は控えている。彼女の方も城島の気持ちを知ってか知らずか、そういう話題を出してくるようなことはない。

彼女が北相模市に住んでいるのは母の看病という名目上のことだけであり、市立病院の再建計画に一定の目途がつけば、都内に戻るものと思われた。今の生活は仮のものに過ぎない。そうとわかっていても、いつか終わってしまうことを考えると少し淋しい。

赤信号で停止した。助手席に置いたスマートフォンのランプが点滅しているのが見えた。莉子からのＬＩＮＥのメッセージを受信しており、赤坂(あかさか)に迎えに来てほしいという内容だった。「了解です」と短い返信メッセージを送り、城島は運転に意識を集中させた。

○

「いやあ真波さん、さすがですね。思い切りの良さは見習いたいくらいですよ」

真波莉子は日比谷にあるイベントホールにいた。今日は午前中からいくつかの会議に参加し、その最後の一つが終わったところだ。最後に参加したのは全国知事会と経団連が共同で開催した、官民共同施策推進委員会なる会議で、そこで莉子は自らが手がけた仕事の一部を発表したのだ。反響はやはり大きく、会議が終わったあとも見ず知らずの関係者たちに囲まれてしまった。

「本当ですな。発想自体も凄いが、それを実現させてしまう事務遂行能力が素晴らしい」

莉子はそう発言した年配の男の名札をチラリと見た。総務省の人間らしい。視察に訪れた自治行政局あたりの人間だろうか。莉子は答えた。

「私はあくまでも事務方です。専門的な分野は専門家にお任せし、私は実現に向けての手段と方法を考え、それを実行する。それだけです」

「いやいや、感服です。やはりお父様のご威光は大きいでしょうな。怖いもの知らずとはこのことだ」

総理大臣の隠し子であることを笠に着ているのではないか。そういう風に自分が見られていることを莉子は知っている。しかし自分の素性が世間にバレてしまったのは去年のことであり、それ以前はすべて自分の力だけで戦ってきたという意地とプライドが莉子にはある。総務省の男を見て、莉子はきっぱりと言った。

「父は父、私は私ですから。時間がないので失礼します」

莉子はその場をあとにした。イベントホールから出たところで少しだけ迷う。地下鉄で行くことも可能だが、時間が惜しい。莉子はタクシーを呼び止めた。

向かった先は赤坂だ。高層ビルの中にその店はあった。シックな店内は一流ホテルのバーを連想させるが、実は会員制の雀荘だ。すべてが個室で、著名人がお忍びで訪れる店として一部の人間の間では知られている。

「いらっしゃいませ。こちらです」

店員に案内され、奥の個室に向かった。すでに約束をした三人は雀卓を囲んでいた。バッグを置きながら莉子は言った。

「すみません、お待たせしました」

「構わんよ。座りなさい」

麻雀は莉子の趣味だ。東大時代には麻雀サークルに所属し、日夜研鑽（けんさん）に励んでいた。この雀荘に出入りするようになったのは父からの紹介だ。今、莉子の目の前に座っている男性は自明党の元幹事長である馬渕(まぶち)栄一郎(えいいちろう)であり、父を支持する旧馬渕派の領袖(りょうしゅう)だ。政界を引退した今でもその影響力は大きく、影のドンとも言われている。莉子の右斜め前のダンディーな男性は無頼派作家の織部(おりべ)金作(きんさく)で、左斜め前は高名な建築家だ。いつも雀卓を囲む面々である。

「今日は先生の誕生日なんだ」馬渕が作家の織部に目を向けて言った。「お祝いでクリュッグのグランキュベを抜栓(ばっせん)したところだ。真波君も飲んでいきなさい」

「ありがとうございます。お相伴(しょうばん)に与(あずか)ります」

午後五時になろうとしている。城島には七時に迎えにくるように伝えているので、二時間ほど麻雀を楽しむことができる。北相模市での生活に不満はないが、頻繁にここに通えなくなったことが唯一のネックだった。

「それではいざ尋常に、勝負」

馬渕が厳(おごそ)かな顔つきでそう言うと、ほかの三人が小さく頭を下げる。

「よろしくお願いします」

全自動麻雀卓から麻雀の牌(パイ)が出てくる。手牌を並べていると店員がシャンパングラスを運んできた。誕生日のお祝いの言葉を作家の織部にかけてから、莉子はシャンパーニュを一口飲む。繊細かつ優美な味わい。まさに至福のひとときと言えよう。

「ところで真波君、市立病院の立て直しは順調かね？」

馬渕に訊かれたので、莉子は牌を捨てながら答える。

「はい。お陰様で順調です。職員の方々がやる気になってくれたのが大きいです」

最初のうちは半信半疑だった病院の職員たちだったが、実際に病床使用率が上昇するにつれ、病院全体が活気づいていった。新たに院内にオープンしたコンビニでは職員たちが菓子や栄養ドリンクを買い求め、互いにやりとりする姿がよく見られるようになった。悪くない兆候だと莉子は思っている。

「ほかにも君の力を借りたいというオファーが来ているんじゃないかね？」

「お話はいただきます」

非公式ではあるが、仕事の依頼は来る。多いのは政府の外郭団体などからの依頼で、役員待遇で働いてみないかというものだった。ただし莉子の背後にいる栗林のことを見据えている魂胆が見え見えだったし、具体的な仕事の内容が見えないのも魅力的ではなかった。

「栗林君からしてみれば、君が政策秘書になってくれるのが一番だろうね」

「そして数年後には国政だね」建築家も口を挟んでくる。「莉子ちゃんみたいに若くて可愛い政治家がいたら、この国の未来も明るいだろうね。絶対に一票入れるよ」

「先生、そういう発言、今のご時世ではセクハラとみなされてしまうかも」

「いやいや失敬。あ、それ、ポンね」

楽しい時間が過ぎていく。莉子はシャンパングラスに手を伸ばした。

○

蟬の鳴き声で川尻は目を覚ました。板張りの天井を見て、そうだ俺は実家にいるんだと認識した。

長野県下伊那郡王松村。それが川尻の生まれ故郷だ。山梨と長野の県境にある人口わずか五百人の村だ。

昨日の昼過ぎ、父である川尻勇作は庭で倒れているところを近所の人に発見され、そのまま救急車で搬送された。村に一軒だけある診療所で診察を受け、その後は隣村にある総合病院に運ばれた。軽度の心筋梗塞であり、手術の必要はないというのが医者の診断だった。今後は薬で治療し、一週間程度の入院で自宅に戻れるという話だった。

昨日は大忙しだった。東京から車で駆けつけ、病院で説明を聞いたあと、実家に行って保険証や父の着替えなどを用意し、また車で病院に舞い戻った。病院であれこれ手続きをして、家に戻ってきたのは午後十一時過ぎだった。カップ麺と缶ビールで腹を満たし、そのまま寝床に入ったのだ。

　帰省するのは今年の正月以来だ。川尻は玄関から外に出て、新聞受けに入っていた朝刊をとった。標高が七百メートルほどあるせいか、東京よりもかなり涼しい。八月になったばかりだが、昨夜もエアコンをつけずに寝た。これが都内だとそうはいかない。

　山々の緑が濃い。それを見ているだけで目が洗われるような心地好さを感じた。ここに住んでいたときは田舎暮らしの不便さを痛感し、都会での生活に憧れを抱いたものだが、ここ数年は帰省するたびに自然の豊かさに心がリフレッシュしていくのを感じている。

　庭に回ってみる。父が丹念に育てている盆栽がいくつか並んでいる。母は五年ほど前に胃癌で他界し、ここに住んでいるのは六十五歳になる父だけだ。そんな父が心筋梗塞で倒れた。一週間で退院できるというが、病気とは無縁だったあの父が倒れたという事実が川尻にはショックだった。

　手入れの行き届いた庭を歩いていると、道路を走ってくる車の音が聞こえた。田舎なので人工的な音がやけに耳につく。家の前に軽トラックが停まるのが見えた。作業着を着た男が降りてくる。男は庭に立っている川尻の姿を発見し、こちらに向かって歩いてきた。

「賢ちゃん、おいちゃんが倒れたんだって？」

　男の名前は井上武弘（いのうえたけひろ）といい、川尻の二歳上の幼馴染みだ。子供の少ない王松村では、学年が近い子供たちは皆顔見知りだった。井上とは毎日ランドセルを並べて学校に通い、放課後も一緒に遊んだ間柄だ。会うのはかれこれ十年振りくらいかもしれない。井上はふっくらしていたが、昔の面影が色濃く残っている。

「うん。昨日から入院してる。一週間くらいの入院で済みそうだ。手術も必要ないって」

「そっか。いやあ、少し安心したよ。つい先日もうちの近くで似たようなことがあって、そのときはお葬式になっちまったものだから」

井上は王松村役場で働いている。長野県内の大学を卒業後、故郷である王松村に戻ってきたのだ。村内に若者の就職口は多くはなく、王松村役場にしても職員を毎年採用しているわけではないらしい。実は父の勇作も村役場で働いていて、六十歳のときに定年退職していた。だから井上にしてみれば勇作はかつての上司ということになる。

「賢ちゃん、いつまでこっちにいるの?」

「まだわからないけど、できれば親父が退院するまでいようと思ってる」

国家公務員には——地方公務員である井上も同じだろうが——盆休みというものがない。与えられた夏季休暇を各自調整して消化するというやり方だ。川尻は夏季休暇やその他の休暇をここで消化してしまおうと考えており、昨日上司にもそれとなく伝えてある。臨時国会もお盆を見据えてまもなく閉会するので、大きな支障はないはずだ。盆暮れ正月は必ず休む。

それが政治家という生き物だ。

「すっかり垢抜けちまったな。そりゃそうか。法務省のエリート官僚だもんな」

「やめてよ、武ちゃん。たいしたことないって、俺なんて」

村始まって以来の神童。川尻は幼い頃からそう言われていた。しかし東大に進学して全国から集まった秀才たちと出会い、自分が井の中の蛙（かわず）に過ぎなかったことを痛感させられた。それでも必死に勉強し、何とか国家公務員総合職試験を突破、法務省に入省できた。日々の仕事に忙殺されるばかりで、自分がお国のために役立っているという自覚はあまりない。

　小さな影が見えた。黄色い帽子を被った男の子が軽トラックの前にいた。それを見て川尻は井上に訊いた。

「お子さん？」

「そう。小学二年生。小学校のプールに送っていくんだ。片道一時間は可哀想だから」

　帰省するたびに父から村内の事情は聞かされている。川尻たちが通っていた村の小学校は数年前に廃校となり、隣村にある小学校に併合される形になったらしい。もちろん中学校もそうで、高校に関しては飯田（いいだ）市あたりまで足を延ばすのが当たり前だった。

「今行くから待ってろ」息子に向かってそう声をかけてから、井上は思い出したように言った。「ところで賢ちゃん、知り合いにコンサルっていない？」

「コンサルってあのコンサル？　いないことはないけど、どうして？」

　コンサルタント業。企業や組織などの課題を明らかにして、その課題解決のための手段を立案する仕事だ。簡単に言ってしまえばアドバイスをする専門家だ。かつては経営コンサルタントという業種が知られていたが、最近ではその種類は多岐に亘り、官公庁、医療、製造業などさまざまな業界、業種にまでコンサルのサポートが行き届いている。井上の口からコンサルという言葉が出てくるのが少し意外だった。

「実はさ……」

　井上は腕時計に目を落とした。子供を送っていく時間を気にしつつも、彼はやや早口で話し出した。

○

「何かトトロとか出てきそうなんだけど」

　隣に座る愛梨が窓の外の景色を見ながら言った。その感想にはうなずける。トトロみたいな可愛い動物ではなくても、鹿や猪くらいは平気で飛び出してきそうな感じの林道が続いていた。

莉子は今、プリウスの後部座席に乗っている。今から四時間ほど前のことだった。東大麻雀サークルの同級生、川尻賢太から連絡が入り、仕事のオファーを受けたのだ。電話で概要を伝えられ、面白そうな仕事だと思った。ちょうど近くにいた城島父娘にも相談したところ、まずは現場を見てみるのが一番じゃないかという結論に達し、準備を整えて出発したのだ。愛梨は完全に遠足気分だった。中止になってしまったキャンプの埋め合わせとばかり、キャンプ用具一式を後ろのトランクに入れるほどの気合いの入れようだ。

《目的地周辺です》、とカーナビの音声が流れると同時に、白い壁の建物が見えてきた。王松村役場だ。やや周囲の景観とはそぐわない近代的な庁舎は、おそらくバブル期以前に建てられたものではないかと推察できた。

城島父娘は周辺を散歩してくると言い、莉子と役場の前で別れた。莉子はバッグを肩にかけ、役場の庁舎に向かって歩く。入り口から二人の男性が出てくるのが見えた。一人は川尻で、もう一人は作業着を着た男性だ。こちらはきっと役場の職員だろう。莉子も元公務員なので、そういう匂いを嗅ぎ分けることが結構得意だ。

「久し振り。すまないね、急に」

川尻が言う。大学時代はそれこそ週三くらいで雀卓を囲んでいた友人だ。今は法務省の大臣官房秘書課に勤めている。優秀な男だが、麻雀は莉子の方が強い。何度ラーメンを奢ってもらったことか。大学時代の莉子の胃袋を満たしてくれた恩人だ。

「こちらは井上武弘さん。王松村役場の職員で、俺の幼馴染みなんだよ」

「初めまして、真波です」

「井上です。遠いところご足労いただき、ありがとうございます」

井上から名刺を受けとる。職名は主査となっているが、驚かされるのはその肩書きだ。総務課や観光課、林業課といった複数の課を兼務していた。地方の町や村になると、一人の職員が多くの職務をこなすというのは噂では聞いていたが、実際に目にするのは初めてだ。

「こちらです。どうぞ」

井上に案内され、庁舎内に足を踏み入れる。天井の高い造りは公共建築物の特徴だが、中にいる人が少なく、どこか淋しげな雰囲気が漂っている。井上が歩きながら説明してくれる。

「ここで働く職員は約三十名です。僕は三十二歳になりますが、まだまだ全然若手です。職員は四年に一度、オリンピックの年だけ採用するとか冗談半分で言われているんですよ」

職員が働いている姿が見える。今朝、起きたときはまさか自分が長野の山奥の村に行くことになるなどとは思っていなかった。厚労省時代から確実に変わったことの一つが、自分の足で現場に行くということだった。以前は自宅と霞が関を往復するだけの生活だったが今は違う。城島という運転手の存在も大きかった。

「失礼します」

最上階の三階の一番奥の部屋に案内された。村長室という部屋だった。中央には重厚なデスクや応接セットが置かれている。やや小太りの男がこちらに向かって歩いてくる。

「ようこそお越しくださいました。私が村長の松野（まつの）です」

名刺を受けとる。すでに彼はこちらの素性を知っているらしい。去年、栗林総理に隠し子がいるというセンセーショナルなニュースは世間を騒がせ、莉子の素性もネットに流出してしまった。当時は身の回りに記者の存在を感じたものだが、北相模市に引っ越してからはそういうこともなくなっていた。

ソファに座る。川尻が隣に座り、莉子の正面に井上、斜め前に村長の松野という形だった。莉子は早速本題に入る。

「今朝ほど電話で概要は聞いております。過疎化に悩むこちらの村を活性化する案を考えてほしい。そういうことでよろしいですか？」

「その通りです」村長の松野がうなずいた。「うちの村の人口は現在五百人弱。そのうちの六十パーセント以上が六十五歳以上、五十五歳以上は八十パーセントという、高齢化の進んだ自治体、こういう言葉はあまり使いたくないんですが、いわば限界自治体です」

平成の初め、限界集落という言葉が世間を賑わせたことがあった。社会学者が提唱した言葉で、少子高齢化が進んで人口の五十パーセント以上が六十五歳以上になった集落のことをさす。農地や生活道路の維持管理など、共同体としての限界に近づきつつあるという意味だ。限界集落という言葉から派生し、限界自治体という言葉も生まれた。

限界集落という呼称には批判もあるが、これを提唱した社会学者は警鐘を鳴らす意味合いで強い語句を使ったと言われている。国では限界云々(うんぬん)という語句は使用せず、過疎地域という呼称を使っている。

「このままではいけない。そういう危機感を我々も抱いていました。そこで今年度、県内県外問わず、移住者や観光客を当村に招き入れる施策を実現させるために、コンサルタントを雇うための予算を計上いたしました」

村長の松野がいったん口を閉ざすと、続いて発言したのは井上だった。

「その事業の担当になったのが私です。東京のコンサル会社から資料を取り寄せてみたはいいものの、どこに依頼していいのか考えあぐねていたんです。そして今朝、たまたま村に帰省していた川尻君と話し、アドバイスを乞うてみたんです」

数ヵ月前に読んだ新聞記事を思い出した。最新の国勢調査の結果では、全国の自治体の五割が過疎地域に指定されたというものだ。歴代政権においても――現在の栗林政権も当然のごとく――地方の活性化は重要な課題とされていて、さまざまな取り組みがなされているが、十分な効果が上がっているとは言い難い。たとえばふるさと納税。地方に金を回すことはできても、人を回すまでには至っていない。人に関して言えば、いまだに都市部への一極集中が続いている。

「村の統計資料。あとは観光パンフレットなどを拝見させてください」

莉子がそう言うと、井上は膝の上のファイルを一式、テーブルの上に置いた。「五分ください」と短く言い、莉子はそれらのファイルを手にとった。ほかの三人がこちらを注視しているのを感じる中、莉子はパラパラとファイルをめくる。

統計資料には厳しい数値が並んでいる。全国の半数を超える過疎地域の自治体の中でも、高齢化率も財政力指数もかなり厳しい位置にあると言っても過言ではない。観光資源に恵まれていないのも苦しかった。神社や滝などはあるようだが、観光客を惹きつけるほどのものではない。

弱ったな、と莉子は思う。しかし、こういう難題、私の大好物ではないか。

ファイルを閉じて、莉子は言った。

「よろしいでしょう。その問題、私が解決いたします」

「ありがとうございます。あ、すみません。お茶もお出ししませんで。井上君、真波さんにお茶を」

松野村長に言われ、井上が慌てた様子で村長室から出ていった。デスクの上の電話が鳴ったので、松野もソファから立ち上がった。それを見て川尻が肘で突いてくる。

「真波、本当にいいのか？　俺に気を遣ってくれなくてもいいんだぜ」

「気を遣ったわけじゃない。やってみたいの。それだけよ」

「まあ、それならいいけどさ」川尻が手を伸ばして、莉子の手からファイルをとり、それをパラパラと開いて言った。「出身者の俺が言うのもあれだけど、かなり厳しいだろ、この村。せめて観光資源があったらよかったんだけどな」

目立った特産品もない。かつては林業が盛んだったようだが、これも高齢化の影響のせいか、ここ数年は以前ほどの収益は上がっていない様子だった。

「ところでお父さんの具合は？」

父親が病で倒れたので急遽帰省することになった。午前中にかかってきた電話で彼はそう説明した。ファイルをテーブルの上に置きながら川尻が答えた。

「心臓をちょっとね。幸いなことに手術の必要もなく、一週間程度の入院で何とかなるらしい」

「それはよかったわね」

「ああ。うちの親父、元々この役場で働いてたんだよ。昔はかなり元気だったんだけどな。母親が死んでからはめっきり元気もなくなって、今は家で盆栽いじったりしてるよ」

莉子も今は母親と一緒に住んでいるが、以前は都内で一人暮らしをしていた身だ。故郷に親を残して都内で働く川尻の気持ちは痛いほどに理解できた。

コロナ禍においては地方出身者は帰省するのもままならなかった。厚労省時代、同僚の子がZoomなどのビデオ・コミュニケーション・ツールを使用し、実家の親とコンタクトをとろうとしていた。が、中にはパソコンなどのOA機器を苦手とする親もいる。すべて設定済みのパソコンごと実家に送り、それで親と会話をした。そんな話も耳にしたことがある。

「お待たせしました」

井上が村長室に入ってきた。緑茶のペットボトルを持っている。まずは公用車で村を案内したいと提案され、莉子はそれを受け入れることにした。役場の人間が道案内をしてくれるというのだから、乗らない手はない。

村長室を出て、階段を下りて一階に向かう。正面の出入り口から外に出たところで、ちょうど目の前に一台のタクシーが停まっているのが見えた。後部座席から一人の若い女性が降りてくる。それを三人の職員らしき男たちが恭しい態度で出迎えていた。

白いスーツを着た女性だ。年は莉子と同じくらいか、少し下か。可愛らしい顔つきだが、やや吊り上がった目が性格の強さを表しているようだった。私仕事ができるんだぞ、というムードを全身から漂わせていた。

「もしかして、真波莉子さんではないですか？」

最初に声をかけてきたのは向こうの方だった。莉子の姿を見て、こちらに近づいてくる。

否定するのも変なので、莉子はうなずいた。

「ええ、そうですが」

「やっぱり。見た瞬間、そうじゃないかと思ったんですよ。嬉しいです。こんなところで総理のお嬢さんと出会えるなんて。あ、申し遅れました。私、こういう者です」

名刺を渡される。そこにはこう書かれていた。『株式会社天沼コンサルティング　代表取締役　天沼未央奈』

どこかで見たような名前だなと思った。すると天沼未央奈が言った。

「ガイア時代には厚労省とも何度かお仕事をさせてもらっています。スターライト航空のセカンドキャリア支援策、大変お見事でした。我々コンサルの間でも大変話題になりました」

〈ガイアコンサルティング〉。業界最大手のコンサルで、官公庁の仕事もよく受注する。コロナ禍において厚労省がリリースした新型コロナウイルス接触確認アプリの開発にも、たしかガイアが絡んでいたはずだ。

「客室乗務員を看護師にする。大変面白いアイデアだと思いました。話題性は十分ですよね。問題は本当にそれができるのか。その一点に尽きると思います」

まるで計画は頓挫すると言われているみたいで少し腹立たしいが、初対面の人間に意見するのも嫌だったので、莉子は黙って彼女の話に耳を傾ける。

「コロナ禍において不足した医療現場にスタッフを送る。実は私も似たような事業をおこなっておりました。大々的にアピールすることなく、粛々とね」

私が目立ちたがり屋だと言わんばかりの物言いだ。挑発的な子だな。莉子はそう思って彼女を見た。

彼女の後ろでは井上たち職員が顔を突き合わせ、何やらヒソヒソと話している。彼らの表情からして不測の事態が発生したことは明らかだ。やがて井上が莉子のもとにやってきて、申し訳なさそうな顔つきで言った。

「真波さん、すみません。実は……」

今回の村への集客計画、担当しているのは井上だが、彼の上役たちも独自のルートを使って東京のコンサルに働きかけをおこなっていたらしい。そのルートを通じて仕事を請け負うことになったのが天沼コンサルティングだという。

要するにダブルブッキングだ。ここまで来たのが無駄になってしまったが、誰にだってミスはある。ここで目くじらを立てても仕方ない。

「そうですか。では私は辞退させていただきます。計画の成功を心よりお祈りいたします」

本心だった。自分はコンサルが本業ではないし、この村に人が集まってほしいと思っていた。川尻とは大学生の頃からの縁なので、彼の生まれ故郷が苦境に喘（あえ）いでいるのは見るに忍びない。ここは外から応援するとしよう。

駐車場に向かって歩き始めたそのときだった。背後から声をかけられた。

「お待ちください」天沼未央奈がこちらを見ている。不敵な笑みを浮かべて彼女は続けた。「ここは一つ、私と勝負いたしませんか？　今回の計画についてプレゼンするんです。採用された方が仕事を請け負う。それがフェアというものです。幸い私も契約前ですしね」

自信に満ち溢れた顔をしている。自分が負けることなど万が一にも疑っていない表情だ。何だか面倒な話になってきたな。それが莉子の本音だ。仕事は好きだが、誰かと争うのはそれほど好きではない。しかし莉子の胸中などお構いなしといった感じで彼女は話を勝手に進めていく。

「一週間後、この庁舎内の会議室でプレゼンを開きましょう。真波さんのアイデア、楽しみにしております。村役場の方々もそれでよろしいですね？」

井上たち村役場の職員たちは反論もできず、やや困惑気味にうなずくだけだった。

「それでは真波さん、一週間後にお会いしましょう」

天沼未央奈は庁舎内に入っていく。川尻と並んで彼女の姿を見送った。一週間後、彼女と対決しなければならない。争いごとは好きではないが、誰よりも負けず嫌い。そんな厄介な性格であるのは自分でも承知している。腹の底から沸き起こる闘志を抑えられない。

さて、どうしたものやら。

莉子は腕を組み、王松村役場の庁舎を見上げた。庁舎の向こう側には濃い緑の山並みが続いている。

○

「おい、愛梨。はしゃぐんじゃない。すみません、川尻さん。少し興奮しているようで」

「構いませんよ。古い家なので気にしないでください」

川尻は城島という男に向かって言った。彼は莉子の運転手兼ボディガードを務めているらしいが、小学四年生の女の子を連れていた。子連れのSPというのも斬新だが、莉子はそもそも総理の隠し子だ。何があっても驚かない。

広い家なので部屋を持て余しているし、そもそも王松村には宿泊施設がない。莉子と城島父娘は今夜川尻の家に泊まることになっている。城島の娘は庭の感じがスタジオジブリのアニメに出てきそうだと大興奮し、さきほどから縁側を飛び回っている。莉子は居間のテーブルの前に座り、タブレット端末を眺めて何やら考え込んでいる。

「まさか天沼未央奈が出てくるとはな」

川尻はそう言いながら麦茶のコップを莉子の前に置いた。エアコンはついておらず、扇風機が回っているだけだ。家中の窓を開け放っているので、それだけで過ごし易い。

「やっぱり知ってたんだ」

「まあな。本は読んでないけど」

天沼未央奈、二十九歳。国内最大手のガイアコンサルティングで仕事をする傍ら、一昨年本を出版した。タイトルは『出世をしたいなら会社に行くな』。ちょうどコロナ禍でリモートワークが浸透していた時流に乗り、ベストセラーとなった。一時期はマスコミにもとり上げられて、時の人という印象も受けた。

その天沼未央奈とプレゼンで対決する。何だか大変な話になってしまったが、個人的には楽しみの方が強かった。二人のお手並み拝見といったところか。

「でもあの若さで独立するとは思わなかったな。よほど自信があるのか、強力なコネがあるのかのどちらかだろうな」

「川尻君を前にして言うのもあれだけど」莉子がタブレット端末から目を上げて言う。「王松村のこの仕事、ギャラ的にもさほど魅力的ではないと思うの。きっと彼女も会社を起ち上げたばかりで、何が何でも実績が欲しいんじゃないかしら」

その考えには同意できた。地方自治体がコンサルを雇うのは決して珍しいことではなく、一つ成功させてしまえばほかの自治体からも話が来るのは容易に推測できる。一つの成功例が複数の仕事を呼ぶのである。

「で、どうなんだよ。何かありそうなのか？　こんな辺鄙（へんぴ）な村に人を集める方法が」

「あるわよ。二つほど浮かんでる」

思わず口笛を吹いていた。莉子が話し始める。

「コロナ禍でリモートワークが普及したお陰もあって、地方に移住する人が増えた。でもそれはあくまでもほどよい感じの田舎であって、さすがにこの王松村くらいの田舎に移住する人はいないだろうし、インフラや生活の面でも移住者を呼び込むことは難しいわ」

それは川尻にも理解できる。小さな商店が一軒あるだけで、カフェもコンビニもない。インターネットを繋（つな）ぐための回線すら怪しい。そんな村に都会から移住してくれる人がいるとは到底思えなかった。

「となると移住者以外に人を呼び込むしか方法はない。まずはプランA。今後はドローンなどで山間部の集落に宅配するような未来が訪れるはず。そのテストケースとして、ドローンの拠点基地を王松村に作ってもらうの。大手宅配会社を誘致するのよ」

　規模の大きな話になってきた。しかしいつの間にか川尻は莉子の話に聞き入っていた。

「なるほど。それで？」

「海外でもドローンを使った宅配を巡る動きがあるようだけど、まだ実用化には至っていないようね。ビジネスとして軌道に乗せるのは先になるはずだから、あくまでも実験するための拠点基地を誘致するのがいいかも。興味を示すベンチャー企業があるかもしれない」

　拠点基地ができるということは、つまり人が来ることを意味している。山間部の僻地に住むお年寄りにドローンが荷物を配達する。話題性も十分だ。それにたとえば災害が発生した際、避難所に荷物を届けたりするのが困難なケースなどもある。そういう非常時を想定した試験運用にもなりそうだ。

　災害時を想定した運用について川尻が話すと、莉子が笑って言った。

「実は私もそれを考えてた。そう考えてしまうのは公務員時代の癖ね」

　厚労省を去ってしまった今でも、彼女の中には世の中を少しでもよくしたいという公務員としてのマインドが残っている。それが川尻には嬉しかった。

「設備費用がかかるという意味でも、プランAは実現性に欠けるかもしれない。次にプラン

B。さっき村役場で見せてもらった観光パンフレットに載ってたんだけど、県立の公園があるみたいね」

　王松ほしぞら公園のことだ。天体観測をするための国立大学の研究所があったのだが、川尻が子供の頃にそれがとり壊され、だだっ広い公園となった。公園といっても特に施設があるわけでもなく、前衛的なオブジェが数点置かれ、それ以外は芝生が広がっているだけだ。川尻自身も一度くらいしか足を運んだことがない。

「音楽フェスを誘致する。それがプランB。あの公園を会場にして、フェスをやるの。数万人規模のお客さんを村に呼び込むことができるわ」

　それが実現したら、それこそ村中が大騒ぎだ。しかし莉子が話すだけで実現してしまいそうな気がしてくるのが不思議だった。

「村側の協力が得られれば、うまくいくかもしれない。コロナ禍ではアーティストたちもライブができずに苦しんだことでしょうし、屋外のイベントであれば、感染をさほど気にすることもないでしょうから。単発的なものではなく、毎年開催されるイベントになってくれると嬉しいわね」

　毎年、あの公園で音楽フェスが開かれ、多くの来場者が村を訪れてライブを観る。そんなプランが実現したら、まさに夢のようだ。

「プレゼンまで一週間ある。私は明日いったん東京に戻って、ちょっと準備を進めてみようと思ってる。川尻君、天沼未央奈のことだけど、彼女のことを知りたいの。コネはない？」

今回はプレゼンで対決するのである。つまり相手がどのようなプランを練っているか、できれば知っておきたいというのが莉子の思惑だろう。すでに莉子は二つもプランを有しているが、きっとあちらも検討に入っているはず。莉子に勝負を挑んできたということは、天沼未央奈が勝算ありと考えているからだ。

スマートフォンを出し、天沼未央奈の名前で検索した。最初に出てくるのは彼女の著作を紹介する通販サイトの広告だ。そのページを開きながら川尻が言った。

「彼女の本を出してる出版社に知り合いがいる。大学時代に同じコンビニでバイトをしてた奴だ。編集者をやってるから、もしかすると天沼未央奈のことを知ってるかもしれない」

「紹介して」

「もちろん。でも真波、お前は二つのプランを練らなきゃならないだろ。敵情視察してる暇なんてあるのか。俺が手伝ってあげたいのは山々なんだが」

あいにく父が入院してしまっている。この状況で東京に戻るわけにはいかない。

「ご心配には及ばない」莉子は縁側に目を向けた。城島父娘が庭先で遊んでいる。「彼にお願いする。ああ見えても元刑事だから、こういう仕事も安心して任せられるわ。あ、悪いけど愛梨ちゃんをよろしく。手のかからない子だから放っておいても大丈夫だと思う」

「わかった。任せてくれ」

城島という男を見る。背の高いがっしりとした体格で、引退した元ラガーマンといった印象だ。運転手兼ボディガード。それ以外に調査員としての側面もあるということか。さすがは東大の獅子とも恐れられた女雀士。彼女の周りには自然と優れた人材が集まってくるものらしい。

○

城島は焚き火に薪をくべた。火を燃やしていた方がやぶ蚊が近寄ってこないと何かの本で読んだことがある。すでにテントを張り終え、愛梨はその中に入っている。静かなので眠ってしまったのかもしれない。

川尻家の庭だ。テントを張りたいと愛梨が言い出し、その要求に応える形でテントを張った。夕食はバーベキューだった。夕食後に川尻は父が入院している病院へ、莉子は居間でプレゼンに向けた下調べをしている。

どこからか蛙の鳴き声が聞こえている。周囲には人工的な明かりというものが一切なく、まさに人里離れた田舎といった雰囲気だ。村の名前の由来にもなっている王松山の麓に位置している村だ。

限界自治体。その言葉を城島は初めて知った。人口の過半数が六十五歳を超えている自治体のことをさすらしい。さきほど夕食のときに聞いた川尻の話によると、この川尻家がある集落には十軒ほどの家があるようだが、うち三軒が空き家になっていて、残り七世帯は仕事を定年退職した夫婦らしい。まさに限界集落だ。

そんな王松村に人を呼び寄せる。それが今回、莉子が取り組むことになった仕事のようだ。こんな辺鄙な村を好んで訪れる物好きなどいないと思うが、それを実現させてしまうというのが真波莉子という女性だ。彼女の活躍はこれまでも間近で目にしているので心配はしていないが、今回は何と彼女に挑戦を申し込んできた猛者がいるというから驚きだ。

テントの中から音が聞こえた。愛梨が外に出てくる。眠っていなかったらしい。

「どうした？　もしかしてキャンプに飽きたとか言うんじゃないだろうな」

「違うよ。ゲームのバッテリーがなくなっただけ」

愛梨とこうして二人きりで話す機会はあまりない。家では大抵莉子か彼女の母親である薫子が一緒にいる。女の子は反抗期が訪れるのが早いとは聞いており、それに近いものが始まっているのではないかと城島は考えている。

愛梨は燃える炎を眺めている。落ちていた木の枝をとり、その先端に火をつけたりして遊んでいた。そんな娘を見ながら城島は缶のハイボールを飲んだ。ここは長野県の山奥だ。どこか現実感がない。

「ねえ、お父さん」

「ん？　何だ？」

「莉子ちゃんとはどんな感じなの？　付き合ってるの？」

飲んでいたハイボールを噴き出しそうになる。口元を手の甲で拭いながら城島は言った。

「な、何を言い出すんだよ、いきなり」

「ミニバスの子たちに訊かれるんだよね。愛梨ちゃんのお父さんと莉子ちゃん、いつ結婚するのって。どう答えたらいいのかわからなくて」

「け、結婚なんてするわけないだろ。あの人が総理大臣の娘さんであることはお前だって知ってるだろうが」

自分の行動を振り返る。愛梨のミニバスの試合に莉子とともに応援に行ったことは数知れず。ファミレスで三人で食事をすることも日常生活の一コマとなっている。子供たちの間でそういう噂が流れるのも無理はない。マスコミに勘づかれたら厄介なので、少し気を引き締める必要がありそうだ。

「お父さん、莉子ちゃんのこと、どう思ってるの？」

愛梨が強い口調で訊いてくる。なぜか別れた妻のことを思い出しながら城島は答えをはぐらかした。

「俺は真波さんの警護の仕事を任されてるんだ。俺にとってあの方はあくまでも警護対象者。それ以上でもそれ以下でもない」

「難しいこと言っちゃって」したり顔で愛梨が言う。「好きなら告っちゃえばいいのに。莉子ちゃんとなら再婚してもいいよ。私、反対しないから」

「お前な……」

言葉が続かない。再婚という単語を娘の口から聞く日が来るとは思ってもみなかった。小学四年の娘にそんな心配をされるとは……。まったく無様な父親だ。

「余計なことを言ってないで早く寝ろ」

「まだ寝ないよ。これからスイカ食べるんだもん」

そう言って立ち上がり、母屋の方に歩いていく。城島はその背中に向かって声をかける。

「真波さん、仕事中だからな。邪魔をするんじゃないぞ」

「わかってるってば」

「真波さんには余計なことを言うんじゃないぞ」

「それはどうかな」

そう言って愛梨は玄関の方に向かって走っていく。やれやれ、と城島は溜め息をつき、ハイボールを飲んだ。蛙の鳴き声を聞きながら飲むハイボールも悪くなかった。

○

翌日、莉子は都内に戻った。天沼未央奈の周辺調査は城島に任せ、莉子は総理公邸に向かった。莉子は父の秘書的業務も任されており、それらの仕事が溜まっていたのだ。

「莉子、久し振りだね」

総理執務室のデスクに父、栗林智樹内閣総理大臣の姿があった。父はハンバーガーを食べている。口元にケチャップがついていた。

「あれ？　お父さん、国会はどうしたの？」

「午後はたいした会議もないから、抜け出してきたんだよ。野党の連中、くだらない質問しかしてこないしね。それに国会議事堂にマックを届けてもらうわけにもいかないだろう」

そう言いながら栗林はポテトをつまみ、紙コップのコーラを飲む。国会の開会中、総理が公邸の執務室でマックを食べている。国民が知ったらさぞかし驚くだろうが、莉子にとっては見慣れた光景だ。

「お父さん、パソコン使わせて」

「オーケー牧場」

父はハンバーガーや紙コップを持ちソファの前のテーブルに移動した。莉子はパソコンを起ち上げ、父の代わりに仕事をこなす。各省庁から上がってくる来年度事業の素案や、次回のサミットで話し合われるであろう議題の数々などの書類を見る。本来ならスルーしてしまっても各閣僚、官僚が粛々と進めてくれる諸問題も、莉子は一応目を通すことにしている。

「ところで莉子、明日アメリカの駐日大使とゴルフなんだけど、よかったら一緒にどうだい？」

「ごめん、お父さん。明日は予定が入ってるの」

「それは残念。今度の駐日大使、莉子のことをいたく気に入ってるんだ。莉子がミニスカート穿(は)いて一緒にラウンドしてくれるだけで、日米関係がうまくいくんだけどなあ」

「ミニスカートは穿かないけどね、絶対」

放っておけない人。それが栗林智樹という人だ。だから彼の周りには人が集まり、誰もが彼のために力を尽くす。栗林内閣が長期政権を築いている所以(ゆえん)でもある。

「ちょっとあなた、これはどういうこと？」

いきなり執務室のドアが開き、幾何学模様の派手なシャツを着た女性が室内に入ってくる。彼女の手には一冊の雑誌が握られている。今日発売の写真週刊誌〈週刊スネークアイズ〉だ。

「こんな記事が出るなんて聞いてないわよ」

その女性――総理夫人である栗林朋美（ともみ）は雑誌を見せつけるようにテーブルの上に広げた。そこには『ファーストレディー、銀座で豪遊』の見出しが躍っている。内容は次の通りだ。

『夏のある日。銀座の一角に一台の高級車が到着した。車から降りてきたのは現内閣総理大臣夫人である栗林朋美（五六）さんだ。日傘をさして朋美さんが向かった先は高級時計店だ。店内には所狭しと高級腕時計が並ぶ有名店。その店の関係者が言う。「よく来店されるようですね。フランクミュラーがお気に入りのようです。このときも今年の新作をご購入されたと聞いています。価格は百万円前後でしょうか」。さすがファーストレディーともなると、手元のおしゃれにも余念がないというわけだ』

銀座を歩く朋美の写真が数カット、掲載されている。実はこの記事、莉子も発売前に目を通している。この程度なら支障がない。そう判断して出版社には抗議もしなかった。

「あなた、出版差し止めを要求して。こんな記事が出たら恥ずかしくてパーティーに行けないわ」

「大丈夫だよ。この程度のことでは内閣支持率は下がったりしないから」

「支持率なんてどうでもいいの。私のイメージの問題よ」

朋美は生粋(きっすい)のお嬢様で、社交界では知られた存在だ。パーティーに参加するのが趣味であり、その人脈は総理をも凌駕(りょうが)するのではないかと言われている。一番の自慢がマライア・キャリーとサシ飲みしたことで、二番目の自慢はエリック・クラプトンと一緒にリングサイドで総合格闘技を観戦したことらしい。

栗林がこちらを見ていることに莉子は気づいた。助けを求める目つきをしている。莉子はパソコンのマウスから手を離して言った。

「奥様、お気になさることはございませんわ」

「あら、莉子ちゃん。来てたの」

「こんにちは、奥様」莉子は立ち上がり、テーブルの上に置かれた雑誌を手にとった。「実は私も事前に内容を確認しました。この程度の内容なら掲載してもよかろう。私もそう判断いたしました。たとえばです。もし奥様が庶民的なスーパーで大根を一本買ったと週刊誌に掲載されるのであれば、私は断固抗議をしたはずです。ですが今回の内容は高級腕時計を購入されたとのこと。奥様に相応（ふさわ）しい内容と言えましょう」

「そうかしら？」

「そうです。まさにファーストレディーとはかくあるべし。決して奥様のイメージを損なうものではございません」

「莉子ちゃんがそこまで言うなら、今回の記事は大目に見るわ。あら、いけない。アフタヌーンティーのお時間だわ。じゃあね、莉子ちゃん」

朋美は満足した様子で執務室から出ていった。ソファに座った栗林は残りのポテトをつまんでいる。仕事を再開しようとしたところで、莉子はスマートフォンに着信が入っていることに気づいた。城島からだ。何かわかったのだろうか。

莉子はスマートフォンに手を伸ばした。

○

「おじちゃん、まだ着かないの？」

「あのカーブを曲がったらすぐだよ」

川尻は父の軽トラックを運転している。助手席には城島の娘、愛梨が乗っている。今日一日世話を頼まれたのだ。おじちゃん、と呼ばれることには若干違和感があるが、小学四年生の女の子にとっては自分もおじさんに見えるのだろう。

「着いたよ」

村に一軒しかない商店の前だ。菓子類を購入するために訪れたのだ。ガラス戸を開けるとレジの後ろにおばあさんが座っているのが見えた。最後にここを訪れたのはいつだっただろうか。少なくとも法務省に入って以来、この店に来た覚えはないのだが、あのおばあさんは川尻の記憶にあるまんまの姿でそこに存在していた。まるで置き物のようだ。

ほかに客はいない。日用品を売っている商店で、幼い頃はここで菓子などを買ったものだ。近所の畑から仕入れた野菜は売られているが、肉や魚などの生鮮食品は置かれていない。車で一時間かかる隣町に比較的大きなスーパーがあるが、今は週に一度、宅配サービスを利用して買い物をする家庭が多いようだ。父もそれを利用しているらしい。

菓子やカップ麺などを籠に入れていく。かつては一本二十円で買えるアイスバーが売られていて、学校帰りにそれを食べるのが小学校時代の川尻の日課だったが、さすがにもう置いていなかった。愛梨がカップアイスを食べたいと言ったので、それも籠に入れた。

「川尻さん、大事に至らなくてよかったね」

精算を済ませたところで店のおばあさんにそう声をかけられた。狭い村だ。大抵のことは村人同士の噂で伝わってしまう。驚いたことに訊きもしないでレジ袋に商品を入れてくれ、しかも袋の料金はとらないようだ。レジ袋有料化の波はこの村まで伝わっていないのか。

「お陰様で。ありがとうございます」

袋を持って店を出る。外にベンチがあったので、そこに座ってアイスを食べることにした。愛梨と一緒にアイスを食べる。何てのんびりとした時間なのだろうか。本来であれば国会で仕事中のはずだった。

蟬の鳴き声がやかましいが、それ以外は静まり返っている。普段帰省するのは正月で、三日間ほど実家で過ごす。冬は積雪していることも多いし、第一寒いので外に出かけることはほとんどなく、寝正月を過ごして東京に舞い戻るのが常だ。だから今回、久し振りに正月以外の時期に帰省したのだが、村の過疎化を改めて実感した。たまに見かける村人は必ずといっていいほど高齢者だ。

そもそも村には働き口がない。事務仕事に限れば村役場だけだ。あとは林業か農業に従事するしかなかった。となると若者が外に出ていくのは必然であり、村は自然と高齢化が進んでいく。過疎になるのは目に見えていた。

「おじちゃん、莉子ちゃんのお友達？」

アイスをスプーンで突きながら愛梨が訊いてくる。川尻は答えた。

「そうだよ。大学のときの同級生」

「ってことは東大？」

「まあね」

「偉いんだね」

「そうでもないよ」

村にいたときは神童と呼ばれて持てはやされたが、上京してすぐに上には上がいると知った。その最たる例が真波莉子だ。成績は優秀で容姿も端麗、竹を割ったような清々しい性格。おまけに麻雀も強かった。

「莉子ちゃん、彼氏いるのかな？」

「さあ、どうだろうな」

彼女を異性として意識しなかったと言えば嘘になるが、自分とは釣り合わないだろうという諦めが最初からあった。だからこうして今も友人関係でいられるのだとも思っている。莉子は学生時代からよくモテていたし、声をかけてくる男もいたはずだ。ＣＮＮの東京支社に勤める日系アメリカ人と付き合っているという噂もあったが、それも数年前のことだ。

「どうして？　どうして愛梨ちゃんは真波に彼氏がいるかどうか、気になるんだい？」

愛梨は答えない。スプーンでアイスを口に運んでから言った。

「何となく」

城島という運転手のことを思い出す。愛梨の父親で、運転手兼SPだと聞いている。もしかして、と一瞬だけ想像したが、それは有り得ないと考え直す。真波莉子は総理の娘だ。あの城島も悪い男ではないと思うが、いかんせん釣り合いがとれないだろう。

○

莉子は品川にある高層ビルの三十階にいた。全面ガラス張りの窓から東京湾が見渡せる近代的なビルだ。ここは〈北斗エージェンシー〉という広告代理店の本社だ。三十階をワンフロア使用しているようで、その受付で莉子はかれこれ一時間も待たされている。隣には城島が座っている。彼は長い時間待たされていることに不安を感じているようだが、莉子はさほど苦ではない。膝の上に開いたタブレット端末で仕事をしているからだ。時間は有効に使わなければならない。

城島が川尻から紹介された編集者のもとを訪ねたところ、その編集者から教えられたのが北斗エージェンシーの尾崎という男だった。尾崎は業界では名の知られたプランナーで、天沼未央奈のベストセラーの実質的な仕掛け人も彼だという。アポイントをとっても断られる可能性があったので、こうして直接押しかけたのだ。今は会議中です、と受付の女性に言われたが、「でしたら終わるまで待ってます」と言い、もう一時間が経過した。

受付の方で動きがあった。ポロシャツを着た男が受付の女性と何やら話しているのが見えた。ポロシャツの男がこちらに向かって歩いてくるのが見えたので、莉子はタブレット端末を椅子の上に置いて立ち上がった。

「ええと、私に用があるというのは……」

ポロシャツの男が怪訝そうな目を向けてくる。この男が尾崎に違いない。下は破れたジーンズ――おそらく高価なビンテージ物――を穿いており、一見して軽薄な印象を受けるが、油断のならない目つきをしていた。

「真波莉子と申します。少々お伺いしたいことがございまして」

「アポがない方とはお会いしないようにしているのですが」そう前置きして尾崎は言った。

「真波さんって、もしかしてあの真波さんでしょうか？」

「あの、というのがどういう意味かわかりかねますが」

「すみません。元厚労省の真波さんですよね？」

今さら素性を隠すつもりはない。莉子はうなずいた。

「ええ。去年まで厚労省にお世話になっておりました」

「やっぱり」と尾崎は大袈裟に手を叩く。「いやあ、一度お会いしたいと思っていたんですよ。えっ？　ちょっと待ってください。どうして真波さんが私に？」

「天沼未央奈さんについて、お訊きしたいことがございまして」

事情を説明する。王松村への集客事業と、それに関して天沼未央奈とプレゼン対決することになった経緯。莉子が説明を終えると、尾崎はうなずきながら言った。

「なるほど。それで私に対して探りを入れにきたわけですか。目のつけどころは悪くありませんね。彼女とは親しくさせてもらっているので。ただし」いったん尾崎はそこで間を置いた。「私は天沼未央奈と仕事上のパートナーシップ契約を結んでおります。私の口からお話しできることは少ないかと」

当然の判断だ。尾崎がこう出ることは莉子も予期していた。しかし尾崎の態度から察するに、彼はすでに天沼未央奈から王松村の集客事業について、ある程度聞かされているのではないかと感じた。莉子はカマをかけてみる。

「つまり天沼さんから具体的な話が出ている。そういうことでしょうか？」

「すみません。それは何とも言えませんね」

簡単にはぐらかされてしまう。このままでは埒(らち)が明かない。こちらの手の内を明かすしかなさそうだ。

「高名なプランナーでもある尾崎さんにご相談があるんです。実は今回の王松村の件で、私なりに計画を考えました。あの村に音楽フェスを誘致できないか。そう思ったんです。まだ具体的なことは決まっていないんですが、ご協力いただけないでしょうか？」

悪い話ではない。もしこの計画が採用された暁には、北斗エージェンシー側にも利益が出るのだ。ところが尾崎は意外な反応を見せる。

「うーん、どうでしょうか。まだ本決まりじゃないんですよね。うちとしては現段階では時期尚早と言わざるを得ないかな」

消極的な尾崎の反応を見て、莉子は自分の勘が八割方当たっていると感じる。つまり天沼未央奈もフェスの開催を画策しており、すでに内々に尾崎に打診しているのではないか。

当然、尾崎は音楽業界にも人脈があるはずなので、アーティストとの交渉も問題なく進められるはず。残念ながらフェスの誘致——プランBに関しては諦めた方がいいのかもしれない。それがわかっただけでも収穫と考えていい。

ただし旗色は悪い。あの村に観光客を呼び込む方法として、数万人規模のフェスを開催するのはこの上なく魅力的な計画だ。それを超える案が提示できるのか。

用件は済んだ。礼を述べてその場から辞そうとすると、尾崎が声をかけてくる。

「真波さんのお噂は私の耳にも入っております。よかったら今度、是非一緒にお仕事をしませんか。元キャリア官僚にして、総理の隠し子。そのキャラを活かさないのはもったいないですよ。自叙伝を出せばベストセラーは確実だし、テレビだって放っておかない。そうだ、今なら動画配信者になるって手もあるな。登録者も爆発的に増えるんじゃないですか」

「申し訳ありませんが、タレントになるつもりはございません。本日はありがとうございました」

莉子は頭を下げ、その場をあとにする。城島が後ろからついてくるのが気配でわかった。早くも莉子は頭を切り替え、次になすべきことを思案している。

○

川尻は父の所有する軽トラックを運転している。助手席には莉子の姿がある。総理の娘を軽トラの助手席に乗せていいのだろうかと逡巡（しゅんじゅん）したが、彼女は平気な顔で乗ってきた。

結局、莉子は東京に三日間滞在していた。城島だけは娘が心配なのか、一足先に戻ってきて、ここ数日は父娘で釣りや昆虫採集を楽しんでいた。昨夜戻ってきた莉子に話を聞いたところ、天沼側は音楽フェスの誘致を画策しているという。だいぶ厳しい情勢のようだ。

それでも莉子は東京であちこち動き回り、プランA——ドローンの中継基地の建設事業の実現に向けて交渉していたようだ。国土交通省の人間や大手運輸会社の幹部とも話したらしい。あるベンチャー企業が興味を示してくれて、土地の確保さえできれば協力したいと言ってくれたそうだ。

今日の午前中、村役場を訪れて井上から話を聞いた。ベンチャー企業の幹部が出した条件に合致する土地を探してもらったところ、やはり高度的にも王松山の山頂付近がベストという結論に達した。

村の土地のほぼ半分を占めている王松山だが、その土地を所有しているのは大杉(おおすぎ)家という村の長老的な立場にある一族だ。川尻も幼い頃から大杉家の存在は知っている。大杉家は代々林業を生業としていて、村内にも世話になっている者は無数にいた。大杉家の当主には村長でも頭が上がらないとまで言われていた。

大杉家は王松山の中腹に位置している。村では珍しい洋館タイプの邸宅で、白い瀟洒(しょうしゃ)な壁はまるで北欧の田舎に迷い込んだような錯覚を覚えた。周囲は木立(こだち)に囲まれている。

軽トラックを停めた。玄関のインターホンを押すと、スーツ姿の使用人らしき男が姿を見せる。すでに役場の井上が話を通してあるらしく、決して歓迎されているという雰囲気ではないものの、中に招き入れられる。

案内されたのは書斎のような部屋だった。窓以外の壁には天井まで届きそうな本棚が置かれていた。高い位置にある本をとるための脚立もある。図書館並みの蔵書の数だ。ざっと見た限りでは文芸書がほとんどのようだ。中央にある応接セットに一人の老人が座っていた。大杉万佐夫、七十五歳。大杉家の当主だ。

「さっき役場から電話があった。あんたが真波さんか？」

若々しい声で大杉が言う。白い長髪を後ろで縛っている。気難しげな芸術家のような風貌だ。家業である林業は息子たちの代に任せ、こうして自宅で好きな本に囲まれて悠々自適に暮らしているということか。

「私が真波です」臆することなく、莉子は一歩前に出た。「お会いできて光栄です。私はこのたび村役場の依頼を受け、この王松村への集客事業をおこないたく、その調査を進めているところでございます」

澱みない口調で莉子は説明する。村にドローンの中継基地を建設し、王松村周辺をドローンによる配達事業のモデル地域としたい。莉子の説明は簡潔だった。

「……将来的には生鮮食品の輸送も考えております。それが可能になれば、わざわざ買い物に行くことなく、ご自宅で食材を受けとることができます。いかがでしょうか？　中継基地の建設に大杉様所有の土地を貸していただくことはできませんか？」

大杉は答えなかった。腕を組み、目を瞑(つむ)っている。莉子の提案を吟味しているようだった。

莉子が続けて言った。

「もちろん土地の賃貸料はお支払いいたします。もしも本計画が採用された暁には、専門家を交えて話し合いの場を設けます。契約書についても……」

「勝てんな、それでは」

大杉がぼそりと言った。その言葉を聞いて莉子は口を開く。

「勝てない、とはどういう意味でしょうか？」

「東京のコンサルとプレゼンで対決をするんだろ。あっちがどんな手を用意してくるかわからんが、あんたのその計画では勝てないと言っているんだ。なぜ勝てないか、わかるか？」

莉子が押し黙る。人を説得する技術。それが抜きん出ていることは厚労省時代の実績からも証明されていた。こういう彼女の姿を見るのは珍しい。

「問題の本質を捉えていないのだ。ドローンの中継基地を建設したところで、この村の問題が解決されるとは思えん」

発端はこの地域の過疎化だ。若者は外に出ていき、村に残った者に高齢化の波が押し寄せる。せめて外部から観光客等を誘致できないか。そのために村役場は予算を組み、コンサルに依頼することを決めた。

「わしは悲観的だ。どんな事業をやったにせよ、この村の人口が倍増したり、経済が潤ったりするとは考えられん。おっと、このくらいにしておいた方がよさそうだな」

莉子は真剣な顔つきで考え込んでいる。大杉は早くも手元の本に目を落としている。一礼してから二人で部屋を出た。さきほどと同じ使用人に付き添われ、玄関まで案内される。無言のまま外に出た。

土地を借りることができない以上、プランA——ドローンの中継基地の建設計画は事実上、ストップせざるを得ない。天沼側は音楽フェスの誘致を画策しているらしく、すでに広告代理店にも打診しているという話だった。

「まあ仕方ない。別の手を考えるしかないな」

敢えて明るい口調で言い、川尻は運転席に乗り込んだ。莉子はなかなか助手席に乗ってこない。

彼女は立ち止まり、大杉家の屋敷と、その背後に見える王松山の山頂を見上げていた。

その翌日のことだった。川尻は午前中は父の見舞いに行き、昼は城島父娘とともに庭でバーベキューをやることになった。明日ミニバスの試合があるため、城島たちは午後には北相模市に帰るという話だったので、病院に行ったついでに隣村のスーパーに寄り、奮発していい肉を買ってきたのだ。

実は川尻も東京に戻ることになった。もちろん仕事のためだ。関西地方の刑務所で刑務官によるパワハラが内部告発されたという。刑務所は法務省の管轄のため、マスコミ対策を命じられてしまったのだ。父はすっかり元気になり、今すぐにも退院したいと本人が言うほど回復したので、今日の午後には東京に戻るつもりだ。

「莉子ちゃん、お肉食べないのかな」

「お仕事中だからな。今はそっとしておこう」

城島父娘の会話が耳に入る。川尻は自宅の二階を見上げた。莉子は昨日から二階の客間に閉じ籠もっている。自らが考案した二つのプランが水泡に帰したため、新たなプランを練り直しているものと思われた。

「美味しいのにね、お肉」

「そうだな。旨い肉だな」

三人でバーベキューを楽しんでいると、家の前に一台のトラックが停まるのが見えた。町でよく見る宅配便のトラックだ。帽子を被ったドライバーが運転席から降りてきた。うちに荷物を届けにきたのだろうか。ノンアルコールビールの缶を置き、川尻は玄関先に向かった。ドライバーが尋ねてくる。

「こちらは真波さんのお宅でしょうか？」

「はい、そうです」玄関のドアが開き、二階から下りてきた莉子が顔を見せた。「すみません。中まで運んでもらえますか？」

運び込まれたのは結構大きな段ボール箱だった。それも三つ。いったい何を注文したのか。宅配便のトラックが去っていくと、莉子は再び玄関のドアを閉め、また姿を消してしまった。プレゼンのための資料でも買ったのかもしれない。

庭に戻ると、城島父娘は楽しそうに肉を焼いていた。娘の愛梨は小学四年生、少し反抗期に入りつつあるようで、父親に対してつれない態度をとることもあるが、基本的には仲のいい親娘だった。

「焼きそばは俺が焼こう」

「お父さん、美味しく焼けるの？　不味かったら食べないからね、私」

城島が焼きそばの調理を開始する。彼が作った焼きそばは味が濃く、いかにも男の料理といった感じだった。そろそろ片づけを始めようか。そう思っていた矢先、玄関の方から莉子がやってきた。その格好を見て川尻は驚く。

「真波、それっていったい……」

「見ての通りよ。キャンプをするの」

上は迷彩柄の半袖シャツ、下はハーフパンツにレギンスという格好だ。頭には麦わら帽子を被っている。腰にはチェックのシャツを巻きつけ、履いている靴は編み上げブーツだ。さらに背中には大きなリュックサックを背負っている。リュックの下にぶら下がっているのはコンパクトにまとまった寝袋のようだ。どこから見ても本格的なキャンパーといった格好だ。一応値札だけは外してあるようだが、どれもが新品だった。

「莉子ちゃん、かっこいい」

おだてるように愛梨が言うと、莉子はその場でクルリと一回転して言った。

「でしょ。全部通販で揃えたの」

さきほど運ばれた荷物がこれか。しかし彼女の真意は読めない。キャンプなどしていったい何になるというのだろうか。川尻の疑問を察したのか、莉子が説明した。

「郷に入っては郷に従え。もっと王松村での生活に触れてみたい。そういう結論に達したの。そうしなければ見えてこないものがある。私はまだ、この村の問題の本質を摑めていないから」

昨日の大杉の言葉だ。過疎化が進んでいる。それこそが一番の問題だと川尻自身は思っているが、大杉に言わせると違うようだ。

「だから私は村を回って、フィールドワークをおこなうつもり。今回は相手がコンサルの人間ということもあって、私自身もコンサル寄りの考えになっていたんだと思う。私には私のやり方がある。それを証明したい」

厚労省時代は「何でも屋」と言われ、フットワークの軽さが彼女の特長でもあった。しかしそれは厚労省内部に限定された話であり、こうして実際に現場を体験しようという気概はかつてはなかったように感じられる。厚労省を出て、彼女も変わったのかもしれない。

「真波さん、ちょっといいですか」ずっと黙っていた城島が口を挟む。彼のシャツには跳ねた焼きそばのソースが付着している。「一応、私はあなたの警護を命じられています。万が一の場合に備え、私も同行してもよろしいでしょうか？」

「ご心配には及びません。今回は私一人で大丈夫です」

「ですが……」

「念のため、昼間は二時間ごとにLINEを送ることにします。位置情報をオンにしておくので、それを頼りにしてください。では行ってきます」

莉子は踵(きびす)を返し、庭から出ていった。リュックサックが重そうだ。本当にあれでキャンプなどできるのだろうかと不安になる。

「行ってらっしゃーい」

愛梨が大きな声でそう言い、手を振っている。その横に立つ城島の顔は不安そうだった。

○

周囲は真っ暗だった。城島はスマートフォンの画面の明るさを頼りに歩いている。王松村の森の中だ。

いったん北相模市に戻った城島だったが、莉子の母、薫子に愛梨を預け、そのまま王松村に引き返した。城島はジャパン警備保障の社員であり、莉子の警護を正式に依頼されている身の上だ。彼女に断られたからといって引き下がるわけにはいかない。

スマートフォンの位置情報サービスを使った追跡アプリ――万が一の場合に備えてインストール済み――で彼女の居場所は特定できる。そろそろ見えてきてもいい頃だ。足音を忍ばせ、城島は周囲の様子を窺った。

広い場所に出た。畑のようだ。明かりが見え、人の話し声も聞こえてくる。数人の男女が焚き火を囲んでいるようだった。追跡アプリを見る限り、あの中に莉子がいると思われた。いったいどういうことなのか。

焚き火の方に向かって足を運ぶ。莉子が二人の男性に囲まれているのがわかった。どちらの男性も六十代から七十代ほどに見える。焚き火を囲んで酒を飲んでいるようだった。片方の男性の足元には犬が寝そべっていて、その犬が城島の存在に気づいて「ワン」と吠えた。

「ん？　誰だ？」

男の声が聞こえた。バレてしまったなら仕方ない。城島は前に出た。「こんばんは」と声を発すると、城島に気づいた莉子が説明してくれた。

「この方は私の知り合いです。あ、城島さん。こちらのお二人は近くに住んでいる王松村の方々です。今、お話を伺っていたところなんですよ」

「そうかいそうかい。兄ちゃんも座りなよ。この酒、旨いんだ。東京にいる長男が送ってくれたんだ」

紙コップを渡され、そこに一升瓶から酒を注がれた。片方の男性が話し始める。

「そろそろ寝ようかと思っていたところだった。うちの畑の隅にテントが張ってあったのが見えたんだ。で、驚いて外に出てみたら、このお姉ちゃんがいたんだ。見るとえらい別嬪さんじゃないか。一人でキャンプしてるって言うから、ヤマさんも呼んで一緒に酒を飲むことになったんだよ」

「お二人は」と莉子が城島に向かって言う。「トクさんとヤマさんです。トクさんは数年前に林業のお仕事を辞め、今はこの畑で野菜を栽培しておられるそうです。ヤマさんも同様で、週に一度、グラウンドゴルフを楽しんでおられるとか」

「年寄りばかりの村だからな。仕事辞めちまったら、あとはのんびり暮らすしかないのさ。ところでお兄さん、やけにガタイがいいけど何かやってたのかい？」

「柔道を少々」

「ほほう、柔道ね。実は俺も高校んときは柔道部だった。王松村の三四郎とまで呼ばれた男だ。ここは一つ、俺と勝負しようじゃないか」

「やめときなって、トクさん」

二人ともすっかり酔っ払っている。城島は莉子のもとに近づき、声をかけた。

「本当にキャンプをなさるおつもりなんですね」

「ええ。最近のテントは凄いですね。初心者の私でも簡単に張ることができました」

「夕食は何を？」

「お湯を沸かしてカップ麺を食べました。美味しかったです」

栗林総理の顔が脳裏に浮かぶ。娘をよろしくと言われているし、今つけているロレックスの腕時計も総理からもらったものだ。ただし莉子本人の意思でおこなっているキャンプなので、止めるわけにもいかなかった。遠く離れた場所から見守る。それがSPとしての仕事だ。

「お姉ちゃん、もっと飲みなよ。家に帰ればまだ二本残ってるんだ」

「いただきます。お二人はこの村に住んでいて、何か不便なこととかありませんか？」

「うーん、そんなにないかな。強いて言えば若い女の子がいないことくらいかな。お姉ちゃん、よかったらうちの村に来ないか」

「それがいい。うちの村に来てくれよ。俺の年金、半分お姉ちゃんにあげるから」

「そうですね。検討させていただきます」

かなり打ち解けた様子で話している。この二人はまさか目の前にいる女性が総理の娘だとは想像だにしていないはずだ。城島は近くに停めた車の中で一晩過ごすつもりだった。天気予報の週間予想も晴れの日が続いているし、この分だと問題ないだろう。

見上げると星が綺麗だった。都内で見る夜空よりも闇の濃度も濃く、星がはっきり見えた。村人二人のお陰でロマンチックなムードは望めそうにないが、これはこれで悪くなかった。

○

プレゼン当日を迎えた。川尻は朝一番で都内の公務員宿舎を出て、王松村に向かった。ちょうど今日は父の退院の日でもあるため、休みをもらったのだ。

プレゼンの会場は王松村役場の会議室だ。役場でもっとも大きな会議室らしく、思った以上に見物客が入っているので驚いた。城島が座っているのが見えたので、彼の隣の空いたパイプ椅子に座る。城島が耳に口を寄せてきた。

「役場の職員だけじゃなくて、村の人たちも見物に来ているらしいですよ。町内会の役員とか林業組合の理事とかね」

会議室に入っているのは三十名ほどだろうか。すでに莉子の姿も見える。前方にあるテーブル席に座っていた。少し離れた場所には天沼未央奈の姿も見える。莉子が一人でいるのに対し、未央奈の両脇には若い男性スタッフが控えている。定刻の午後一時になり、役場の職員である井上がマイクを持った。今日は珍しくスーツ姿だ。

「皆さん、本日はお集まりいただき誠にありがとうございます。これより王松村の集客事業に関するプレゼンテーションをおこないたいと思います。まずは天沼コンサルティングさんからお願いします。天沼さん、どうぞ」

天沼未央奈が立ち上がる。今日も白いスーツに身を包んでいる。天沼未央奈は自信に溢れた表情で会議室を見回し、マイクに向かって話し始める。

「皆さん、こんにちは。天沼コンサルティング代表取締役の天沼未央奈です。多くの方にお集まりいただき嬉しく思います。まずは自己紹介させてください。私は……」

自らのキャリアを簡単に説明する。要するに自慢話の類いではあるが、村の人間にはインパクトは十分だろう。最後に自著を紹介するまでの徹底ぶりだ。この後、サイン本を販売するのではないかと思われるほどだ。

「……前置きが長くなりましたが、私のプレゼンに移ります。私がご提案したいのは、この村で音楽フェスティバル、いわゆる多数のアーティストが出演するお祭りですね、それを開催してはどうかというものです」

前方のスクリーンにはイメージ映像として別の音楽フェスの画像が出ている。未央奈が説明を続けた。

「会場は王松ほしぞら公園を予定しております。先日私も視察したのですが、立地条件も申し分ありません。開催時期は来年の春、収容人数は三万人を予定しています」

会議室がどよめく。三万人という数字はかなり衝撃的だ。何しろ村の全人口は五百人にも満たないのだ。ある意味、天文学的な数字とも言えよう。普段は都内で働く川尻でもそう思うのだから、村人だったら尚更だ。

「すでに大手広告代理店の人間とも話をして、数組のアーティストに接触済みです。まだ正式決定ではないので内密にお願いしたいのですが、色よい返事をいただいているアーティストもいます。その一部をご紹介させていただきますと、去年紅白にも出場した……」

数組の歌手、バンドが紹介される。川尻も名前だけは知っているアーティストが多数いたが、高齢の村人たちにはピンと来ない様子だった。それでも自分の村で大きなイベントが開催されるという期待を胸に、誰もが真剣な顔つきで耳を傾けている。

「できれば毎年開催したいというのが私の意向です。王松村の名前を全国に轟(とどろ)かせるようなイベントに育てていきたいと考えております。まずは実行委員会を起ち上げ……」

未央奈は実現に向けてのプロセスを説明する。すでに広告代理店が関与しているだけのことはあり、かなり具体性に満ちた説明だった。莉子が最初に思いついたプランとほとんど同じなので、川尻としてはさほど驚きはなかった。ただ、天沼未央奈が優秀なコンサルであることは認めざるを得ない。

そのまま質疑応答に移った。質問者のほとんどは村役場の人間だったが、未央奈ははきはきとした口調で質問に答えていく。百点満点のプレゼンだと川尻は思った。果たして莉子はどう戦うのか。コンサル相手ではいくら彼女でも分が悪そうだ。

司会の井上が発言した。

「ほかに質疑もないようなので、次のプレゼンテーションをお願いします。真波さん、よろしくお願いします」

莉子が立ち上がり、頭を下げる。莉子はシックなダークグレーのパンツスーツに身を包んでいる。髪は後ろでまとめ、清潔な印象を与えている。元厚労省のキャリア官僚にして、総理の隠し子。そのバックボーンを知っている人間がこの会議室にどれほどいるだろうか。

「皆さん、初めまして。真波と申します。実は私も天沼さんと同じく、ライブイベントの開催を軸に考えていました。ところが天沼さんが素晴らしいイベントを企画されていると小耳に挟み、計画を変更せざるを得ませんでした。私はここ二日、王松村を歩き回りました。村の方ともお話しさせていただき、有益な情報を頂戴いたしました。その節はありがとうございました」

会議室の一部からパラパラと拍手が起こる。もしかすると顔見知りになった村人が来ているのかもしれない。莉子は続けて言った。

「今回私がご提案いたしますのは、キャンプです。村内の好きなところでキャンプをしていい。要するに王松村総キャンプ場計画です」

そう来たか。川尻は自分が身を乗り出していることに気づいたが、周囲の村人たちにはさほど響いていないようだ。首を捻（ひね）っている者も多い。真波、ここからだぞ。川尻は前に立つ莉子に心の中で声をかけた。

○

最初の一撃では思った以上のインパクトを与えることはできなかった。まあいい。莉子は気をとり直して説明を進める。

「昨今、キャンプがブームとなっております。コロナ禍におけるソーシャルディスタンスの徹底が、人々の目をアウトドアに向けました。週末はキャンプを楽しむ人たちも増え、都内近郊のアウトドア宿泊施設は、シーズンともなると予約で一杯になるという話も聞きます。ソロキャンプという言葉が流行語大賞に選ばれたのも記憶に新しいでしょう」

莉子自身はあまりキャンプはしない。山でキャンプをするくらいなら、雀荘でシャンパーニュを飲んでいたいというのが正直な気持ちだ。だが今回、王松村で二日間、アウトドア生活を楽しんでみて、キャンプもそれほど悪くないと思うようになった。

「東京から車で三時間半。決して近いとは言えませんが、この王松村は自然に溢れています。村の好きなところにテントを張ってキャンプを楽しんでいい。村全体がキャンプ場。そういうキャッチコピーで村を売り出すのです」

動画投稿サイトにはキャンプを楽しむ芸能人の動画や、自称キャンプのプロがそのコツを伝授する動画などが溢れていて、再生回数もかなりの数だった。そういうインフルエンサーたちに広告掲載をもちかけるなどすれば、大きな宣伝効果を見込めると莉子は考えていた。

「料金は一人につき一泊五百円を予定しております。これは蓋を開けてみなければわかりませんが、夏休みシーズンには一日当たり十組が来村するとして、一ヵ月換算で三百組来ることになります。今では一年を通してキャンプを楽しむ方もいるようです」

　真冬でもキャンプをする猛者がいるという。初心者の莉子には意味不明だ。

「また村内にある空き家のいくつかをピックアップし、所有者と交渉の上、水道やシャワー、トイレや台所などを自由に使えるように手配いたします」

　ネットで見たところ、どのキャンプ場にも共同炊事場があった。それを空き家で賄ってしまおうという算段だ。徐々にわかってきてくれたらしく、言葉を交わし合っている人たちもいた。莉子はさらに畳みかけるように言った。

「決して数万人規模のイベントではありません。ただし王松村総キャンプ場計画が実現すれば、村の至るところで都会から来た家族の笑い声が聞こえる、そんな村になるはずです」

　地域活性化、シティセールスの一種だ。よくあるのが地域の名産品やご当地料理をＢ級グルメとして売り出したり、ふるさと納税の返礼品にしたりするというものだ。または空き家に移住を勧めるという施策もある。ただし王松村ほどの田舎になってしまうと、都会から移住者を呼び込むのは無理がある。

　ならば新しい何かを作り出すしかない。天沼未央奈は音楽フェスというイベントを作り出そうという考えだった。一方、莉子は村全部をキャンプ場にしてしまおうと考えた。方法は違えど、村に新たな何かを生み出すという意味では、方向性は似ていると言えよう。

「ちょっといいかな、莉子ちゃん」会議室の後方で手が挙がる。先日一緒に酒を飲んだトクさんという村人だ。「つうことはあれだろ。うちの畑の近くでも都会の奴らが勝手にキャンプをやるってことだよな。ゴミとか捨てられたらたまったもんじゃないぞ」

「そいつはかなわんな」

「都会の奴はマナーってもんを知らねえからな」

トクさんの意見に賛同するような声が各所で上がる。トクさん、ナイス質問。莉子は会議室の面々を見回して言った。

「まさにその通りです。きっとマナーの悪いお客さんもいることでしょう。平気でゴミを捨てるような人もいるかもしれません。畑に空き缶や煙草の吸い殻を投げ捨てたり、一晩中大騒ぎしたりするような若者も出てくるでしょう」

莉子の発言に会議室内がざわめく。

「おいおい、待ってくれよ。そんなの嫌だよ」

「本当だ。勘弁してくれよ」

「そうだそうだ。俺はキャンプなんて反対だ」

人々が口々に不平不満を溢(こぼ)している。莉子はしばらく待ってから口を開く。

「そこで出番となるのが、皆さんです。主に対象となるのは、定年退職されてご自宅で過ごされている方々です。そういう方々を中心に見回り隊を結成し、日夜パトロールしていただきます。キャンパーたちが出したゴミを片づけ、マナーが守られているか、それを逐一確認するのです。当然給料はお支払いいたします」

「俺でもいいのかい？」

またしてもトクさんが声を上げる。莉子はうなずいた。

「もちろんです。私はある方から『この村の問題の本質とは何か』という命題を突きつけられました。考えた末、高齢者の雇用がこの村の問題ではないかと思い至りました。現在、王松村の全人口の六割以上が六十五歳以上で、その多くが退職して年金生活を送られているようです。私はここ数日、村でお会いした高齢者の方にこう質問しました。もし簡単な仕事があったらやってみたいか。九割の方がやってみたいとお答えになりました。私がご提案する王松村総キャンプ場計画は都会の人々を村に招くと同時に、見回り隊という地域に根ざした雇用をも生み出します」

誰もが真剣な顔つきで莉子の話に耳を傾けている。大きな手応えを感じつつ、莉子は締めくくった。

「まだまだ働きたい方、一緒に働きましょう。以上で私のプレゼンは終了いたします。ご清聴ありがとうございました」

拍手が沸き起こる。一番激しく手を叩いているのはトクさんとヤマさんだった。司会の井上が咳払いをしてから言った。

「それでは質疑応答に移ります。質問はございませんか？　では一番前の席のそちらの方、どうぞ」

「ええと、空き家を開放するというお話でしたが、その際の使用料は……」

いくつか質問が寄せられたが、どれもが想定内のものだった。最後に対戦相手でもある天沼未央奈が手を挙げた。

「村のどこでもキャンプをしていい。そういう計画のようですが、土地所有者の許可を得ているのでしょうか？　たとえば村の面積の半分を占めるのは王松山です。山の所有者の許可を得なければこの計画は破綻すると思いますが」

残念ながら会議室に大杉の姿はない。役場を通じてプレゼンの見学を打診したのだが、姿を見せてはくれなかった。しかし彼の助言がなければ今回の計画は生まれなかったはずだし、彼が出した課題をクリアしたという自負もあった。

「その件につきましては、今後交渉していくつもりです。登記上、所有者が不明になっている土地もあるようですし、中には計画にご賛同いただけない方もいるかと思われます。そういう土地に関しては立ち入りを制限する方針です。使用できる空き家や水場、立ち入り禁止エリアなどを明記したパンフレットを作成し、キャンパーに配る予定となっております」

未央奈は何か言いたげな顔つきだったが、それ以上質問を重ねてくることはなかった。結果は後日通知するという説明のあと、プレゼンは終了となった。

「やったな、真波。いいプレゼンだった」

川尻と城島、それから村役場の井上たちがやってくる。彼らの顔つきを見ても、莉子のプレゼンが好評だったことが伝わってきた。天沼未央奈がこちらを睨みながら、カツカツとヒールの音とともに会議室から出ていった。その敵意に満ちた目つきがやけに印象的だった。


一週間後、莉子は再び王松村に出向いた。前日に村役場から連絡があり、莉子の計画案が正式採用されると決まったからだ。ただし、王松山の土地所有者である大杉の許可を得ることが前提条件だった。そこで大杉家を訪れることになったのだ。

城島の運転するプリウスが大杉家の前で停まったので、莉子は車から降りた。もう一台、車が停まった。黒塗りのハイヤーだ。莉子は車に駆け寄り、後部座席のドアを開けた。和装姿の男が降り立つ。無頼派作家の織部金作だ。

「本当に山の中だね」

周囲の鬱蒼とした森を見回し、織部が言う。莉子も同調した。

「そうですね。ここは王松山の中腹です。少し下に行くと川も流れていて、そこではヤマメも釣れるそうです。あとで役場の方がご案内します」

「それは楽しみだ」

織部は釣りを趣味としており、釣り雑誌にエッセイを連載していたこともある。特に渓流釣りを好むことで知られていた。

「こちらです。先生」

大杉家の門をくぐる。インターホンを押すと先日も応対してくれた使用人が姿を現した。訪問の意向は事前に伝えておいたので、そのまま中に案内される。先日も入った広い書斎で大杉は待っていた。入ってきた織部の姿を見て、大杉は驚いた様子で腰を上げた。

「ど、どうして……」

「私がお連れいたしました。ちょっとしたサプライズですね」

実は前回ここを訪れたときに、壁に備えつけられた本棚の中に織部金作の著作が並んでいるのが見えたのだ。それも一冊や二冊ではなく、過去に出した単行本が一列綺麗に並んでいた。嫌いな作家の本をこうして集めたりはしないはず。だから織部を連れてきたのである。

「織部先生は釣りが趣味です。このあと渓流釣りを楽しまれるご予定になっています。もしよろしかったら大杉さんもいかがでしょうか？」

少し戸惑った様子で大杉が言った。

「まあ、それは是非……」

「ありがとうございます。ところで大杉さん、先日の話ですが……」

莉子が本題を切り出すと、大杉が被せるように口を開いた。

「その件だったら知っとるよ。狭い村だ。そのくらいの噂は耳に入ってくるものだ。この村全体をキャンプ場にしてしまい、同時に村の高齢者の働き口も用意する。よく考えたものだが、それで村の課題が解決されるわけではない」

「えっ？　つまり土地はお貸しいただけないということでしょうか？」

「話は最後まで聞きなさい。君の案には賛成だ。だがな、真波君。この事業が成功しても、それで村の過疎化が解消されるわけではない。国全体にも言えることだ。君ならわかっているだろ」

「重々承知しております」

今後、似たような問題に直面する自治体は増加の一途を辿ることになる。そしてそれは巡り巡って東京などの都会にも押し寄せる。このペースで少子化が進めば、数十年、数百年後には今は都会と呼ばれている都市部でさえも、過疎化が始まるかもしれないのだ。

栄枯盛衰という言葉があるが、日本はすでに枯れ、衰えつつある段階に入っている。それは霞が関にいては見えてこないものだった。そういう意味では大きな収穫だ。

「私の所有する土地は存分に使ってくれ。ただし木の伐採などの現状変更だけはご法度だ。あとは火事を出さぬように火の始末にだけは注意してくれ。詳細な契約は村役場とおこなえばいいんだろ」

「はい。よろしくお願いいたします」

莉子は頭を下げた。すると大杉が朗らかな声で織部に話しかけた。

「織部先生、実は私も釣りをやるのですよ。自分でルアーを作ったりもしています。よかったら私が作ったルアー、見ていただきたいのですが」

「ほほう、それは興味深い。是非拝見しましょう」

織部と大杉が書斎から出ていった。莉子は二人の背中に向かって小さく頭を下げた。今夜の夕食は焼き魚と美味しい日本酒になりそうだ。

○

「川尻君、例の挨拶文、作ってくれた？」

「ええ、できてます。いつものファイルに保管してありますよ」

八月も後半に入り、川尻は法務省の自席で業務に励んでいた。秘書課として法務大臣のスケジュール管理や各部局との調整が一番の仕事ではあるが、その他の仕事に忙殺されることが多い。特に夏場は各地で夏祭りが開催され、政治家たちはこぞって地元に帰り、祭りの場で挨拶を述べたりする。そこでの挨拶文や、進んでいない陳情への回答などを作らされる羽目になる。俺たち官僚は政治家の丁稚(でっち)じゃないんだぞ、と言いたくなるほどだ。

そうこうしているうちにパソコンにメールを受信する。送ってきたのは法務省の広報課の男で、内容は先日発生した関西地方の刑務所のパワハラ問題に関するマスコミ対策についてだった。後回しにできる問題ではないので、メールに目を通して返信する。まだ返信していないメールが三十通も溜まっている。届いたメールに返信しているだけで一日が潰れる。笑えない官僚ジョークだ。

スマートフォンに不在着信が入っていた。王松村の父からだった。折り返すと電話はすぐに繋がり、勇作の声が聞こえてくる。

「悪いな。仕事中じゃなかったのか？」

「今なら少し話せるんだ。それより用件は？」

父が退院してから二週間ほど経った。順調に回復しているようだ。激しい運動だけは医者から止められているが、そもそも運動をやる男ではない。朝昼晩に薬を服用しているだけで、それ以外はすっかり通常の生活に戻っている。

「プリンターだ。インク切れの表示が出てしまうんだ」

自宅にあるプリンターのことだろう。実はここ数日、父からパソコン周りに関する質問がたまに来る。昨日はウイルス対策ソフトの更新に関する質問を受けたし、その前の日には表計算ソフトの使い方について尋ねられた。

「たしか新品のインクカートリッジがあったはずだ。俺の部屋の机の引き出しの中にあったと思うんだけど」

「ちょっと待ってくれ。……あったぞ。これをどうすればいいんだ？」

「プリンターの蓋を開けて……」

例の莉子の計画が採用となり、早くも村役場は動き出したらしい。村内のゴミ拾いと治安を維持する組織、通称見回り隊の募集も始まり、村役場の職員ＯＢである父は事務局員として働くことになったそうだ。隊員の名簿作りなどやることが山積みになり、だからこうして張り切っているのだ。

「おお、動いたぞ。これで何とかなりそうだ。ありがとな」

「礼はいいって」

電話で声を聞く限り、父は最近若返ったような気がする。新たな仕事に就くということが、こうも簡単に人を若返らせてしまうとは驚きだ。これもすべて真波莉子のお陰だ。彼女がいなかったらどうなっていたかわからない。

「またわからないことがあったら電話する。やっぱり年寄りにパソコンは難しいよ」

通話を終えた。電話をしている最中に新たに二件のメールを受信していた。いずれも仕事のメールであり、どれも返信をしなければいけない内容だった。これで今日中に返信しなければならないメールは三十二通となる。今日も帰りは深夜になりそうだ。

「川尻君、ちょっといいかい？　副大臣がお呼びだ。明日のスケジュールについて訊きたいことがあるらしい」

「わかりました。すぐに行きます」

立ち上がったとき、再びスマートフォンが振動する。今度はＬＩＮＥのメッセージだった。送信者は真波莉子で、内容は今週末にたまには麻雀でもしないかというものだった。彼女と雀卓を囲むのは久し振りだ。川尻は了解を意味するクマのスタンプを送った。

何だか少しだけ気持ちが上向く。週末の予定のために頑張れそうな、そんな気分になり、川尻は椅子の背もたれにかけていたスーツの上着に袖を通した。

第一問：限界集落である某村を活性化させなさい。

解答例

村内すべてをキャンプ場に
してしまう案をプレゼンする。

集客だけではなく、
同時に高齢者の雇用も確保する。

敏腕コンサルと被ったアイデアは
即刻諦めるのが吉。

第二問：

某市の給食センターの
異物混入問題を解決し、ついでに
客離れに悩む某キャバクラの
売り上げを回復させなさい。

「若いのにもったいない。彼氏の一人や二人、いてもおかしくないだろ、その体なら」

そう言って男はウーロン茶のグラス片手に、舐めるような視線をこちらに向けてくる。富安彩花はスカートの上に置いたハンカチの位置を直しながら言った。

「だって仕方ないんですよ。実際モテないんだから」

「嘘言うなって。本当は男がいるんだろ。いるに決まってる」

ウザいなあ。そんな本音は心の奥にしまい、彩花は愛想笑いを浮かべた。

新橋にあるキャバクラ〈アラジン〉の店内だ。彩花がここで働くようになってもう二年以上経つ。ちょうど面接を受けているときに、テレビで横浜港に停泊しているダイヤモンド・プリンセス号というクルーズ船の船内で、新型コロナウイルス感染症が集団発生しているニュースを伝えていた。あのときは自分にはまったく関係ないと思っていたのだが、関係ないどころか、実際には関係ありまくりだった。アラジンは元々立地条件がそれほどいい方ではなかったため、さほど儲かっているとは言い難い店だったが、コロナのせいでさらに大打撃を受けた。閑古鳥が鳴き、お客がゼロだった日も一日や二日ではない。夜が駄目ならと昼から営業する店も増え始め、アラジンも昼キャバを始めたが、客の入りは悪かった。

店長も二回交代した。嫌気がさして逃げてしまい、残った男性ホールスタッフが渋々引き受けるという悪循環だ。今、店長をやっているのは木村という元運転手で、まだ二十三歳の若者だ。東北弁の訛りが残り、本当に人柄のいい男の子で、どうして水商売をやっているのかわからないほどに気のいい男なのだが、そういう従順な性格だからこそ店長の座を押しつけられてしまったのだ。現在店に所属している六人の女の子も、早く別の店に移ってしまいたいという気持ちが少なからずある。ただ、木村が可哀想という気持ちと職探しが面倒臭いという気持ちが半々のまま、この店に居続けているのだと彩花は勝手に思っている。

「ふーん。マリちゃんも彼氏がいないのか。じゃあ夜は淋しいだろ」

「やめてくださいよ、オノさん」

昼営業中の午後一時。店内にいるのはオノという名前の常連客が一名だけだ。七十くらいの老人なのだが、二週間に一度は必ず来店する。三ヵ月ほど前から来店している、金払いのいい常連客だ。きっと金持ちなんだろうと彩花は思っている。あまり服装に頓着がないようだが、時計だけは高級品だ。帰りも必ず黒塗りのハイヤーが迎えにくる。

ほかに客もいないので、店に出ている三人の女の子が全員でオノの相手をしている。それがまた彼をいい気分にさせるようだ。夜だとほかの客がいたりするので、ハーレム状態を堪能できるのは暇な平日の昼だけだ。

「オノさん、もし私たち三人の中で誰か一人と付き合えるとしたら、誰を選びます？」

「うーん、難しい質問だなあ」

鼻の下を伸ばしてオノは腕を組む。それから三人の姿を見回して言った。

「結婚するならマリちゃん、恋人にするならアヤちゃん、愛人はセイラちゃんかな」

彩花はお尻の下に隠していたスマートフォンを出し、さりげなくメールをチェックする振りをしながら、カメラ機能をオンにした。そろそろいい頃合いだ。

彩花を指名する常連客の中に、鈴木（すずき）という髭を生やした男がいる。三十代くらいの陰のあるイケメンで、アフターで三回ほど焼肉を食べにいった。その三回目の焼肉が先週だったのだが、突然彼が言った。

実は俺、フリーの記者なんだよね。是非アヤちゃんに頼みがあるんだよ。昼にオノっていうジジイが店に来るだろ。あのジジイの動画を撮ってほしいんだよ。

十万円くれると言ったが、嫌な予感がしたので断った。すると鈴木は残忍な笑みを浮かべて言った。

断るのは利口じゃないね。だってこの画像が世間に流れたらヤバいんじゃないか。

鈴木がスマートフォンを向けてきた。そこに映っていたのは彩花の裸体だった。以前付き合っていたホストと抱き合っている画像だ。どうして鈴木がこんなものを……。

結局断ることができず、前金の三万円を受けとり、撮影開始時に音が出ないように動画を撮る方法を教えられた。次にオノが来るのはいつだろうとビクビクしながら待っていたところ、さきほど来店したのだ。できるだけオノと女の子が接近している映像を撮ってくれ。鈴木からそう言われている。出来次第では謝礼を増やしてやってもいいとも言われていた。

「ねえ、オノさん。選んでいいのは一人だけよ」

「そうよ。こないだ私のことタイプだって言ってくれたじゃん」

「決めたぞ」とオノは手にしていたグラスをテーブルの上に置き、隣に座っていたマリの肩を抱き寄せた。「俺はマリちゃんだ。大学生の頃に憧れてた子にそっくりなんだ。マリちゃんの方がだいぶ胸はあるけどな」

「やだ、オノさんったら」

誰もこちらを見ていないことを確認してから、彩花はスマートフォンを操作してカメラのレンズをオノの方に向ける。オノはニヤニヤしてマリの肩に手を回し、反対側の手で彼女の手の甲を撫でていた。

○

昼休みの終わりを告げるブザーが鳴った。山本希美(やまもとのぞみ)はお喋りをやめて休憩室の椅子から立ち上がる。廊下を進み、第二調理室の前で殺菌済みの手袋を嵌(は)め、帽子を被った。最後にマスクをつけてから中に入る。同僚の調理師とともに作業を開始する。

希美の職場は北相模市給食センター。北相模市内にある小中学校に提供する給食を作る調理場だ。三十歳のときから働き始め、今年で十二年目に突入する。働くスタッフは総勢百名ほどで、うち調理員は六十名くらいだ。その他は給食を運搬する運転手や管理栄養士など、さまざまな職種のスタッフが勤務している。

「希美さん、まずは明日の下準備から始めましょうか」

「了解です」

午前中は丸々給食作りに追われる。まさに戦場のような忙しさだ。午後は基本的に戻ってきた食器類の洗浄が主な仕事であり、その合間を縫って翌日に向けた準備や在庫のチェック・搬入などをおこなうのだ。

基本的に体力勝負の仕事である。給食を盛りつける什器(じゅうき)一枚一枚は軽いのだが、それが一クラス分となると結構な重さになる。取り扱う食材の量も膨大だ。北相模市には小中学校が三十二校あり、そこに通う児童・生徒の数は二万人に及ぶ。毎日二万人分の給食を作らなければならないのだ。たとえば朝七時半から二時間近く、ずっと野菜カットの機械を回し続けるなんてこともざらにある。

辞めたいと思ったことは何度かあるが、せめて息子の勇也(ゆうや)が成人するまでは続けようと思って今日まで続けてきた。体力的にも仕事に慣れ、調理師仲間ともうまくやっているので、今では体力の続く限り続けたいとも思っている。

ブザーが鳴った。続けて館内放送が流れる。

『すべての調理スタッフは作業を中断し、大会議室に集まってください。繰り返します。すべての調理スタッフは……』

同僚たちと視線を交わす。誰もが不審に感じているようだった。この時間に大会議室に集められることなど滅多にない。不測の事態が起きた証拠だった。希美は同僚たちと一緒に第二調理室を出た。手袋をとって使用済みの籠に入れる。二階にある大会議室に向かった。

空いている椅子に座る。ぞろぞろと調理員たちが集まってくる。怪訝そうな顔つきで言葉を交わしている者もいた。集まった調理員は四十名ほどだろうか。すでに午前中でシフトを終えた者もいるし、機械が動いている関係で手を離せない者もいるはずだ。

しばらくして六名のスーツを着た男たちが大会議室に姿を現した。普段、センターの事務室にいる三名の市職員――センター長と二名の事務員――以外にも市役所の職員が訪れているらしい。何だか大変なことが起きたみたいだぞ。調理員の誰もがそう勘づいたようで、互いに目配せを交わし合っている。

「すみませんね。作業中に集まってもらって」

最初に発言したのはセンター長である杉本だ。センター長に就任して五年目の職員で、温厚な性格で知られている。彼の表情が硬いのが気になった。

「集まってもらったのはほかでもありません。南台小学校の給食から異物が発見されたようです。長さ七センチの釘です。今日の副菜であるキャベツたっぷりメンチカツに刺さっていたみたいですね」

思わず息を呑む。絶対にあってはならないことだ。スーツ姿の見知らぬ職員がタブレット端末を出し、何やら操作していた。杉本が説明を続ける。

「見つかったのは四年二組の給食です。幸い食べる前に配膳していた児童が発見し、大事には至らなかったようです。担任教師が校長に報告。すぐさま市の教育委員会にも連絡が入りました」

　北相模市給食センターは市の施設だ。最近では民間企業に丸ごと業務委託をする自治体も増えているようだが、北相模市では直営で給食センターを運営している。

「すぐに学校教育課の職員が南台小に向かい、刺さっていた釘を回収したそうです。今のところほかのクラスの給食から異物は出てきていないそうです。ほかの学校からも報告はありません」

　会議室が暗くなった。正面のモニターに一枚の画像が映し出された。調理員たちの間でどよめきの声が上がる。

　透明なビニール袋に入った釘が映っている。長さを意識させるためか、市販のボールペンが隣に置かれていた。七センチというのはかなりの長さで、禍々（まがまが）しさを感じるほどだ。

「いったいどうしてこんなものが給食に混入してしまったのか。実際に調理に当たった皆さんから事情を訊くべきだと判断しました」

　次に口を開いたのはスーツを着た見知らぬ男だった。杉本よりも若く、着ているスーツも上等そうだ。

「我々には説明責任というものがあります。原因を突き止めなければなりません。本日、第二調理室のDラインを担当していた方、その場で起立してください」

　頭上に雷が落ちたような気がした。メンチカツの名前が出たときから嫌な予感はしていたのだが、量が量なので自分のラインで作られたものであるはずがないと過信していた。しかし嫌な予感が現実となってしまったのだ。

第二調理室のDラインを担当していた調理員は全部で四人。副菜の仕上げが主な仕事で、今日の場合はメンチカツの成形とフライ、食缶へ入れるまでの仕上げの部分を担当していた。南台小学校へ運んだメンチカツはDラインで調理されたものだったのだ。

希美は目を伏せたまま周囲を見回す。一緒にDラインに入っていた同僚と目配せを交わし、希美は立ち上がった。

「あなたたちが担当していたラインで異物が混入したということです。身に覚えはありませんか？」

「有り得ません」反論したのは四人のうちの一人、田村響子（たむらきょうこ）というベテランの調理員だ。主任調理員という肩書きも与えられている。「そういう事故を防ぐため、必ず二人以上で調理に当たるようにマニュアル化されているんです。最後に蓋をするときも同様です。必ず最後に目視で確認してるんですから」

それは事実だ。児童・生徒の口に入るものなので、そのあたりの管理は徹底している。前職が飲食業だったスタッフも多いが、彼女らでさえマニュアルの厳しさに最初は戸惑うという話を聞いたことがある。

「ですが実際に起きたんです。それともあれですか？　どこかから釘が飛んできて、食缶を突き抜けてメンチカツに刺さったとでも言いたいわけですか。そんな馬鹿な話がありますか」

これでは完全に犯人扱いだ。周囲の調理員たちの視線を痛いほどに感じる。同情と好奇心が入り混じったような視線だ。そんな目で見ないで。私は犯人じゃない――。

「絶対に私たちじゃありません。徹底的に調べてもらって結構なので」

田村響子はそう言い切ったが、その言葉は虚しく響き渡るだけだった。いきなり泥沼に突き落とされたような気分だった。果たして私はどうなってしまうのか。エアコンが利いているというのに、希美はおでこに汗がにじんでいることに気がついた。

○

「それで状況は？」

総理執務室に入るなり、莉子はそう言って父、栗林総理を見た。午後七時を回ったというのに父は珍しく素面(しらふ)だった。午後六時になったらワインを飲むのが父の日課だ。それほど重大な事案が発生したというわけだ。しかしそれは外交的な問題でもないし、災害などが発生したわけでもない。

「いきなりこれが送られてきたんだ。参ったよ」

父から渡された紙片を読む。いわゆるゲラというもので、週刊誌が発売前に原稿をチェックする際に使うものだ。赤字などで誤字を修正されている箇所もあり、かなり急いで書かれた記事であるのは明らかだった。そこにはこう書かれている。

『またもや栗林内閣にスキャンダルだ。今度のお騒がせの主は、衆議院議員の小野寺保氏（七十一歳、当選六回）だ。小野寺議員は過去には党三役を務めたこともある旧馬渕派の重鎮だ。

ある日の昼。サラリーマンで溢れる新橋の一角に黒塗りのハイヤーが停まった。降りてきたのは小野寺議員だ。彼が入っていったのは雑居ビルの三階にあるキャバクラ店。そう、小野寺先生は昼キャバをお楽しみになっていたのである。

本誌取材班は店に勤務する女性キャストに突撃取材を申し込んだ。そこで得た証言によると、小野寺議員は隔週で訪れる常連客らしく、必ず昼の時間帯に来店するそう。混み合う夜を避けているのかもしれない。

女性キャストの証言だ。「とってもいいお客さんですよ。でも同伴とかアフターの誘いはないですね。たまにエッチな質問もしてくるけど、それ以外は気になりません。元気なおじいちゃんですよ」

度重なる与党議員のスキャンダルに、栗林総理も頭を悩ませていることだろう。これが支持率の低下に影響するかしないかは、栗林総理の運次第？　本誌では店内における小野寺議員の動画を極秘入手した。本誌ホームページの有料会員向けのサイトで特別公開する予定だ』

写真も数カット、掲載されている。小野寺議員と若い女性が並んで座っている。女性の方には黒い目線が入っていたが、その手の店で働くスタッフであるのは一目瞭然だった。掲載するのは週刊スネークアイズという写真週刊誌で、与党である自明党に辛辣な記事を載せる傾向がある。

「お父さん、小野寺さんは認めてるの？」

「まあね」と父が答える。「小野寺さん、数年前に奥さんと死別されてね。それ以来、ちょっとタガが外れたというか、遊び回るようになってしまったそうだ。でも彼の話だと来店するだけで、決して外で会ったりはしなかったらしい。そもそも小野寺さんもいい年齢だしね。あっちの方も駄目なんじゃないかな」

そういう問題ではない。こうした記事が出回ること自体が問題なのだ。

議員のスキャンダルは季節の風物詩のように社会を賑わす。多いのは失言問題。コロナ禍における緊急事態宣言下での夜遊び報道もそうだ。ゴルフ場で煙草をポイ捨てするような議員もいた。ただしそれらはすべて、牛窪派の議員によるスキャンダルだった。

牛窪恒夫。現外務大臣であり、かつて馬渕栄一郎と総理の座を争った政治家だ。馬渕が栗林に禅譲する形で政界を去ったあとも、牛窪は自らの派閥を率いる領袖として君臨している。何かと父の足を引っ張る厄介な存在だ。

しかしである。今回不祥事を起こした小野寺保は旧馬渕派、つまり父と同じ派閥の議員なのだ。牛窪派だから関係ない、と逃げ切ることはできない。

「それで小野寺さんは？」

「反省してるみたい。都内のホテルに隠れてるそうだ」

「明日の午前中、謝罪会見を開きましょう」

「そんなに急がなくてもいいんじゃないか。その週刊誌が発売されるのは明日だろ。世間の反応を見てからでも遅くはないって」

父は呑気に言う。もともと政治家一家で育てられた彼はお坊ちゃんタイプの男だった。その端整な顔から切れ者のイメージがあり、ミスター・パーフェクトの異名を持つが、家族に見せる顔は完璧とはほど遠い。

「こういうのは迅速な対応が求められるの。台本は私が書くから心配しないで。あ、お父さんにも明日の夕方あたりに謝ってもらうから」

「えっ？　私もかい？」

「当然じゃないの。お父さんの派閥の議員が起こしたスキャンダルなんだから。それと小野寺さんが現在就いている役職、すべて明日中に辞任するように指示を出して。プライベートで引き受けたものも含めて全部よ」

「オーケー牧場」

父が内線電話をとった。小野寺は高齢なので大臣等の役職には就いていないが、それ以外の委員会やシンポジウム、あとは何とか協会の理事とか出身大学の同窓会長などを務めている。すべて辞任しておいた方が得策だ。

「莉子。何か食べる？　寿司でも頼もうか？　でも寿司だと赤ワインに合わないかな。今日は東京五輪のときにIOC会長からもらったオーパス・ワンを飲もうと思っているんだ」

「お父さん、悪いけど今日はワインはやめといて。少なくとも私が作った原稿をチェックしてからにして」

「そんな殺生な。車だってガソリンがないと走らないだろ。それと一緒だよ」

「お父さんもそろそろ電気自動車に切り替えたらどう？」

「それは無理な相談だよ」

気になるのは有料会員限定で公開される動画だ。その動画の内容次第ではもっと際どい立場に追い込まれる可能性もある。問題は今回のスクープが単発なのかどうかだ。第二弾が用意されていたら厄介だ。そのあたりのことを確認しておく必要があるだろう。

莉子は執務室のデスクに座る。父が興じていたオンラインゲームの画面を閉じ、文書作成ソフトを起動した。

○

体育館にぞろぞろと保護者たちが集まり始めている。こういうときってどうして真ん中から後ろにかけての席が先に埋まっていくんだろうな。そんなことを考えながら城島は前の方に見つけた空席に腰を下ろした。愛梨が通っている小学校の体育館だ。ミニバスの試合の応援で何度か入ったことがあるが、今日は床一面にシートが敷かれ、土足で歩いてもいいようになっていた。

臨時の保護者会だ。午後四時過ぎにクラスの一斉メールで送られてきたのだ。城島が子供の頃は連絡網を使ってリレー形式で電話を繋いだものだが、今では一斉メールになっている。便利な世の中だ。

「何があったんでしょうね」

隣に座る男性にそう訊かれた。会社帰りのサラリーマンのようだ。保護者会の開始は午後七時からで、あと五分を切っている。

「給食から異物が出たみたいです」

城島がそう教えてやると、男は驚いたように目を丸くした。

「給食から異物？　そりゃまた大変ですねえ」

この学校ではないらしいが、市内の小学校でそういう事件があったという。噂とはあっという間に広まるもので、愛梨経由で城島の耳にも入ってきた。ただしどんなものがどの程度入っていたのか、詳しい事情はまだ知らない。

かなりの席が埋まっている。やがて教師たちが入り口から入ってきて、保護者たちの前に並んだ。教師たちは神妙な顔つきをしている。それだけで発生した事案の重大性が感じられるほどだった。マイクの前に立ったのは初老の校長だった。ミニバスの大会で開会宣言をしたので城島も顔だけは知っている。深々と頭を下げてから校長は言った。

「保護者の皆様、お忙しい中、突然のお呼び出しにもかかわらず、お集まりいただき誠にありがとうございます。本日、市内の南台小学校において、四年生のクラスの給食に異物が混入しているのが発見されました」

知らなかった者が多かったようで、保護者の間から大きなどよめきが洩れた。さらに校長は説明を続けた。

「本日のメニューの一品、メンチカツに長さ七センチの釘が刺さっていたと聞いております。幸い給食当番だった児童が配膳前に異物を発見し、事なきを得たそうです。すぐに南台小は市の教育委員会に報告しました」

事態を重く見た教育委員会は、すぐさま市内の全小中学校に連絡を入れ、給食に異物混入の恐れありと警告を発したが、ほかの小中学校の給食からは異物は見つからなかった。

「現在のところ、原因は明らかになっていないそうです。保健所にも連絡を入れ、原因究明を急いでいるところです。おそらく早ければ今夜中にテレビ、インターネット等にもニュースが流れることになるかと思います。まずは私の口からご説明させていただこうと、この場を設けさせていただきました。謹んでお詫び申し上げます」

校長が一歩後ろに下がり、マイクに額が当たらぬように頭を下げた。背後に控えた教師たちも同じように腰を折り曲げている。それを見て城島は何だか可哀想に思えてきた。事件が発生したのは別の学校なわけだし、彼らのせいでないのは明らかだ。

再び校長が説明を始める。

「現在、市では明日以降の対応を協議しているところでございます。決まり次第、すぐに一斉メールで保護者の方々にお知らせする予定です。それまでどうかお待ちください」

一人の保護者が手を挙げているのが見えた。発言したい。そういう意思表示か。マイクを持った教師がそちらに向かうと、女性が立ち上がった。

「明日以降の対応を協議するというお話ですが、場合によっては明日以降の給食がなくなるということでしょうか？」

校長は背後に控えた教師数人と協議したのち、マイクに向かって言った。

「その可能性もゼロではございません」

「それは困ります」と女性がすかさず言う。「うちは共働きで朝も早いんです。お弁当を作っている余裕などありませんから」

別にどうでもいいことではないか。それが城島の本心だった。明日や明後日の給食がなくなったところで構わない。手弁当を持たせてもいいし、コンビニあたりで買ったパンを持たせてやってもいい。

すると今度は男性が手を挙げ、発言を許された。

「私は今の方の意見には反対です。きちんと原因が解明されるまで給食をストップするのが筋だと思います。もし自分の子の給食に釘が入っていたら。そう想像すると怖くてたまりませんよ」

周囲が騒々しくなってくる。給食再開派と原因究明派。どうやらこの二つの派閥が出てきたようだ。

「ちょっといいですか」また別の保護者が発言を許される。作業着のような服を着た若い男だ。「被害はなかったんですよね。だったら別にどうでもいいんじゃないすか」

無関心派か。しかし無関心派はあまり賛同を得られず、すぐにマイクは別の者に奪われてしまう。城島は心情的には無関心派に近かったのだが、周囲の議論は白熱していく。

「原因が解明されるまで給食の停止はやむを得ないでしょう。ただしその場合、停止した分の給食費は返還してもらいたいですね」

「何を言ってるんですか。給食を停止されたら困りますよ。うちは暇じゃないんですから」

「暇とは何ですか。うちだって暇ではありませんって」

保護者たちはマイクなしで熱い議論を始めてしまっている。校長をはじめ、教師たちは困惑気味に立ち尽くしていた。彼らもいい迷惑だ。明日以降の給食をどうするか。それを決める決定権は彼らにはないのだから。

それを察したのか、すでに席を立ち始めている保護者も数名いた。もうしばらく見物していくか。そう思って城島は腕を組んだ。

○

午後十時。プリウスが北相模市役所のロータリーに停まった。莉子は手にしていたタブレット端末をショルダーバッグの中に入れ、後部座席から降り立った。

「お気をつけて」

「行ってきます」

城島に見送られ、莉子は夜間通用口に向かって歩き始める。莉子のスマートフォンに着信があったのは二時間前だ。かけてきたのは北相模市役所の秘書課の人間で、至急会いたいと市長が言っているという。北相模市内の小学校で給食に異物が混入するという事件が発生し、その件で相談があるというのだった。例の小野寺議員のスキャンダルについては謝罪会見の台本は完成し、その他諸々の段取りにも目途がつきそうだったので、こうして北相模市役所にやってきたのだ。

夜間通用口の前で若い男性職員が二人、莉子の到着を待ち受けていた。二人とともに庁舎内に入る。莉子はバッグの中から名札を出し、それを首からぶら下げた。莉子は今でも北相模市立病院医事課に籍を置く臨時職員でもある。

三階にある市長室に案内される。数人の男が何やら真剣な顔つきで話していた。どの顔も疲労の色が濃い。一番奥のソファに座っていた六十代の男が立ち上がる。市長の亀田だ。

「真波さん、突然お呼び立てして申し訳ない」

「いえいえ、お気になさらずに」

ここに来るまでの車中、城島から話を聞いた。城島の娘、愛梨が通う小学校でも夜に緊急保護者会が開催され、学校側から説明を受けたようだ。明日以降の給食の対応について、保護者の間でも意見が分かれたらしい。

「市長、私も事情は伺っております。つまり異物混入の原因究明と、その対応策について私の知恵を借りたい。そういうことですね」

「さすが真波さん、よくおわかりで」

昨今、学校給食を民間企業へ業務委託する自治体が増えているらしい。もし業務委託式の給食センターでこの手の事故が発生したら、その責任を負うのは委託されている会社になる。ただし北相模市給食センターは直営式だ。すべての責任を市が負い、事態を鎮静化させなければならないのである。

「真波さん、厚かましいお願いであるのは重々承知しているのですが」市長が頭を下げた。ほかの幹部職員も同様だ。「ここは一つ、我々に力をお貸しいただけないでしょうか?」

断る理由がない。もし異物が児童の口に入っていたら大惨事になっていたはず。誰が、どんな意図で異物を混入させたのか。見過ごせない問題だ。

「私が北相模市の臨時職員であるのも何かの縁ですね。よろしいでしょう。その問題、私が解決いたします」

「ありがとうございます。何とお礼を申し上げていいか……」

「市長、お礼はすべて終わってからにしてください。まずは詳しい状況を教えてください。異物が発見された経緯と、どのようにして問題の食事が作られたのか。そのあたりを詳しくお願いいします」

「わかりました。では担当者に替わります」

壁際に待機していた二人の男性が前に出た。学校教育課の課長と、給食センターのセンター長らしい。二人の口から事件の概要を聞かされる。最低限のメモをとりつつ、莉子は二人の話に耳を傾けた。莉子が引き受けてくれたことに安心したのか、市長はお茶を飲んでいる。

「ちなみに保健所から連絡は来ましたか？」

莉子が質問すると、杉本という名のセンター長が答えた。人が好さそうな男性だ。

「明日にでも立ち入り検査をしたいとのことです。時間等については調整中です」

「了解しました。杉本さん、あなたにはセンター長の職を辞していただきます。ご覚悟を」

周囲の空気が凍りつく。市長の亀田が飲んでいたお茶を噴き出しそうになっていた。湯呑みを置いてから市長が言った。

「真波さん、お待ちください。センター長を馘(くび)にするということですか。それはやり過ぎではないでしょうか。そもそも公務員というのは……」

「馘にしろ。そう言っているわけではありません。センター長の役職から退いていただくだけです。一時的に人事課預かりにして、しかるべきタイミングで別の部署に異動してもらうのです」

「別に今じゃなくても……騒ぎが落ち着いてからでもいいと思うんですが……」

「甘いですね、それでは」

世間が公務員に向ける目は厳しい。厚労省で国家公務員として働いた経験がある莉子は、それを人一倍知っていた。たとえ同じ不祥事でも、公務員と会社員では風当たりが違うものだ。税金泥棒ときつく叩かれるのは公務員の方だ。

テーブルの中央には来客用に用意されたのか、饅頭の箱が置いてあった。莉子はそれを手にとり、テーブルを囲む幹部たちの手元に一つずつ置いていく。そして最後に言った。

「その饅頭の中に釘が入っていたとしたら、皆さんは笑って済ませられますか？　今日起きたのはそういうことなんです。もっと危機感を持たなければなりません」

「あのう」とセンター長の杉本が口を開く。「私のことは気になさらないで結構でございます。今回の件が大変な問題であるのは重々承知しております。どんな処分も受けるつもりでしたから」

やはりいい人らしい。莉子は言った。

「ご理解いただきありがとうございます。今夜はもう遅いので事故の原因究明は明日以降におこないましょう。喫緊の問題は明日の給食をどうするか。意見はまとまりましたか？」

「それなんですが……」

市長が説明してくれる。原因が究明されるまで給食を停止するのが当然の策だと思うが、ではどうやって代用食を賄うか、その議論が平行線を辿っているらしい。たとえば当分の間は弁当を持参してほしいと保護者に頼んでも、中にはそれを受け入れない保護者もいるかもしれないからだ。各家庭によって事情は異なる。時間的に子供の弁当を作れない親もいるだろうし、料理はできないという親だっている。なるほど、難しい問題ではある。

学校給食というのはセンター式と自校式の二つに分かれる。センター式というのは北相模市のように共同調理場ですべて調理し、学校に運ぶというものだ。一方、自校式というのは各学校に調理場があり、そこで調理員——昔風に言うと給食のおばさん——が給食を作ってくれるタイプのものだ。最近では民間の弁当会社などが弁当を届けるデリバリー式もあるらしい。北相模市では莉子が小学生だった頃からセンター式だ。莉子自身、高校卒業まで北相模市で過ごしたので、小中学校時代は給食のお世話になった。

「給食の一食当たりの単価はいくらでしょうか？」

センター長や市の幹部はわからないらしい。壁際に控えていた女性の職員が答えた。

「小学校は二百三十八円、中学校が二百五十二円です」

約二百五十円と考えていいだろう。この単価で給食に代わるものを用意できないか。たとえば菓子パンなら二つ買えるが、栄養価のことを考えると保護者からクレームが出かねない。ほかに何かないだろうか。

「とりあえず今日は解散してください。どこか会議室のような場所をお借りできると有り難いのですが。それとネットに繋がるパソコンも」

「ではこちらへどうぞ」

若い職員に案内され、莉子は市長室から出た。夜の市庁舎は静まり返っている。

○

朝の六時三十分。希美は自宅アパートのキッチンで朝食を作っていた。普段ならそろそろ家を出る時間なのだが、さきほど給食センター職員への一斉メールで、本日は給食業務を停止する旨が告げられた。ただし原因究明のための検査もあることから、午前九時にはセンターに来るようにと指示を受けていた。

勇也の寝室から目覚まし時計のベルが聞こえてくる。やがて寝室から出てきた息子に向かって声をかける。

「おはよう、勇也。実はお母さん、今日はゆっくりでいいの」

「やっぱり例の件？」

「そうよ。顔洗ってきなさい」

昨日の夜のニュースでも流れたし、ネットニュースにも出ていた。給食に長さ七センチの釘が混入していた。当事者の希美からしてもショッキングなニュースだ。ネットニュースのコメント欄も荒れており、センターに対する容赦ない罵詈雑言で溢れていた。大騒ぎしたくなる気持ちはわからなくもないが、そこで働くこちらの身にもなってほしい。

食事をテーブルの上に並べていると勇也が洗面所から戻ってきた。テレビの情報番組ではタレントがコンビニの新商品を紹介している。勇也はスマートフォンを見ながら食事を始めた。勇也は中学二年生になる。この子たちの世代はテレビよりもスマートフォンの方がはるかに重要なツールらしい。

希美は九〇年代に多感な十代を過ごした。コギャルブームと言われる世代だ。学校が終わるとルーズソックスに履き替えて街を闊歩するような、そんな時代だった。当時、希美は東京の外れに住んでいて、学校が終わると電車に乗って渋谷に行ってセンター街をうろついていた。周りには同じようなメイクに同じような服装の子がたくさんいて、何だか仲間意識のようなものを感じて嬉しかった。

アパレルメーカーで働きたい。それが希美の夢だった。当時、カリスマ店員がギャルの代表として持てはやされていて、自分もああなりたいと思ったからだ。面接などを受けたがことごとく落ち、最終的にあまり有名ではないアパレルショップでパートとして働くことになり、渋谷店に配属が決まった。しかしその一年後、今度は浅草店に配転となった。以降、都内近郊を一年周期で転々とすることになる。

その男に出会ったのは二十四歳のときだった。店の同僚に誘われて参加した合コンに来ていたのが彼だった。たまたま隣の席に座り、意気投合した。彼は二歳上のフリーターで、バンドでドラムをやっているという話だった。初めて会った日の翌週、彼のバンドが参加するライブを観た。薄汚いライブハウスだったが、それなりにファンもいた。打ち上げにも参加し、その日は彼のアパートに泊まった。そうして交際が始まった。

この人は絶対にデビューできる。そう信じて疑わなかった。実際にライブ会場での人気も高かったし、音楽関係者も声をかけてくると聞いていた。私がこの人を支えるんだ。希美はそう覚悟を決め、生活費なども援助したし、地方にライブに行くときには交通費も負担した。

異変があったのは付き合い始めて二年後のことだった。突然、彼のバンドが解散してしまったのだ。音楽上の理由と彼は言ったが、原因はメンバー同士の仲違いだった。彼は別のバンドに移る道を模索していたが、結局それも駄目になり、音楽の道を諦めざるを得なかった。ちょうどそんなときだ。生理不順が続いていたので産婦人科を受診したところ、妊娠していることがわかった。

彼は希美の妊娠を喜んでくれた。生まれてくる子供のためにも何としても就職する。そう言ってリクルートスーツを身にまとい、就職活動を始めた。できれば大企業で働き、将来は戸建ての家を建てたい。そう意気込んでいた彼だったが、なかなか就職は決まらなかった。そしてある日、希美が買い物から帰ってくると、私物とともに彼の姿が消えていた。手紙が一枚だけ残されていた。父親としてやっていける自信がなくなった。そんな内容のことが書かれていた。恨む気持ちは湧いてこなかった。むしろ手紙を残していくあたりが彼らしいと思い、希美は一人で子供を育てることに決めた。すぐにアパートを解約し、実家に戻った。やがて男の子が生まれた。勇也と名づけた。

実家には兄夫婦も暮らしていたため賑やかだったが、その反面、手狭な感は否めなかった。ある日、テレビを観ていたら、路線バスで旅をする番組をやっていて、希美が高校時代に好きだった男性アイドルが出演していた。当時は音楽番組しか出なかったアイドルだったが、こういう番組にも出るようになったんだなと感慨深かった。そのアイドルが旅していた場所が北相模市という土地で、とても過ごし易そうな街だと思った。すぐにネットで調べてみると、家賃も驚くほどに安かった。ついでに就職口を探してみたところ、複数の求人情報を見つけた。なかでも希美の目を惹いたのが市が経営する給食センターの調理員だった。履歴書を送ると、数日後に採用を知らせる電話がかかってきた。

私のどこにこんな行動力があったのか。自分でもそう驚くほどだった。三歳の勇也を連れ、北相模市内のアパートに引っ越した。保育園に入れる手続きを済ませ、給食センターで働くようになった。女性ばかりということもあり、いろいろと気を遣う職場ではあったが、希美の境遇を知った同僚たちはよくしてくれた。あっという間に十一年という月日が流れ、三歳だった勇也は中学二年生になった。

「ご馳走様でした」

勇也が自分の食器を流し台まで運んだ。それらを洗ってしまおうと立ち上がったところでスマートフォンに着信が入った。主任調理員の田村響子からだ。すぐに希美は電話に出た。

「希美さん、聞いた？　今日は給食の代わりにお弁当が配達されるって」

「そうなんですか？　私は初耳です」

「多分一斉メールでそろそろ届くわよ。届き始めている学校もあるみたいだから」

今日の給食はどうなるのか。まだその知らせは届いていない。やきもきしながら待っている保護者もいることだろう。

「ところで希美さん、昨日のことなんだけど、あなた、まさかやってないよね？」

自分が疑われている。その事実に希美は愕然とした。ただ、そう考えるのは仕方がないのかもしれない。第二調理室のDラインにいたのは四人の調理員だけなのだから。

「私はやってません」

きっぱりとした口調で希美が言うと、電話の向こうで響子が言った。

「ごめん、希美さん。別にあなたを疑ったわけじゃないんだけどね」

響子主任こそどうなんですか。その言葉が喉元まで出かかった。彼女も第二調理室のDラインにいた四人のうちの一人だった。しかも昨日は希美と組んで仕事をしていた。ただし希美が知る限り、彼女には疑われるような行動はなかった気がする。

「それじゃあ希美さん、またあとでね」

通話が切れる。何だか気が重い。

仲のいい職場だった。二ヵ月に一度、調理員だけの飲み会があり、二次会のカラオケは大いに盛り上がった。コロナのせいでカラオケからは足が遠のいてしまった時期もあったが、今でも結束力は固いと思っていた。

紆余曲折の末、やっと手に入れた職場だ。今では私にとって大事な居場所でもある。でもそこに、一本の亀裂が入ってしまったような、淋しさを感じた。

スマートフォンが振動した。中学校からの一斉メールだ。希美はメールの文面に目を通した。

○

午前十時過ぎ。莉子は北相模市給食センターに辿り着いた。莉子が降りると城島が運転するプリウスはそのまま走り去った。彼には別の用事を頼んである。すでに保健所の立ち入り検査が始まっているようで、何台かの車が停まっている。保健所の検査が終わり次第、莉子も中に入って自分の目で現場を確認するつもりだった。

「真波さん、おはようございます」

昨夜市長室で会った女性の職員が近づいてくる。四十代くらいのその女性は係長のようだった。センター長と彼女、それからもう一人の計三名が、市から派遣されている事務職員らしい。係長に案内されてセンター内に入り、二階の事務室に案内された。

「それで反響は？」

莉子が訊くと、係長が答えた。

「クレームの電話はあまり来ていませんね。ただし、もう少し早く知らせてほしかったという声はチラホラ寄せられています」

　一斉メールを送ったのが今朝の六時台だ。あれが限界だった。もっと早く知らせることもできたのだが、たとえば深夜の三時くらいに一斉メールを送るのは非常識だと考えたのだ。

「真波さん、お客様がお見えです」

　応接セットでタブレット端末を見ていると、係長にそう声をかけられた。顔を上げると事務室の入り口にスーツ姿の男性が二人、立っている。一人は二十代、もう一人は四十代くらいかと思われた。莉子が近づいていくと若い方の男が言った。

「お久し振りです、真波さん」

「ええと、どちら様でしたっけ？」

　若い男がその場で膝を折る仕草を見せた。

「マジすか？　僕のことを忘れてしまったんですか」

「冗談です。憶えていますよ、浦野さん。お元気そうで何よりです」

　去年の一時期、莉子はファミレスチェーン〈スマイリーズ〉に勤務した。そして売り上げワーストである西多摩店の業績を回復させた。そのときの西多摩店の店長が浦野だった。

「西多摩店の皆さんはお元気ですか？」

「元気にしてるみたいです。僕は今年の春から本社に戻り、広報部で働いているんですよ。あ、ご紹介が遅れました。こちらは……」

年配の男性を紹介される。スマイリーズの広報部長らしい。実は今日の給食、スマイリーズに援軍を依頼することに決めたのだ。去年世話になったということもあり、上層部に直接依頼してみたところ、昨夜のうちに大筋で許可を得ることができた。担当者レベルの細かい協議は日付を跨いで午前二時まで続いた。

「スマイリーバーガーセットを約二万食。このたびはご利用ありがとうございます」

広報部長が頭を下げる。浦野が質問してきた。

「真波さん、今でもうちの新商品をチェックしているということですね」

「ええ。古巣ですから」

長引くコロナ禍においてスマイリーズでも宅配部門に力を入れ、新商品も開発していた。そのうちの一つが手軽に食べられるハンバーガーだ。ハンバーガーとポテト、ドリンクがついたスマイリーバーガーセットは税込み価格四百五十円で販売されており、莉子はそれに目をつけた。ハンバーガーが嫌いな小中学生は少なかろう。そう思ったのだ。

「でも嬉しいです。もう二度と会えないと思ってましたから」

若干、目を潤ませて浦野が言った。

「浦野さん、本社に行けてよかったですね。広報部は花形部署じゃありませんか」

「いやあ、毎日大変ですよ。そのうち現場に戻りたいと思ってます」

難航したのは値段の交渉だった。市側としては一食二百五十円程度に収めたかったが、それではスマイリーズ側は赤字となる。交渉の末、ドリンクは市が牛乳を用意するという条件込みで、一食三百円で提供してもらえることになった。輸送料等のコストを含めれば赤字ギリギリの価格らしいが、スマイリーズ側が受け入れてくれたのにはちゃんとした理由がある。

「真波さん」と広報部長が口を挟んでくる。「本来であれば副社長がご挨拶に来るべきところです。副社長もお礼を申しておりました」

「まだどうなるか、蓋を開けてみなくてはわかりません」

スマイリーズ側が赤字覚悟で協力してくれた理由。それはズバリ、マスコミ受けを狙ってのことだ。

『スマイリーズ、異物混入で揺れる北相模市の給食を救う』。今日の午後になれば、そんな見出しがネットニュースに掲載されることは確実だ。企業ブランドのイメージアップを見込めるのではないか。そういう深謀があったからこそ、スマイリーズも今回の話に乗ってきたのであり、莉子も当然、それを説いて交渉の場に臨んだ。両者の思惑が一致したのだ。

企業のブランドイメージを失墜させるのは簡単だ。たとえばどこかの支店のバイトが愚かな悪戯行為をＳＮＳにアップするだけで、その企業のイメージは地の底まで墜ちる。逆にイメージを上げるのは困難だ。だから今回のようなオファーはスマイリーズ側にとっても渡りに船なのだ。

「それで調理の方は順調ですか？」

「問題なく進んでいる。そう聞いております」

現在、県内にある十八のスマイリーズ店舗と系列工場で、北相模市のためのスマイリーバーガーセットが準備されているはずだ。調理が終わり次第、各小中学校に配送されることになる。どうしてもハンバーガーを食べられない児童・生徒については今日に限って弁当持参も可と一斉メールで伝えてある。

「ところで真波さん、明日以降はどうされますか？　うちとしてはほかのラインナップもあるので、用意することは可能ですが」

広報部長に訊かれたので、莉子は答えた。

「ありがとうございます。できれば明日以降は何とか給食を再開したいと考えております。また夕方にでもご連絡をしますので」

　二日続けてスマイリーズに頼むのは無理がある。ほかにもファミレスチェーンや宅配弁当業者もあるわけで、自治体としてスマイリーズ一社のみに肩入れするわけにもいかなかった。

「でも真波さんらしいですね。メンチカツに釘が刺さっていたんですよね。こんな仕事、誰も引き受けませんよ」

　感心しきりというように浦野がうなずいている。莉子は当然のように言い放った。

「お忘れですか？　問題を解決する。それが私の仕事です」

○

　その店は新橋駅から徒歩で十分ほどの場所にあった。入り組んだ路地の雑居ビルの三階だった。メインの通りから離れているせいか、ランチどきの新橋にしては通行人も少なかった。

　城島は階段を上り、アラジンという名のキャバクラに向かった。

　ドアは酷い有り様だった。スプレー缶だろうか。『議員専用』とか『出ていけ』といった悪口が書かれている。一応ノックしてみたが、中から応答はなかった。

　今日発売の週刊スネークアイズ。そのトップ記事が自明党のベテラン議員、小野寺保のスキャンダルを伝えていた。新橋のキャバクラに足繁く通っており、それが報じられたのだ。国会議員にもプライベートというものがあり、当然キャバクラに行く権利はある。しかし小野寺の場合、同時に動画まで流出してしまった。店の女の子の肩を抱き、鼻の下を伸ばして「好きだ」とか「可愛いなあ」と連呼する動画だ。会員限定で公開されたはずが、今やそこら中に拡散してしまっている。

小野寺は旧馬渕派の議員であり、栗林総理とも近しい関係にある。だからこれ以上の炎上は避けたいというのが総理の意向だ。そこで城島は莉子に命じられ、火元を特定する作業に着手したのだ。

こういう場合、ネットが一番だ。ツイッターなどを適当に漁っていると、案の定、早くも店を特定している者がいた。新橋にあるアラジンという店だとわかり、こうして足を運んでみたのだ。

マスコミの影はない。城島はしばらく張ってみることにした。元刑事であるため、一応警察の捜査手法は熟知している。ちょうど三階と四階の間に踊り場があったので、そこに陣どって張り込みを開始した。

一時間ほど経った頃だ。階段を上ってくる足音が聞こえた。白いレジ袋を持った二十代くらいの若い男だった。男はアラジンのドアの前に立ち、中に向かって何やら声をかけていた。

やがてドアが開いた。城島は慌てて階段を駆け下りる。

「すみません、少しよろしいですか」

そう声をかけると男がビクッと背中を震わせるように振り返った。その目は完全に怯えている。男は早口で言った。

「話すことは何もないっす。帰ってください」

こちらのことをマスコミか何かと勘違いしているのかもしれない。すでにネット上では店名が流出しているため、突撃取材を試みたマスコミがいても不思議ではない。城島は名刺を出し、それを男の手に握らせた。

「ジャパン警備保障の者です。ある方から依頼を受けました。あなたたちをお守りするようにと」

「ある方って誰ですか？」

「政府関係者、とだけ申しておきましょうか」莉子は民間人だが、ある意味で政府関係者だ。

「この事態をできるだけ穏便に済ませたい。そう思っている政府関係者がいるという意味です。少し中でお話だけでも聞かせてください」

男は迷った末、ドアを開けて言った。

「わかりました。どうぞお入りください」

中に入る。昼間だというのに店内は薄暗い。テーブル席が四席と、あとは五人ほど座れるカウンターだけだ。客は五、六組入れば満席になりそうだ。キャパシティはそれほど広くはないが、この手の店が新橋には多そうだ。

店の女の子だろうか。三人の女性がソファに座っている。しかし彼女らは点々と距離を置いて座っており、どこか穏やかではない空気が伝わってくる。

「みんな、アイス買ってきたよ」

男が袋からアイスを出し、それらを三人の女性に配り始めた。アイスを受けとった一人の女性が言った。

「何でピノなのよ。ハーゲンダッツにしてって言ったじゃん」

「ごめんごめん。でもピノだって美味しいよ」

男が溜め息をついた。店長というには頼りない。ホールスタッフあたりだろうか。城島は男に向かって訊いた。

「彼女たちは？」

「一昨日の昼のシフトに出ていた女の子です。例の動画が撮られたときに店内にいた子たちです」

詳しい事情を聞く。小野寺議員は一昨日の昼に店を訪れたらしい。週刊スネークアイズに掲載された画像はそのときに撮られたものだという。

なるほど、と城島は合点がいった。おそらく週刊スネークアイズの記者は小野寺がこの店に出入りしていることを突き止め、ずっとチャンスを狙っていた。そして一昨日、ようやく動画を手に入れることができたのだ。そして満を持してトップ記事として掲載する。ほかにめぼしい事件・事故も起こっていないことから、編集長のゴーサインが出たに違いない。

「もう無理。限界だよ。ここはアヤが辞めるのが筋ってやつじゃないの」

「それしかないわね。隠し撮りした動画をマスコミに売るなんて卑怯だよ」

二人の女性の目が、一人の女性に集中していた。城島にも状況が飲み込めた。彼女——名前はアヤ——が動画を撮影し、マスコミに提供した張本人なのだ。動画が撮影された角度などから、彼女が犯人と特定されたのだろう。

城島はアヤという女性のもとに向かった。ジーンズにTシャツという普段着だった。膝をつき、彼女に向かって話しかけた。

「ジャパン警備保障の城島です。この事態を鎮静化させるように、政府関係者から頼まれて来ました。あなたが例の動画を週刊スネークアイズの記者に渡したんですね？」

アヤは答えない。肉感的な体つきの女の子だ。年齢は二十代前半くらいか。辛抱強く待っていると、ようやく彼女が口を開いた。

「私だって……私だってやりたくてやったんじゃない。脅されたのよ」

「何をネタに脅されたんですか？」

「……写真。……人には見られたくない……写真」

そういうことか。城島は大筋を理解した。きっとヌード写真か、もしくは妻帯者あたりとホテルに行く写真だろうか。それにしても汚い真似をするものだ。相手の弱みにつけ込み、スクープをとる。これがジャーナリズムと言えるだろうか。

「ちなみに謝礼は受けとりましたか？」

「……十万。でも前金の三万しかもらってない。ブロックされたみたいでＬＩＮＥも繋がらなくなったし」

アヤがハンドバッグを開け、封筒を出した。三万はそのまま残っているようだ。その封筒を持ち、城島はほかの二人の女性に声をかけた。

「お聞きになりましたよね。彼女だってやりたくてやったわけじゃないんです。たとえばこのお金で美味しいものでも食べて、それで水に流すというのはどうでしょうか？」

残りの二人の女性が顔を見合わせ、やがて片方の子が言った。

「……アヤがそれでいいなら」

「じゃあ決まりですね」

城島はさらに詳しくアヤから話を聞いた。彼女の本名は富安彩花。鈴木と名乗る記者に渡したのは、昨日撮影した動画のみだという。つまり週刊スネークアイズのスクープ第二弾はないということを意味している。栗林政権にとっては不幸中の幸いだ。

先に莉子に報告しようと立ち上がったところ、例の頼りない男がスマートフォンで話している声が聞こえてきた。

「……すみません、本当にすみません。今月中には絶対にお支払いします。……本当です。どうか信じてください。お願いします」

男が通話を終えると、三人の女の子が彼のもとに向かった。そして口々に言う。

「店長、大丈夫？」

「別に店長が店の借金まで背負うことないのに」

「そうだよそうだよ。踏み倒しちゃえ。それしかないって」

この男が店長だったのか。こんなに頼りない店長がいるのだろうか。店長は力なく首を振った。

「踏み倒すわけにはいかないよ。借りたお金は返さないといけないわけだし。最悪の場合、マグロ漁船に乗ろうかと思ってる。それしか手はないよ」

「やだよ、店長。そんなことしなくていいよ」

三人の女の子たちは本気で店長のことを心配しているらしい。店長は言葉の端々に東北弁の訛りが残っていて、どこか放っておけない雰囲気があった。女の子たちが心の底から心配している様子も伝わってくる。

誰かに似ているんだよな。城島はそう思い、頭に浮かんだのは栗林総理の顔だった。世間ではミスター・パーフェクトと呼ばれる総理だが、裏の顔はそうでないことを城島は知っている。

やれやれ、どうしたものか。

頼りない店長と、その彼をとり囲む三人の女の子に目を向け、城島は腕を組んだ。

○

「初めまして、真波莉子といいます」

会議室に入ってきた女性は開口一番、そう言った。場所は給食センターの会議室だ。希美は戸惑いながら女性の顔を見上げる。すらりとした美人さんだ。つけている名札からして市の職員だと思うが、都会の匂いを感じさせる女性だった。

朝から保健所の検査が入り、調理員たちが立ち会う場面も見られた。特に第二調理室のD

ラインの調理員は個別に事情を訊かれたし、保健所の検査にも長時間付き合わされた。午後になって多くの調理員が帰宅を許される中、希美たちだけは残るように指示された。今、会議室にいるのは昨日Dラインを担当していた四人だ。

「まずは報告から」真波莉子という女性が言った。「午前中、このセンターの機械類のメンテナンスをおこなっている業者に確認しました。その結果、南台小学校の給食に混入していた釘ですが、あれと同タイプの釘はこの施設内のいかなる機械、調理器具にも使われていないことが判明しました。建物も同様です。施工業者に確認したところ、あの手の釘は使っていないと証言していただきました。つまり、あの釘は外部から持ち込まれた。そういうことになるわけです」

半ば予期していたことだった。機械が壊れて釘が抜け落ち、給食に混入する。そんなことがあるわけない。

「何者かが意図的にあの釘をメンチカツに刺した。そう考えるのが妥当です。ではいったい誰がそんな真似をしたのか」

希美は周囲を見回す。ほかの三人も深刻そうな面持ちで莉子の話に耳を傾けている。

「田村響子さん、小柳智美(こやなぎともみ)さん、水野佳江(みずのよしえ)さん、山本希美さん。第二調理室のDラインを担当していたあなた方四人は、メンチカツに釘を忍ばせるチャンスが非常に高かった。そう伺っております。では場所を変えましょうか」

真波莉子が会議室から出ていった。希美たち四人も顔を見合わせながら立ち上がり、会議室から出た。普段なら冗談を言ったり軽口を叩いたりするはずのメンバーだが、今日に限っては全員が無言だった。第二調理室に入ると真波莉子が待っていた。

「さて、皆さんをお呼びしたのはほかでもありません」真波莉子はそう切り出した。「昨日の出来事を再現していただきたいのです。昨日と同じく、キャベツたっぷりメンチカツを作ってください。ただし量は少なめで結構です。一クラス分くらいでしょうか。すでに野菜カットなどの工程は終わっているので、皆さんのラインの仕事をしていただければ結構です。まずは着替えですね。よろしくお願いします」

実際にどのようにしてメンチカツが作られたのか。その過程を確認したいというのだろう。異論を唱えられる立場ではないので、希美たちはロッカーに向かい、白衣に着替えて第二調理室に戻ってきた。帽子と手袋、不織布のマスクを装着してから調理を開始する。

作る量が違うので戸惑う部分はあったが、四人で調理を進めた。挽き肉と野菜を混ぜ合わせたものを成形する係、揚げる係と役割分担は決まっている。調理室の片隅では普段はないビデオカメラが回っていた。その隣には真波莉子が立っている。

一時間も経たずにメンチカツが出来上がった。アルミ製の食缶に入れ、最後に二人がかりで確認する。最終確認だ。変色したものが入っていないか。形が崩れてしまったものが入っていないか。それらを確認してから蓋を閉める。あとは台車に載せて運ぶだけだ。

「ありがとうございました」

真波莉子が近づいてくる。蓋を開け、中に入ったメンチカツを確認してから言った。

「美味しそうですね。それに皆さん、大変見事な手際でした。やはり揚げられてから釘が混入したと考えた方がよさそうですね。それ以前に釘を混入させるのは難しいでしょう」

だろうな、と希美も思う。釘が刺さった状態でメンチカツを揚げれば、おそらく何らかの異変が起きるのではないか。機械音痴なので詳しいことはわからないが、センター内の調理器具には異物を感知する機能がついているものもある。

「さきほども申し上げたように、混入した釘は外部から持ち込まれたものです。このセンター内で疑わしい容疑者はあなた方四名と、あとは小学校まで給食を運搬した運転手二名です。この六名の皆さんには当分の間、謹慎していただき、明日からは給食を再開する方向で調整いたします」

容疑者を謹慎処分にして、学校給食を再開する。そういうことか。主任調理員である田村響子が言った。

「待ってくださいよ。そんな無茶なこと言わないでください。私たち四人だって……」

「ご心配なく。問題を解決するのが私の仕事です。そもそも私はあなた方を信じています。あなた方の中に犯人がいるとは思っていませんので」

「だったらなぜ……」

田村響子の言葉を遮るように真波莉子は続けた。

「現時点であなた方を容疑者から外す根拠がないからです。私は引き続き調査を進めます」

調理室の出入り口に向かって歩き始めた真波莉子だったが、少し歩いたところで立ち止まり、振り向いた。

「そのメンチカツ、もったいないので皆さんで分けてください。できれば私の分もいただけると有り難いです。それでは失礼いたします」

涼しげな笑みを浮かべ、真波莉子は調理室から出ていった。何だかよくわからない。希美を含め、四人の調理員は首を捻っている。が、一つだけわかったことがある。あの真波莉子という女性、少なくとも私たちを信じてくれているようだ。

○

「あの四人の中に犯人はいない。さきほど真波さん、そうおっしゃっていましたよね。あれはどういう意味なんですか？」

隣に座る女性の係長——名前は徳永（とくなが）というらしい——が莉子に向かって訊いてきた。今、莉子は城島の運転するプリウスに乗っている。現場である南台小学校に向かうのだ。

「別に根拠があるわけではないんです」と莉子は答える。「実はさきほど、私は調理をする過程ではなく、あの四人の顔つきや仕草をずっと観察していたんです。もし異物を混入させた犯人なら、撮影されているプレッシャーを感じるはずです。ところがあの四人はごく普通に調理をして、何の不手際もなくメンチカツを完成させました。かなり神経が図太い犯人なら別ですが、あの四人は容疑者から除外してもいいのではないか。そう感じたんです」

「なるほど。そうでしたか。私もあの四人を信じたいです」

「ところで係長」莉子は徳永係長に質問する。「私が学校給食のお世話になっていたのは十五年以上前です。その当時とは学校給食を取り巻く環境も変わったと思います。ここ最近の風潮というのでしょうか。教えていただけないでしょうか？」

釘を給食に混入させる。そこには禍々しい悪意を感じた。いったいどうして犯人は給食に釘を混入させたのか。その動機を考えるには、昨今の学校給食を巡る動きを知っておく必要があった。

「そうですね。私もかれこれ三十年近く前に北相模市の学校給食を食べていたんですが、その当時と比較して変わったのがアレルギー関連ですね」

自治体によって方法は異なるが、現在は食物アレルギーに多くの自治体が配慮しているという。北相模市においては二年ごとに児童・生徒から食物アレルギー調査票を提出してもらい、対応に役立てているとの話だった。重度のアレルギーが認められる場合は除去食も提供しているそうだ。また毎月発行する献立表にも詳細なアレルギー表示が記され、自己除去——児童・生徒が食べられない食品を自ら残す——のために役立ててもらっている。

「アレルギー除去食ですか。それは大変ですね」

莉子の時代にはなかったものだ。作る側も大変ではないか。莉子の疑問を察したのか、徳永が説明してくれる。

「個別の容器に入れて運ぶんです。ただし除去食を提供しているのは一校に一人、いるかいないか程度だと聞いています。あとは市民団体ですね。給食を無償化しろとか、そういう難癖、いえご意見をいただくことはよくあります。あ、そうそう。つい先日も学校給食にヴィーガン食を取り入れてくれという無理難題、いえご要望をいただきました」

ヴィーガン。野菜や果物を中心とした食生活を送るライフスタイルのことだ。肉や魚だけではなく、卵や乳製品といった動物性由来の食物をとらない主義だ。ベジタリアンが菜食主義者と言われるのに対し、ヴィーガンは完全菜食主義者とも言われる。

「ヴィーガンですか。それはどう考えても無理でしょう。牛乳だって駄目なんですよね」

「でもその団体は本気のようです。先日市議会の一般質問においても、ある議員が学校給食へのヴィーガン食導入を提言していました。当局はあっさり否定しましたけどね。多様性っていうんでしょうか。難しい世の中になったものです。あ、さっきメールでセンター宛てにその団体から抗議文が寄せられました。昨日に続いて二日連続です」

〈北相模市の学校給食の未来を考える会〉。それが市民団体の名称らしい。昨日は異物混入問題への抗議で、今日のメールは学校給食にファミレスのハンバーガーを出すとは何事か、といった内容だったという。

「真波さんはご心配なく。マニュアルに則って処理しますので」

徳永は軽い口調でそう言ったが、意外に難儀するのではないかと莉子は感じた。給食に釘が混入していた。給食の未来を本気で考える市民団体にとって、これは一大事のはずだった。メールで回答したくらいで収まるものなのか。

「そろそろ着きますよ」

運転席の城島がそう言った。前方に小学校らしき白い建物が見えてきた。

南台小学校。全校児童は約千二百人。市内南部では比較的大きな小学校だ。

事前に連絡を入れていたせいか、まずは校長室に案内された。そこには校長と、若い男性教師がいた。男性教師は実際に異物が発見されたクラスの担任だった。時刻は午後三時を過ぎ、今日の授業は終わっているらしく、校庭からは子供たちの遊ぶ声が聞こえてくる。

「いやあ、子供たちも大喜びでしたよ。毎日でもいい。そう言ってた子もいるそうですよ」

校長が嬉しそうに言った。今日の給食、スマイリーバーガーセットのことだろう。さきほどネットを覗いたところ、すでにスマイリーズの記事がアップされていた。コメント欄も比較的温かい言葉が多く、今回の作戦が成功したことを物語っていた。

「ありがとうございます。単刀直入にお訊きします」莉子はいきなり本題に入る。「最初に釘を発見したのは給食係だった児童だと伺っております。その子が釘を入れたということは考えられませんか？」

第一発見者が犯人だった。ミステリードラマでよくあるやつだ。小学生だからという理由で疑惑の対象から外すわけにはいかない。すべての可能性を検証する。それが今回、莉子が心がけているポイントだった。

答えたのは若い男性教師だった。

「それは絶対に有り得ません。ソウタは、あ、その児童の名前はソウタというのですが、非常に聡明な子でして、私も信頼している子なんです。彼に限ってそんなことをするわけがありません」

「大抵そうですよね。真相が発覚したあと、まさかあんないい子があんな真似をするなんて。そういう話はよく聞きます」

「そうかもしれませんが、ソウタに限ってそれはありません。私が断言します。教師生命を賭けてもいいくらいです」

男性教師は真摯な目つきでそう訴えた。信じてもよさそうだ。莉子はそう感じたので、素直に謝った。

「意地の悪い言い方をしてしまい、申し訳ありませんでした。先生がそこまでおっしゃるのであれば、ソウタ君は容疑者から外してもよさそうですね」

釘が発見されたときの様子を詳しく聞いてから、給食室に場所を移した。給食室は校舎の裏門近くに位置していた。搬入しやすい場所に配置されており、たしか莉子が通っていた小学校でも似たような場所に給食室は位置していた。今度は年配の教師が説明してくれる。

「昼休みは午後十二時二十分からです。大抵、午前十一時三十分過ぎに給食センターのトラックが到着します。昨日もそのくらいの時間だったはずです。男性二人で搬入をおこない、そのままトラックは次の学校に向けて出発します。昼休みになると給食当番の子たちが自分たちのクラスの給食をとりにきます。教師の中で立ち会い当番は決まっていて、昨日はちょうど私が当番をしておりました」

だから彼はここに呼ばれているのだろう。莉子は念のために訊いた。

「昨日、何かしら異状はありませんでしたか？」

「特には。ハプニングらしきものはありませんでした」

「ちなみに給食室に施錠はしないのですか？」

「しませんね。夜間はしますけど、昼間はずっと開いています。盗られて困るようなものは置いてありませんので」

給食室の中を覗き込む。運ばれてきた給食を一時的に保管しておくだけの建物なので、中には棚などが設置されているだけだ。戸締まりをする必要もないのだろう。

二人の搬入員については城島から報告を受けている。午前中、城島が調べたところによると、二人の搬入員は五十代と四十代のベテランで、個別に事情聴取をしても怪しい点はなかったらしい。念のためにトラックのドライブレコーダーの映像を確認したが、不審なものは映っていなかった。二人は容疑者から外してもいいのではないか。それが城島の意見だった。元刑事の彼が言うのだから信じてもよかろう。

給食室は独立した建物であり、短い渡り廊下で校舎と行き来するようだ。今はシャッターが下ろされているが、給食を搬入するときだけはそのシャッターが開くものと思われた。昨日の十一時三十分に給食が搬入され、昼休みが始まるのは十二時二十分。五十分間の空白がある。

莉子は周囲を見回した。駐車場になっていて、今も数台の車が停まっている。監視カメラがあればいいのだが、そういうものはどこにもないようだ。駐車場の向こうは中庭になっていて、そこでは児童たちが遊んでいた。植木の手入れをしている用務員らしき男の姿も見える。どこにでもあるような放課後の一コマだ。

五十分の空白。その間に釘が混入されたというのか。誰が？　いったい何のために？

○

「……ええ、明日から給食を再開します。責任はすべて私がとるのでご心配なく」

北相模市内にある真波家の居間だ。城島はテーブルの椅子に座り、少し遅めの夕飯を食べている。目の前には莉子がいる。彼女は若干ワーカホリックな部分があり、食事中だろうと平然と仕事の電話をしたりする。

居間にいるのは城島と莉子だけだ。愛梨は二階の部屋で宿題を、莉子の母親である薫子は風呂に入っている。

「……あの釘が外部からもたらされたものであるのは間違いありません。……ええ、そこは私も考えております。第二調理室のDラインを担当してた四人の調理員には当分の間、外れてもらいますから」

市の担当者あたりと話しているのだろうか。明日から給食を再開するにあたり、市側でも反発する声があるのかもしれない。反発というより、市民のクレームを恐れているのだろう。自治体も世論や市民感情を先読みしなければならない。それが昨今の世の中だ。

「……今日のハンバーガーが好評だったのは私も知ってます。ですがスマイリーズはあくまでも一民間企業です。スマイリーズのみを優遇すれば、きっとほかのファミレスチェーンが黙っていません。今日の措置はあくまでも一時的な緊急措置。そうご理解ください。それでは失礼します」

莉子が通話を終え、スマートフォンを手元に置いた。ウーロン茶のグラスを持った彼女だったが、それを置いて言った。

「私もビールをいただこうかな」

「あ、俺がとりますよ」

城島は立ち上がり、冷蔵庫の中から缶ビールを出した。それを莉子に手渡した。すでに城島の缶ビールは半分ほど減っている。

「四人も欠けて、本当に給食は再開できるんですか？」

素朴な疑問だ。調理員が四人もいなくなってしまうのだ。かなりの戦力ダウンは否めない。

「大丈夫だと思いますよ。以前、コロナ禍で十人近くが濃厚接触者ということで自宅待機になったことがあったそうですが、そのときも稼働できたと聞いています。一応私も手伝うつもりです」

真波莉子という女性はフットワークが軽い。厚労省時代は霞が関から離れられず、家と職場を往復する日々だったそうだ。厚労省を辞めて以来、できるだけ現場を体験するというのが彼女の流儀になっていた。だから明日、彼女が給食センターで働くと聞かされても、城島はさほど驚きは感じなかった。

「城島さん、このメンチカツ、どうですか？　給食センターからもらってきたんです」

「旨いです。ビールによく合いますね」

「城島さん、これは給食のおかずです。ビールではなく、牛乳に合うんです」

「そういう真波さんだってビール飲んでるじゃないですか」

二人で顔を見合わせて笑う。何だか幸せな時間だ。好きなら告っちゃえばいいのに。先月、娘の愛梨から言われた言葉を思い出し、城島は頬のあたりが熱くなるのを感じた。照れではない。これは酔ったからだ。自分にそう言い聞かせる。

莉子が今度はタブレット端末を出し、二人で見られるように壁に立てかけた。

「忙しくて見ていないんです。一応確認しておこうかと思いまして」

再生されたのはネットニュースの動画だった。栗林総理が神妙な面持ちで記者たちの質問に答えている。総理官邸から立ち去る際のぶら下がり質問のようだ。

『総理、小野寺議員のキャバクラ通いについてどう思われますか？』

『大変遺憾に感じております。本人にも厳重注意いたしました』

『議員辞職をすべきとの声も聞こえておりますが、その点についてはどうお考えですか？』

『我々は国会議員です。国民の皆様の声に耳を傾ける必要がございます。今後、本人とも十分話し合いを持ち、しかるべき措置を検討していく所存です』

『それは何らかの罰則が与えられるということでしょうか？　総理、総理っ』

栗林は厳しい表情のまま立ち去っていく。まあこんなものだろうか。実際にキャバクラに通ったのは小野寺なのだが、やはり与党の党首として頭を下げる必要があるのだ。

「あ、そういえば……」

城島は思い出した。新橋にあるキャバクラ、アラジンだ。小野寺が通っていた店であり、今日城島も足を運んでみた。今回のスキャンダルの舞台になったことから、ドアに落書きをされるなどの被害をこうむっていた。

「へえ、父と似ているんですか」

「雰囲気ですけどね。何か似てるんですよ。凄い頼りない感じでちょっと放っておけないというか。でも不思議と人望があるようで、女の子たちからも慕われている感じでした」

人の好い店長だった。名前は木村といっただろうか。店の経営もかなり厳しそうな感じだった。今回の件でさらに客足が遠のくことになれば、閉店もやむなしといった印象も受けた。ある意味、あの店も犠牲者なのかもしれない。

「情にほだされるっていうかね、俺も思わずドアの落書きを消すのを手伝ってしまいました。あの店、どうなってしまうのかなあ」

莉子が黙り込んでいる。テーブルの一点を見つめたまま、何やら考え込んでいるようだった。こういうときはそっとしておくに限る。城島は残りのメンチカツを食べ、缶ビールを飲み干した。

○

眠い。眠過ぎる。当たり前だ。まだ朝の七時過ぎだ。普段ならまだ布団の中で眠っている時間なのだから。彩花は眠たい目をこすろうとしたが、ビニール手袋をしていることに気づき、顔から手を離した。

　昨日の夜に突然店長から連絡があり、明日は朝から働いてもらうと言われた。朝の五時半に店長の木村が迎えにきて、訳もわからぬまま車に乗せられた。連れていかれたのは北相模市という見知らぬ土地で、給食を作る場所のようだった。言われるがままに着替えをして、いくつかの書類にサイン・押印をしたのち、こうして朝の七時を迎えてしまった。彩花のほかにも二人の店の女の子、ヒカリとリンカが連れてこられていた。二人とも彩花と同じく眠そうだった。

　白衣を着た大勢の人たちがラジオ体操をしていた。それが終わると朝礼が始まった。白衣を着たおばさん――マスクをしているのでわからないが、多分年は結構行っている――が言った。

「今日は臨時に四人の女性が手伝いに来てくださいました。お一人ずつご挨拶をお願いします」

　前に整列させられる。最初に挨拶したのは見知らぬ女性だった。

「真波莉子です。慣れない仕事でご迷惑をおかけするとは思いますが、よろしくお願いします。この三人は普段は新橋のキャバクラ店で働く女の子です。ガッツはあると聞いているので、どうかお手柔らかに。はい、次はあなたよ」

真波と名乗った女性に肩を叩かれ、彩花は慌てて頭を下げる。

「富安彩花です。よろしくお願いします」

パラパラと拍手が起きる。ほかの二人の子も同様に自己紹介をした。それが終わるとさきほどのおばさんが言った。

「今日のメニューはご飯、けんちん汁、サバの竜田揚げ、ひじきの煮物、そして牛乳です。慣れない方もいますので、十分注意しておこないましょう。ではよろしくお願いします」

「よろしくお願いします」

彩花が連れていかれたのは第一調理室という部屋だった。ほかの二人は別の部屋に連れていかれた。莉子という女性も同じ第一調理室だった。白衣姿のおばさんたちは二十人ほど、それぞれの仕事を始めていた。

カット野菜を運ぶ仕事を命じられる。機械でカットされた人参や大根などの野菜を運ぶのだ。まるで工場のように次から次へと大量の野菜がカットされていく。その光景は圧巻だった。真波という女性は大きな鍋をかき回す仕事をやらされている。何かあっちの方が楽しそうだ。あの人、優遇されてるんじゃないの？

ほかの二人の子を心配している余裕などなく、彩花は必死に体を動かした。さながら野菜の波に飲まれていくようでもあった。少しずつ慣れてくるとおばさんが機械の動かし方を教えてくれて、それができるようになると楽しくなった。飲み込みが早いとおばさんに褒められた。午前九時の休憩のときに飲んだペットボトルの緑茶——真波莉子の奢り——はこれまで飲んだどんな緑茶よりも美味しかった。

あっという間に時間が経ち、気づくと給食が出来上がっていた。食缶に入ったけんちん汁が運ばれていく。ほかのおかずも次々に完成し、台車に載せられて通路を通り過ぎていった。

食堂に連れていかれる。そこで作ったばかりの給食を食べられるみたいだった。ほかの二人ともそこで合流した。二人とも疲労困憊していたが、やけにテンションが高かった。絶対に一キロは痩せたと三人で言い合った。彩花が野菜をカットしたことを自慢すると、ヒカリがサバの竜田揚げを作ったと自慢した。

列に並び、自分の分の給食をもらう。食べる前にまず写真を撮ってインスタにアップするのが彩花たちの流儀だ。給食の画像をアップして、それから食事を開始する。

「旨くね？」

「マジ旨い。最高」

「超ヤバいんだけど、これ」

私が運んだ野菜がこのけんちん汁に入っているのかもしれない。そう思っただけで美味しく感じられるのが不思議だった。朝から体を動かしたせいか、こんなにがっついて昼食を食べるのは久し振りだった。

「これ、使いな」

目の前に座っていたおばさんが彩花に向けて一本のチューブをくれた。牛乳に混ぜて飲むフレーバーだった。実は彩花は牛乳が苦手で、ストローをさしてもいなかった。

「ありがとうございます」

「頑張ってたじゃないか。遠くから見てたよ。今頃ね、二万人近い子供たちがこれと同じ給食を食べてるんだよ」

二万人。そんなにたくさんの給食を作ったのか。そう驚くと同時に、そこに多少は関わっていたということに誇らしい気分にもなる。これがやり甲斐というものなのかもしれない。

彩花は高校三年生のときに就職活動に失敗し、そのままフリーターとなった。最初はカラオケ店で働き始めたのだが、すぐに友達に誘われてキャバクラで働くようになった。チヤホヤされるのは嫌いではなかったし、酒の席も好きだった。お金を貯めて留学する。友達の夢をそのまま借りていたのだが、お金はなかなか貯まらなかったし、コロナのせいで海外留学など難しくなってしまった。今年で二十五歳。そろそろマズいなと最近は自分の将来というものを考えるようになった。と言っても結論なんて出ることはなく、求人誌を見てもどこにもやりたい仕事は載っていない。

コーヒーフレーバーの牛乳は甘くて美味しかった。一時間ほど休憩があるらしく、お腹が満たされたせいか、睡魔が襲ってきた。食堂はエアコンも利いているので心地好かった。どうせ午後もこき使われるに違いない。うたた寝しようと三人並んでテーブルに突っ伏したところで、頭上から声をかけられる。

「あなたたち、寝ている暇はありません」

顔を上げると例の真波莉子という女性が立っている。今はマスクを外しており、銀座の一流クラブでも通用しそうなルックスだった。午前中もおばさんたちから贔屓されていたし、仕事の途中で事務員らしき人とも話していた。私たちをここに連れてきた黒幕はこの人かもしれない。

「これを読むように」

そう言って真波莉子はテーブルの上にスポーツ新聞を置いた。どうしてスポーツ新聞を読まなくてはいけないのか。

「社会勉強だと思ってください。三紙とも違うので、読み終わったら交換するように」

莉子はそう言って立ち去ってしまう。三人で顔を見合わせつつ、彩花はスポーツ新聞を手にとった。一面はプロ野球の記事だった。知らない野球選手がバット片手に打球の行方を見つめている。

○

その店は新橋にあった。なぜか希美は同僚である田村響子と一緒に新橋の裏路地を歩いている。道案内をしているのは城島という男で、どうやら真波莉子の部下のようだ。どう見ても莉子の方が年下なのだけど。

自宅謹慎かと思いきや、午前中に給食センターから電話がかかってきた。そして都内までやってきた。車中で城島の説明を受けたところ、新橋にアラジンというキャバクラがあるというのだが、立地条件などが悪く、売り上げが伸び悩んでいるという。

新橋のサラリーマンたちが好みそうなおつまみの作り方を店のスタッフに伝授してほしい。それが希美たちに与えられた課題だ。希美と田村響子が選ばれたのは、謹慎している四人のうち、酒が飲めるのがこの二人だからだ。酒飲みの気持ちになって考えてくれ。それがあの真波莉子という女性の要望のようだ。

あまり綺麗とは言えない雑居ビルの三階にその店はあった。中に入ると女の子が三人と、一人の男性が待機していた。女の子は店のスタッフ、男性は店長のようだ。簡単に自己紹介を済ませてから早速話を聞く。

「普段はどんなおつまみを出してるの？」

年の功というわけではないが、主任調理員の肩書きを持つ響子はこういうとき頼りになる。

響子の質問に答えたのは木村という名の店長だ。

「乾きものが多いっすね。ナッツとかポテチとか、適当にコンビニで買ってきて出してるだけっす」

イントネーションに東北弁の訛りが残っている。服装や髪型は今風の若者に見えるが、根は真面目そうな印象を受けた。

「ちなみに店で出しているお酒は？」

「焼酎の水割りかハイボールがほとんどです。たまにビールを飲む人もいますね」

「ふーん、そう。だとしたらガッツリ系か。唐揚げとかポテトフライとか、そういうのがよさそうね」

問題はこの子たちに揚げ物ができるかだ。奥の厨房を覗いてみたところ、手狭なキッチンはまったく使われておらず、物置と化していた。

「ちょっと思ったんですけど」希美は思いついたことがあり、恐る恐る発言した。「客層のほとんどはサラリーマンなんですよね。そういう人、一軒目でここには来ないんじゃないですか？」

答えたのは木村だった。

「そうっすね。大体二軒目か三軒目くらいですね。あ、昼は別ですけど」

昼もやっているのか。まあ昼の営業は別に考えるとして、ここに来る客は腹は満たされているというわけだ。さっぱりとしたつまみの方がよさそうだ。響子も同じことを思ったのか、腕を組んで言った。

「希美さん、何かない？　焼酎とかハイボールに合いそうなつまみ。私も旦那も日本酒しか飲まないから、ついつい濃いめのものになっちゃうのよ」

「切干大根の煮物とかどうですか？　あ、ピクルスとかもいいかもしれません」

「ピクルス、いいわね。野菜切って漬けておくだけだしね。日持ちもするし。でも唐揚げは重いにしても、そういうやつがあってもいいかもね」

「だったら砂肝（すなぎも）のアヒージョとかどうですか？　多めに作って小鉢で出すんです。それなら爪楊枝で食べられますし、バゲットを添えてもいいかも」

「とりあえず何品か作ってみましょうか。問題は……」

響子はそこで口を止め、背後にいる女の子三人に目を向けた。なぜか三人ともスポーツ新聞を読んでいる。そう、問題は彼女たちに作れるかどうか。そこに懸かっている。

「希美さん、材料を書き出してくれる？　店長さん、買い物は行ってくれるんでしょう？」

「そのくらいはお安い御用です」

何だか少し楽しい。普段は管理栄養士の考えたメニューをそのまま作るだけなので、給食の献立に自分の意見が採用されるなんてことは絶対にない。希美は仲のいい調理員数人で、いつか料理の店をやりたいねと話している。みんな子持ちなので、子供たちが独立してからの話だが、小さなテナントを借りて昼はお弁当を販売し、夜は居酒屋をやるのだ。ささやかな夢だ。

「あなたたち、掃除くらいはできるんでしょう？　このあたりを片づけて頂戴」

響子に言われ、女の子三人が重たい腰を上げた。思えば私だってこの子たちくらいのときは料理もせず、コンビニのものばかり食べていた。昔の自分を見ているようで、少しだけ可笑しくなった。

○

給食センターの仕事が終わったのは午後三時過ぎのことだった。彩花は充実感を覚えるとともに、腕や足腰の筋肉疲労を感じていた。こんなに体力的に疲れたのはいつぶりだろうか。下手（へた）したら中学生のときのマラソン大会以来かもしれない。

帰りの車中では爆睡だった。ほかの二人と会話をすることもなく、車に乗った途端にすとんと眠りに落ちた。そして次に目が覚めたときは新橋だった。

しばらく店は休業すると聞いていた。このまま家に帰れるものだと思っていたが、まだ続きがあった。まだまだ眠いし、何よりもシャワーを浴びたかった。それでも店の中に入るように指示を受けた。

給食センターに行かなかった三人は、ここで一日料理の特訓を受けていたらしい。奥の厨房を覗いてみると、そこには料理をした形跡が残っていた。給食センター組と、居残り組。それぞれが口々にお互いの一日を報告し合っていると、店のドアが開いて一人の女性が入ってきた。真波莉子という女性だ。今日一緒に給食センターで働いたのだが、彼女の素性はいまいち謎だった。いったいこの人、何者なのだろうか。

「皆さん、本日はお疲れ様でした。もうしばらくお付き合いください」

何が始まるというのか。彩花は近くにいた女の子と目を合わせる。その子もキョトンとした顔で首を傾げていた。

「まずは問題を出します」まるで教師のように莉子が言う。「現在の日本のプロ野球チームで、北海道を本拠地とするチーム名を答えてください」

誰も手を挙げようとしない。皆の顔を見回してから、莉子が一人の女の子を指でさした。

「あなた、わかりますか？」

「ええと……巨人？」

「違います。正解は北海道日本ハムファイターズです。私はあなた方にスポーツ新聞を読むよう、指示を出しました。その理由をお話しします」

昼休みに渡されたが、正直読んでいない。読む理由がわからなかったからだ。

「この店の客層の九割はサラリーマンだと聞いています。年齢は三十代から五十代が中心。若い女性と話をしたい。彼らはそう思っているから、こういう店を訪れるんですよね？　だとしたら話し相手になってあげる必要があります。そのためには彼らの好む話題を勉強しなければなりません。そこで注目したいのがスポーツ新聞です」

莉子はテーブルの上に置いてあったスポーツ新聞をとり、彩花たちに見せるように高く掲げた。

「スポーツ紙には世のサラリーマンたちの趣味が多く盛り込まれています。男性の趣味は多岐にわたり、個人差もあるかと思われますが、野球と競馬は押さえなければいけない必須ジャンルです。余裕がある子はサッカー、大相撲も押さえておけばベターです。皆さんは芸能関係はすでに熟知されていると思われますから、学習の必要はないでしょう。このスポーツ新聞は教科書だと思ってください」

店に来る客と話を合わせるため、スポーツ新聞を読め。莉子はそう言っているのだ。彩花は首を傾げざるを得なかった。ほかの女の子たちもポカンとした顔で莉子を見上げている。

「ではもう一問。高校時代は甲子園を春夏連覇。西武ライオンズに入団、二度のパ・リーグ優勝と沢村賞など数々のタイトルを獲得したのち、二〇〇七年にボストン・レッドソックスに移籍したプロ野球選手は……」

「はい」と手を挙げる者がいた。店長の木村だった。いつの間にか莉子の話を聞いていたようだ。木村は自信満々に答える。

「松坂大輔（まつざかだいすけ）、ですよね」

「違います。問題は最後まで聞くように。二〇〇七年にボストン・レッドソックスに移籍したプロ野球選手は松坂大輔ですが、第一次西武時代に彼につけられていたあだ名とは？　答えは『平成の怪物』です」

知らない。ただし名前だけは聞いたことがあるような気がする。

「現役選手について学習するのはもちろんですが、スポーツの場合、過去のスーパースターについて語ると喜ばれる傾向にあります。特に松坂大輔選手は、今社会で働く四十代の男性と同世代に当たります。憶えておいて損はありません」

彩花はこっそりとスマートフォンの検索画面に「まつざかだいすけ」と打ち込んで検索し

た。かなりの有名人らしく、画像や動画もたくさんヒットする。

「彩花さんを見てください」

えっ？　私？　いきなり名前を呼ばれて彩花はうろたえる。同時に莉子が自分の名前を憶えていてくれたことに驚いた。

「彼女をお手本にしてください。スマホを使えば、ありとあらゆる情報を入手できるんです。スポーツ新聞を読んでいて、気になる単語や選手の名前があったら検索する。そういう癖をつけましょう」

本当にそれだけで店に客が来るのか。まだ半信半疑だったが、彩花には少しだけ理解できる部分があった。彩花が過去に付き合った男は大抵、自分の趣味を彩花にも強要した。行きたくもない釣りに連れていかれたり、観たくもない映画を散々観せられたこともある。男というのは押しつけがましい生き物なのだ。

「ある程度知識を得たら、動画配信サービスで実際に試合を見てみましょう。そしてできればファンになってください。チームでも選手でもいい。応援する存在を見つけること。それが詳しくなる秘訣です」

何となくわかる。お笑いファンがお笑い芸人に詳しいのと同じことだ。

「私からは以上です。皆さんのご活躍、期待しております」

莉子はスポーツ新聞を置き、そのまま店から出ていった。しばらくの間、店内を沈黙が支配した。重苦しい空気とは違い、戸惑いが勝った雰囲気だ。

「店長、店っていつからやるの？」

一人の女の子が木村に訊いた。木村が答える。

「明後日からにしようと思ってる。さっき見たら裏の窓ガラス割られてた。明日にならないと業者が来てくれないから」

嫌がらせはまだ続いているようだ。政治家が来たくらいどうってことないと彩花は思うのだが、世の中には暇な人がいるものだ。

「ふーん、そう。じゃあ私、今日は帰るね」

一人の女の子が立ち上がると、スポーツ新聞を脇に抱え、店から出ていった。ほかの子たちもそれにならい、店から出ていく。彩花もそれに従った。どの子もしっかりとスポーツ新聞を脇に挟んでいた。

○

給食が再開して二日目。城島は再び南台小学校を訪れた。当然、莉子も一緒だった。今回は学校側には知らせていない。関係者専用駐車場に車を停め、校内を歩いた。時刻は午後二時過ぎ。ちょうど五時間目の授業中のせいか、校内は静かだった。雨が降っているので校庭に人の姿はなかった。その代わりに体育館から子供たちの声が聞こえてくる。球技でもやっているのだろうか。

この二日間、城島は暇を見ては南台小学校に足を運んでいた。もちろん、莉子の命を受けてのことだ。異物混入が発生した日、ここに給食が運び込まれたのが午前十一時三十分で、それから児童たちが給食をとりに来るまでの約五十分間、空白の時間があった。その時間に何者かが給食室に侵入したのではないか。それが莉子の推理であり、城島が捜査を――警察官ではないので、厳密には調査を――開始したのである。

「こちらです」

莉子を先導して城島は歩く。大きめの傘を二人でさしている。相合い傘の形ではあるが、ここは小学校。あまり近寄り過ぎてはいけないと城島は意識的に莉子から体を遠ざけた。お陰でスーツの肩のあたりはびしょ濡れだ。

最初に城島がおこなったのは名簿作りだ。異物が混入した日、この校内にいたとされる学校関係者の名簿を作成した。名簿に並んだ名前は四十五人になった。それを一人ずつ、アリバイを確認したのだ。かなりの数だったが、空白の時間はちょうど四時間目の授業中でもあり、担任を受け持っている三十人の教師は一気に候補から抜け落ち、残りの十五人を調べることになった。

残りの十五人は受け持ちクラスのない教師がほとんどであり、その多くが職員室にいた。校長は用事で市役所に赴いていたため、容疑から外れた。職員室のある廊下の並びに事務室があり、そこには二人の事務職員が働いていて、彼らの証言が非常に役に立った。校舎から給食室に行くためには、絶対に事務室の前を通る必要があったのだ。ちょうど事務室の横の渡り廊下から給食室に行けるようになっているからだ。空白のその時間、誰も事務室の前を通っていない。二人の事務職員はそう証言した。

その証言を信じるならば、校舎内にいた教師たちに犯行は不可能ということになる。保健室にいた養護教諭は一人でずっと保健室にいたため、最後までアリバイが不明だったが、事務職員の証言を信じるならば、彼女も容疑から外れることになる。

「気をつけてください。滑りますよ」

「お気遣いありがとう。城島さんこそ、肩が濡れてるじゃないですか」

「ご心配なく。総理のご息女を雨に濡らすわけにいきませんので」

その建物は校庭の片隅にあった。コンクリ造りの物置で、一階の一部が用務員室になっていた。ドアをノックすると、中から五十代くらいの男性が姿を現した。ベージュの作業服を着ており、頭にタオルを巻いている。今日は雨なので用務員室にいるのかもしれない。

「ええと、何か？」

男性が怪訝そうな顔でそう言った。城島は傘を畳みながら前に出た。屋根があるので雨に濡れる心配はない。

「私は城島と申します。突然すみません。少しお話を伺いたくて訪問いたしました。佐治さんでよろしいですね」

男性がうなずく。佐治孝志、五十二歳。南台小学校で働く用務員だ。学校の事務職員に話を聞いたところ、三年ほど前からこの学校に勤務しているらしい。

「私は真波と申します」莉子が城島の隣に並ぶように前に出た。「実は私たち、先日この学校で発生した給食の異物混入事件について調べているんです。個人的に興味があるからではなく、きちんと市の教育委員会の要請を受けて調べています」

城島が作った関係者名簿の中に、当然佐治の名前もあった。次々と関係者たちのアリバイが成立していく中、最終的に残ったのは佐治だけだった。ほかの教師は校舎内にいるため、給食室に行くためには渡り廊下に出るしかないが、基本的に屋外にいる佐治にはその必要がない。外からダイレクトに給食室に出入り可能なのである。

「事件が発生した日、給食室に給食が届いたのが午前十一時半。そして児童たちが給食をとりにくるのが四時間目が終わる午後十二時二十分過ぎ。その間に何者かが給食室に侵入したのではないか。それが私の推理です。いろいろと調べてみた結果、佐治さん、あなたにはアリバイがないことがわかりました。その時間、どこで何をされていましたか？」

佐治は答えなかった。俯いて床の一点に視線を落としている。莉子は続けて言った。

「用務員さんというのは、ある意味、学校内においてはどこにいても溶け込める存在です。仮に給食室に入っていったとしても、それを見た教師、児童は不審に思わないでしょう」

その通りだ。この学校を最初に訪れたときも、植木の手入れをしていた佐治の姿を見ているはずだが、あまり強い印象は残っていない。それほど学校の風景に溶け込んでいたということだ。

「佐治さん、あなたは三年前から勤めているそうですね。実は佐治さんの履歴書を拝見いたしました。この学校に来る前は証券会社にお勤めだったとか。一身上の都合により退職して、この学校に勤め始めたようですね。子供たちにも人気があると伺いました。工作を手伝ってあげたり、夏休みの課題なども一緒に作ってあげることもあるそうですね」

事務職員の話によると、佐治は軽度の適応障害を抱えており、証券会社を退職したのもそれが理由になっているようだ。ただし最近ではそういう兆候はまったくないらしい。子供たちに人気のある用務員。それが佐治の評判だ。

「ソウタ君をご存じですか？　メンチカツに刺さっていた釘を発見した児童です。非常に聡明な児童らしく、放課後はよく校庭でサッカーの練習をしているようです。人数が足りないとき、あなたも子供たちとサッカーをしているそうではないですか。もしかしたらあなたもソウタ君と一緒にサッカーをしたことがあるかもしれません。いや、きっとあるでしょう」

佐治の唇が小刻みに震えている。ここが勝負どころと察したのか、莉子はさらに詰め寄った。

「第一発見者であるソウタ君を疑う声もあるようです。給食に釘を混入する。決して許される行為ではありません。ソウタ君のためにも、どうか真実を話してくれませんか」

ぐうっ、と佐治が声を上げた。そのまま頽れるように床に膝をつき、頭を下げた。

「……すみませんでした。私がやりました。すみませんでした」

莉子も片膝をつき、彼の肩に手を置いた。

「佐治さん、頭を上げてください。私は真実を明らかにしたいだけなんです」

「すみませんでした。すみませんでした。すみませんでした」

そう謝るだけだった。莉子も困ってしまったのか、城島の方を見上げている。城島はうなずき、膝をついて佐治に向かって言った。

「佐治さん、私たちはあなたを追及するために来たわけじゃない。それにあなたが独断で給食に釘を入れたとは到底思えません。あなたに命じた人間がいる。私たちはそう睨んでいるんですが、どうですか？」

　佐治の顔色が変わった。刑事時代、取り調べに立ち会ったことは何度もあるし、自供した犯人を目の当たりにしたこともある。そんな経験から城島にはわかった。あと少しだな、と。

　城島は用務員室の内部に目を向ける。子供の玩具のようなものが数多く置いてあるのが見えた。放課後になるとここを訪れる児童も多いのだろう。そんな用務員を責め立てるような真似をするのは心苦しいが、これも真実を明らかにするために必要なのだ。

　窓を叩く雨の音が聞こえてくる。雨はしばらく止みそうになかった。


　その日の夜。市役所の会議室には人が集まっていた。全部で五十人ほどだろうか。教育委員会、給食センターの関係者がほとんどだったが、南台小学校のＰＴＡ会長や市民団体の長など一般市民も数名、参加しているようだ。等間隔にパイプ椅子が並べられていて、その一番前に城島は座っていた。

　マイクを持った女性が前に立った。

「定刻になりましたので、始めさせていただきます。本日はお足元の悪い中、また突然のお呼び出しにもかかわらず、多数の方のご列席を賜(たまわ)りまして、誠にありがとうございます。皆様をお呼びしたのはほかでもありません。先日、南台小学校で発生した給食への異物混入の件につきまして、報告に値する進展がございましたので、この場を設けさせていただきました」

驚きの声が上がることはない。誰もがその件だとわかっているからだ。会議室の前方にはテーブルが並び、市のお偉方が座っている。副市長や教育委員長、南台小学校の校長といった面々だ。その中に莉子の姿もある。

「では報告を始めます。真波さん、よろしくお願いします」

司会の女性に指名され、莉子が立ち上がって一礼する。

「こんばんは。真波と申します。犯人は用務員さんでした」

一瞬、水を打ったように静まり返る。今、この人何て言ったの？　誰もがそんな表情を浮かべている。そしてその後、どよめきが起きた。莉子が語った言葉の意味がようやく伝わったのだ。

どよめきはなかなか収まらない。三十秒ほど待ってから莉子が口を開いた。

「調査の結果、釘は給食センターではなく、給食が学校に到着してから混入したのではないか。そういう結論に達しました」

莉子がこれまでの経緯を説明する。空白の五十分間と、その時間の学校関係者たちのアリバイ。そして浮上した五十代の用務員である佐治。会議室にいる者たちは固唾（かたず）を呑んで莉子の話に聞き入っている。

「さきほどその用務員さんと話をしました。彼は大筋で容疑を認めています。大筋で容疑、だなんてまるで警察みたいですね。ではなぜ彼は給食に異物を入れたりしたのでしょうか。私はこの件を最初に聞いたときから、少し違和感を覚えていました」

　会議室は静かだった。城島は一応、莉子の警護を務めている。不測の事態に備えていつでも飛び出す構えだが、現時点でその兆候はない。

「事件を振り返ってみましょう。メンチカツに刺さっていた釘ですが、幸い配膳される前に給食係の児童によって発見されています。つまり目視によって発見できる程度のものであり、児童の口に入れるために仕掛けられたわけではないのです。やり方によってはもっと悪質な悪戯（いたずら）、あまり考えたくないことですが、完全に目に見えない異物を混入させ、児童の口に入れることもできたはずですから」

　犯人は敢えて目立つような異物を混入した。莉子はそう言っているのだ。たとえば毒物を混入させることも可能だったが、犯人はそれをしなかった。それはなぜか。

「犯人の目的は児童を傷つけることではなかった。つまり犯人の動機とは、給食が安全ではないと世間に知らしめることだったんです」

少しだけ会議室内がざわつく。周囲の者と言葉を交わしている者もいる。しばらくしてから莉子が再び口を開いた。

「さきほど私は犯人は用務員さんであると指摘しました。その方は三年前に証券会社を退職し、南台小学校の用務員になったそうです。非常に子供に好かれていた用務員で、子供たちから人気もあった。そんな用務員さんがどうして給食に釘を入れるなんて真似をしてしまったのでしょうか？」

実は昨夜の段階で佐治への疑惑は浮上していた。だから城島は数名の教師に話を聞いたり、彼の自宅周辺で聞き込みをした。そして今日の午前中、近所の住民から話を聞いた。

「その用務員さんは市内の一軒家にお住まいです。十年ほど前に家を新築したようですね。奥さんとは数年前に離婚しています。住宅ローンも残っているようですし、お子さんへの養育費の支払いもあるはずです。退職金があるとはいえ、経済的には決して楽ではないと思われます。身内の誰かが彼に金銭的な援助をしているのでないか。私はそう推察しました」

城島も同じ考えだった。そして今日の午後、校長から話を聞いたのだ。その結果――。

「用務員というのは採用枠が少ない、人気の職種と聞いています。問題の用務員さんですが、南台小学校に勤めるようになったのは、ある人物の強い薦めがあったからだと伺いました。その人物とは北相模市の市議会議員です。用務員さんの義理の弟に当たるそうです」

議員のコネを使い、就職口を斡旋してもらう。ありがちなパターンだ。

「その用務員さんの妹のご主人が、現職の市議会議員ということになります。妹さんは今日もここにお見えになっています。招待したら足を運んでくださいました。皆さん、ご紹介しましょう。北相模市の学校給食の未来を考える会代表、吉根美幸さんです」

莉子が手を伸ばし、会議室の一点をさした。そこにはスーツを着た四十代くらいの女性が座っている。彼女はやけに白い顔をして、前にいる莉子の顔を睨みつけていた。

○

莉子はその女性の視線を正面から受け止めていた。自分は絶対に間違っていないという、そういう自信に溢れた目をしている。政治家などでもたまにいる。莉子の経験だと理想主義者に多い。理想を追求するあまり、過度な要求を周囲に押しつけるのだ。たとえそれが法に触れようとも、理想の実現のために猛進する、そういう人たちだ。吉根美幸という女性からも同じ匂いがする。

莉子は敢えて挑発することにした。吉根美幸は好戦的な目つきをしている。ゴングを待っている拳闘家のようでもある。

「吉根さん、私の言っていることに間違いがありますか？　何なりとご指摘いただいても構いません」

「間違いだらけ。見当違いも甚だしいですわ」やはり吉根美幸はこちらの挑発に乗ってきた。もともと人前で話をするのが好きな人物なのだろう。「給食に釘を入れるよう、私が兄に命じた。あなたはそうおっしゃりたいようですが、まったく話になりません。あなたはご自分の推理を述べているだけではないですか。客観的事実というものが何一つない。あ、皆さん。初対面の方もいるかもしれませんので、自己紹介させてください。私は北相模市の学校給食の未来を考える会の代表を務めております吉根と申します。以後お見知りおきを」

さらりと自己紹介を始めるあたり、彼女の傲慢さが窺い知れる。彼女は平然と続けた。

「私どもの会では学校給食の未来を本気で考えています。まずは給食の完全無償化を視野に入れ、活動しています。サスティナブルな、持続可能な社会を目指す取り組みとして、子供たちにも給食を選ぶ権利を与えるべきだと考えております。大人が決めた給食を、子供たちは食べさせられているのです。子供たちにだって食事を選ぶ権利がある。お肉を食べられない子供もいれば、お米が嫌いな子供だっているんです。多様性を認める給食作りを私たちは提案いたします」

完全に演説モードに入っている。莉子は咳払いをして話に割り込んだ。

「サスティナブルな社会を目指すのは理解できますが、それを給食の完全無償化や、メニューの多様化と結びつけるのは少々強引でしょう。それに現在でも給食センターにおいてはアレルギー除去食を提供するなど、児童のアレルギーには十分留意しています。そういえば今年の春でしたか、吉根さんのご主人が市議会の一般質問で当局に対して質疑を寄せられていましたね。市のホームページでも閲覧可能ですので、ご紹介させていただきます。その当時のやりとりです」

莉子は手元のタブレット端末を操作して、用意していた音源を再生する。

吉根議員『当市の学校給食についてですが、昨今は完全菜食主義者、いわゆるヴィーガンと呼ばれる取り組みが注目されています。環境保護、動物愛護という観点からもその取り組みは極めて合理的であり、ヴィーガン食を取り入れているご家庭も多いと耳にします。そこで当市の学校給食においても、全国に先駆ける形で、動物由来の食材を使用しない、ヴィーガン給食を導入すべきかと思われますが、当局のお考えをお聞かせください』

市長『多様性という意味では、議員のご指摘も理解できる部分はあるのですが、学校給食というのは教育の一環でもあり、集団行動を教える教育の場であるという側面もあります。アレルギー反応や宗教的理由ならともかく、ある特定の嗜好者に対して、別メニューを提供するというのは考えておりません』
吉根議員『嗜好という言葉は聞き捨てなりませんね、市長。ヴィーガンは社会的な取り組みと考えるべきです。多くの著名人がおこなっている健康法であり、社会活動の一種であるとも言えるでしょう。それに市長、某市民団体のおこなったアンケートによると、市内の小学生のおよそ三割が現状の学校給食に不満を持っているようです。これについてどう思われますか？』
市長『どうって言われてもねえ。某市民団体というのは議員の奥さんが会長を務めている例の団体ですよね。ああいういかがわしい連中のアンケートは信用できません』
吉根議員『無礼な。発言を撤回していただきたい』
市長『市内のすべての小学生にアンケートをとったならまだしも、自分に都合のいい意見だけを寄せ集めただけじゃないですか。発言を撤回するつもりはありません』
莉子は再生を停止した。たしかに市長の発言は少々無礼なものであると認めざるを得ない。市長が吉根美幸の団体のことをいかがわしい連中と評したとき、かすかに笑い声のようなものが聞こえてきた。周囲にいた市の幹部職員たちが笑いを洩らしたに違いなかった。
「このやりとりのどこが問題なんですか？」吉根美幸が両手を胸の下で組み、やや険しい顔で言った。「当局が寄ってたかってうちの主人を貶めている。それだけの内容だと思いますが。北相模市議会の無能さが際立つというものですわ」

吉根議員は前回の市議会議員選挙で初当選した一年生議員であり、前職は東京で会社員をしていたという。妻の尻に敷かれているというのが世間の評判で、議員である夫を裏で操っているのが妻の美幸だというもっぱらの噂だ。こうして彼女の言動を見ていると、その噂もあながち間違っていないと思えてくる。

「たしかに市長の発言内容や、当局の対応は百点満点とは言い切れません」莉子はその点は素直に認める。「吉根さん、あなたはこのやりとりを傍聴席で聞いていたのでしょう。そしてはらわたが煮えくり返るほどの怒りを覚える。自らが代表を務める団体をいかがわしい連中と切って捨てられたのですから」

市に対して陳情する。それが美幸の主な活動内容だった。市の対応は素っ気なかった。担当者に問い合わせても「検討中」という答えが返ってくるだけ。給食センターに抗議文を送っても、マニュアル通りの回答がメールで送られてくるだけだった。そこで彼女は――。

「だったら自分でやるしかない。自らの手で学校給食の安全神話を崩壊させる。あなたはそう考えたのでしょう。給食から釘が発見されれば、必ずや大騒ぎになる。市民の目はいやでも学校給食に向けられ、その安全性を疑われる。あなたの運営する市民団体にも注目が寄せられる。実際、すでにあなたは複数のメディアから取材を受けられていると聞きました。すべてはあなたが計算したこと。違いますか？」

「違うわよっ」美幸は即座に叫ぶように否定した。「私は知らない。何もやってない。あんただってさっき言ったじゃないの。やったのは用務員なんでしょ。私の兄ではあるけど、私は一切関与してない」

「そうですか。だったらそういうことにしておきましょう」

美幸は虚を突かれたような顔をする。まさか莉子が引き下がるとは思っていなかったようだ。涼しい顔で莉子は続けた。

「私は市の臨時職員ですので、捜査権もなければ、何の決定権もありません。あとは保健所や警察の判断に委ねることにいたしましょう。偉そうなことを言って申し訳ありませんでした。吉根さん、お帰りになって結構ですよ」

会議室にいる者たちの視線が吉根美幸に集中していた。非難するような視線だった。自分に向けられた視線に耐え切れなくなったのか、美幸はハンドバッグを脇に抱え、足早に会議室から出ていった。彼女の姿が見えなくなるのを待ってから、莉子はこう締めくくった。

「異物の混入ルートは特定できたのですが、学校に到着したあとの給食室での管理方法について、一抹の不安を感じたのは事実です。今後は施錠の徹底など、給食室の管理体制の強化をご提案いたしまして、私からの報告は終了とさせていただきます。ご清聴ありがとうございました」

莉子は軽く頭を下げ、タブレット端末をバッグにしまった。パラパラという拍手の音が聞こえてくる。会議室にいる者たちが莉子に向けて拍手をしていた。莉子はもう一度頭を下げ、会議室から出た。あとから城島が追ってくる。廊下を歩きながら莉子は言った。

「城島さん、いろいろありがとうございました。お陰様で一件落着です」

「お疲れ様でした。ところでこれからのご予定は？」

「決まってるじゃないですか。赤坂に向かってください」

一仕事を終えたあと、雀荘で冷えたシャンパーニュを飲む。これ以上の楽しみはない。足どり軽く、莉子は階段を駆け下りた。

○

「こんばんは。わあ、また来てくれたんですね」

「まあね。こないだ楽しかったから」

「嬉しいです。ありがとうございまーす」

彩花は客の隣に座り、ハンカチを太腿の上に置き、それからグラスを手にとった。客はサラリーマン風の二人組だ。彩花の隣の男は先週に続いて二度目の来店だ。会社の同僚でも誘ってきたのかもしれない。

「そちらの方、初めまして。アヤといいます。焼酎の水割りでいいですか?」

「うん。薄めで頼むよ」

例の小野寺議員の騒ぎから二週間ほどが経過していた。店内は今、ほぼ満席の状態だ。もともと狭い店なので、五組も入れば満席だ。女の子はそれぞれの客についている。

「この店ってあれだよね」彩花の作った水割りを受けとりながら新規の男が言う。「小野寺議員が出入りしてたって店だよね。俺、あの動画観たんだよ」

あれ撮ったの私ですよ、と言うわけにもいかず、彩花は適当に受け流した。

「ただのおじいちゃんでしたよ。国会議員だなんて知りませんでした」

黒服の店長がやってきて、ガラス製の器を二人の前に置いた。お通しのピクルスだ。実は彩花が漬けたもので、客の評判も上々だ。ピクルス以外にも数点の常備菜を用意している。

「お二人は会社の同僚なんですか?」

彩花がそう訊くと、先週も来た男が答えた。

「こいつ、高校の同級生。先週も話しただろ。三年間バッテリーを組んでたツレ」

「あ、そうなんですか。お噂はかねがね。たしか県大会の二回戦でサイクルヒットに王手をかけたとか」

「そんなことまで話してるのかよ」新規の男は満更でもなさそうな笑みを浮かべる。「あのときサイクルヒットが出てれば、俺の運命も変わってたかもしれない。今でも思うよ」

「でも凄いですよね。あの松坂大輔と対戦したんですよね、お二人は」

「練習試合だよ。しかも中学時代の」

「それでも凄いですよ」

スポーツ新聞を読み、サラリーマンが好みそうな話題について勉強する。彩花たち店の女の子は莉子の助言を忠実に実行し、今も毎日のようにスポーツ新聞を読み漁っている。彩花は読売ジャイアンツのファンになり、今度店の客に東京ドームに野球観戦に連れていってもらえることになった。今から楽しみだ。

「でもやっぱり奴は俺たちとは次元が違うよ」

「そりゃそうだろ」

先週来店したとき、男から年齢を聞いた。もしやと思って松坂大輔の話を振ったところ、見事に食いついてきた。しかも高校まで野球部で投手として活躍していたという。かなり話が盛り上がり、こうして二週連続でご来店というわけだ。

「圧巻だったのは三年のときの甲子園の準々決勝だよな」

「あれはたしかに凄かった。アヤちゃん、知ってる？」

「延長十七回。二百五十球ですよね」

「おおっ、知ってるんだ。キャバクラの女の子と野球の話で盛り上がれるとは思ってもみなかった。これは常連になってしまいそうな気がするな」

「是非またお越しください」

隣の席では同僚のマリが年配の男性客と話している。その会話が耳に入ってくる。

「じゃあマリちゃんはどう思うんだね。ディープの後継種牡馬の一番手は？」

「現役時代の実績からすればコントレイルだと思います。でもキズナも捨て難いですね。堅実にいい仔を出しそうな気がします」

「なるほど。マリちゃん、本当に競馬に詳しいんだねえ」

「いえいえ、それほどでも」

それぞれの女の子に得意分野的なものが生まれ始めている。野球だったらこの子、競馬だったらこの子、相撲や格闘技はこの子、といった具合に棲み分けができ始めていた。

昨夜のことだった。真波莉子がふらりと店に立ち寄った。近くまで来たので様子を見に訪れたのだという。例の城島という中年男性も一緒で、二人で小一時間ほどカウンターで飲み、そのまま去っていった。給食センターで働いていたと思ったら、なぜかキャバクラの立て直しにも手を貸す。しかも常にSPらしき男がピッタリと寄り添っている。結局最後まで謎の女だった。

莉子とは少しだけ話ができた。彩花の中で、給食センターで働いた経験が強烈な印象として残っていた。働くってこういうことなんだな、と心の底から思った。仕事の内容は大変だったが、私が作った給食を二万人もの小中学生が食べているという現実に、心を揺り動かされるような思いがしたのだ。今すぐに、というわけではないが、いつか給食センターで働きたいと思った。キャバクラ嬢はいつまでも続けられる仕事ではない。

たどたどしく彩花が胸の思いを説明すると、莉子はバッグの中から万年筆を出し、店のコースターに二つの電話番号を書いてくれた。一つは北相模市給食センターの番号で、もう一つは莉子自身の携帯番号のようだった。もしいつか本気で働きたいと思ったら、そのときは遠慮なく連絡して。彼女はそう言ってくれた。

「……ところでさ、松坂が決勝でノーヒットノーランを達成した夏の甲子園で、実はもう一人、ノーヒットノーランをやった選手がいるんだけど、アヤちゃん、知ってる？」

「元巨人の杉内（すぎうち）ですよね」

「何でも知ってるな、いやあ、感服した」

「あ、お二人ともお代わり作りますね」

グラスを受けとり、氷を中に落とす。最近仕事が面白くなってきた。しばらくはこの店で続けてみようと思っているが、莉子から受けとったあのコースターは、昨日から自宅の小物入れの中に大事にしまってある。

第二問：某市の給食センターの異物混入問題を解決し、ついでに客離れに悩む某キャバクラの売り上げを回復させなさい。

解答例

給食センター内部を観察し、
異物の混入経路や容疑者候補を
迅速に割り出す。

給食センターとキャバクラ、
スタッフをクロスさせて
互いの欠点を補う。

給食センターが停止している間は
ハンバーガーとか出しておけば
多分文句は言われない。

第三問：

ハラスメントだらけの
某女子バレーボールチームを
改革しなさい。

選手たちの声が練習場に響いている。井野夏帆(いのかほ)は体育館の壁際でストレッチ運動をしていた。いや、正確にはストレッチ運動をする振りをしながら練習を見ているのだ。今、夏帆のチームメイトたちはスパイクの練習をしていた。正面、ライト側、レフト側の三方向からのスパイク練習で、トスを上げる選手とのコンビネーション練習も兼ねている。スパイクを打つ選手もストレートに向きつつクロスに打つなど、工夫しながら練習していた。

〈京浜(けいひん)ラビッツ〉。それが夏帆の所属する女子バレーチームだ。女子の一部リーグであるVクイーンリーグに加入しており、去年は十二チーム中、七位の成績だった。〈京浜通運〉という大手運輸会社が母体となっていて、夏帆は去年からチームのキャプテンを任されていた。ポジションはセッター。トスを上げるなど、攻撃の中心を担う司令塔の役割だ。

「何やってんねんっ」

怒号が飛んだ。ネット近くの審判席には角刈りの男が座っている。監督である丹波龍二(たんばりゅうじ)だ。元々は大阪で教師をしながらバレーボール部の顧問を務めていて、二十年ほど前に春の全日本選手権、いわゆる春高バレーで三連覇を達成し、名将の仲間入りを果たした。その後は高校や大学、社会人のチームを渡り歩き、去年から京浜ラビッツの監督を務めている。

「三番、そんなスパイク、全然あかんわ。話にならんて」

丹波は三番の選手に向かって毒を吐く。選手を名前ではなく、番号で呼ぶのはこの男の悪癖だ。しかしコート上では絶対君主なので、誰も逆らえない。

「もう一回。やり直しや」

「はいっ。ありがとうございます」

注意をされたら必ずお礼を言う。それも丹波が監督に就任してから始まった決まりごとだ。ほかにも練習の五分前には整列して監督を待つとか、ともすれば前近代的とも言える決まりがいくつかある。軍隊みたいだね、と選手同士は陰で言っている。

「それに十二番もそのトスは何や？　相手にバレバレやで」

「はいっ。ありがとうございます」

この十年、京浜ラビッツは優勝から遠ざかっている。そこで優勝請負人として丹波が監督に就任したのだが、一年目は不本意な成績に甘んじた。だから丹波にしても勝負の二年目であり、自然に練習にも気合いが入っている。ただし丹波の檄(げき)は空回りしている感が否めない。簡単に言ってしまうと、丹波のノリは今の時代にそぐわないのだ。

「次や、次。それと今の二番のスパイクはええで。その調子や」

「はいっ。ありがとうございます」

一応褒めるときは褒める。飴とムチで言えば飴の分量が圧倒的に少ないのだ。それでも技術的にも戦術面でも昨季よりもだいぶ高まっていると夏帆自身も感じていた。だからこそキャプテンとして練習に参加できない自分が歯痒(はがゆ)い。

今日から十月。開幕まであと二週間を切っていた。すでに全試合の日程も決まっており、各チームは最終調整に入っている。京浜ラビッツでも連日のように厳しい練習がおこなわれていた。毎日が夏合宿みたい。ロッカールームではそんな声も聞こえている。

「夏帆ちゃん、ちょっといいかな？」

顔を上げるとスーツ姿の男性が立っていた。その背後にはジャージを着た女性の姿がある。スーツの男性はチームの広報担当だった。広報の男が言った。

「紹介する。こちらは真波莉子さん。今日からマネージャーをやってもらうことになった」

「真波です。よろしくお願いします」

ジャージ姿の女性が頭を下げたので、夏帆もそれに応じた。

「どうも。井野夏帆です」

「夏帆ちゃんはね」と広報の男がジャージ姿の女性に説明する。「このチームのキャプテンをやってるんだ。わからないことがあったら何でも相談するといいよ」

　ジャージ姿の女性は髪を後ろで束ねている。かなりの美人だった。こんなチームでマネージャーなんてしなくてもいいのに。そう思ってしまうほどの風貌だが、夏帆は実は莉子とは初対面ではない。すべて計算されたことなのだ。

「じゃあね、夏帆ちゃん。また取材対応頼むよ」

　二人が立ち去っていく。代わりに後輩選手の一人が夏帆のもとにやってきた。彼女も今日の練習を見学している選手の一人だった。彼女が訊いてくる。

「夏帆さん、怪我の具合はどうですか？」

「うーん、何とも言えないわね。そっちは？」

「私は何とか開幕には間に合いそうです。多分ベンチスタートだと思いますけど」

「間に合っただけでもよかったじゃない」

　夏帆は自分の右膝に巻かれているサポーターを見た。古傷の膝を痛めた、ということになっているが、本当はそうではない。

　実は夏帆のお腹の中には赤ちゃんがいる。今はまだ、その事実をチームの誰にも打ち明けていない。

Ｖクイーンリーグはプロ野球やＪリーグと同じく、完全なるプロリーグであると思っている人も多いようだが、その実情はセミプロに近いものだ。多くの選手が正社員、または契約社員として会社に雇用されていて、バレーの試合や練習以外は、会社で仕事をしているケースがほとんどだ。

京浜ラビッツもそうだ。夏帆たち選手は全員が契約社員として雇われていて、午前中はオフィスで仕事をして、午後から練習をするというのが大まかな一日の流れだ。シーズンが始まってしまうと移動や遠征などで出社できる日も減少するが、それぞれに仕事を抱えている社員であることに変わりはない。夏帆は現在、品川にある京浜通運本社の経理部で働いている。入社して七年目。今年で三十歳になる。選手の中ではベテランの域に入っている。

バレーを始めたのは中学生になってからだ。もともと素質があったのか、一年生のときからレギュラーの座を摑んだ。中学時代には目立った成績を上げることはなかったが、県内屈指の強豪高校から声がかかった。スポーツ推薦で進学し、バレー漬けの日々を過ごした。

キャリアのピークを問われたら、高校三年の春高バレーだと夏帆は答える。決勝では東京の優勝常連校に惜しくも敗れたが、優秀選手に選出された。優秀選手に選ばれた子の中には、後年オリンピックに出た者もいた。彼女たちと同じ写真に収まったのは大きな勲章だ。

大学でもバレーを続けたが、卒業後は普通に就職するのだろうと思っていた。ところが大学四年のとき、前年に卒業したOGが練習に訪れて、うちに来ないかと声をかけられた。それが京浜通運だった。そこでセッターを探しているという話だった。まさか卒業してもバレーを続けられるとは思っていなかったので、夏帆はその誘いを受けることに決めた。

京浜通運は品川に本社を置く運送会社で、全国八ヵ所に営業所があった。女子バレーチームに所属する契約社員は本社の総務部や経理部か、もしくは有明(ありあけ)にある物流倉庫に配属されるのが常だった。

バレーボール選手といっても、その生活は普通のOLと変わりはない。オフの日には仲のいい子と食事に行ったり、ときには合コンにも誘われる。ただし夏帆は合コンを苦手としていて、誘われても極力断るようにしていた。基本的に女子バレー選手は背が高い傾向にあり、夏帆も百七十八センチある。そんな背の高い子ばかりが飲み会に参加するのだ。男子たちが引いてしまうシーンを何度も見た。だから夏帆はその手の誘いは断ることにしていた。

四年ほど前だった。その日は夏帆と仲の良かった親友が誕生日ということもあり、飲み会に誘われた。店に入ってから騙されたと気がついた。見知らぬ男の子たちの姿があったのだ。帰るわけにもいかず、夏帆は仕方なく席についた。そこで一人の男性と出会ったのだ。

その男性は石川拓海という名前だった。実は彼、普段は岡山県倉敷市に住んでおり、たまたま大学の同窓会で上京し、友人に誘われて参加したという経緯があった。彼にしてもこういう飲み会を望んでいたわけではなく、似たような境遇であることから話が弾んだ。彼は倉敷市内で接骨院に勤務しているようだった。その日はＳＮＳのアドレスを交換して別れた。それで終わりだと思っていた。

それから二ヵ月後のことだった。岡山に遠征中、試合前の練習で後輩の一人が膝を痛めてしまうハプニングがあった。専属ドクターが帯同しているようなチームではないため、そういうときは自分でどうにかするしかない。そのとき夏帆が思い出したのが石川拓海だった。遠征先は岡山市であり、石川拓海は隣の倉敷市で接骨院に勤務しているという話だった。すぐに連絡してみると、岡山市内にある腕のいい整形外科医を紹介してくれた。幸いなことに後輩の怪我は大事に至らなかった。その翌月、姫路に遠征した際にお礼の意味も含めて、彼を食事に誘った。交際に発展するのにさして時間はかからなかった。中国地方にもいくつかチームがあるため遠征も頻繁にあり、遠距離恋愛の淋しさはさほど感じなかった。

交際は順調だった。互いの両親にも挨拶を済ませているし、将来を具体的に考え始める年齢に差しかかっていた。ただ夏帆の周辺が忙しかった。チームでもベテランとなり、キャプテンを任されるようになった。この二年間はコロナ禍で無観客試合があったり、下手すれば試合自体が中止になることも珍しくはなかった。ようやくコロナも収まりつつあり、誰もが新シーズンの開幕を心待ちにしていた。その矢先――。

体調に異変を感じたのは先々週のことだ。練習中、不意に気持ちが悪くなり、トイレに駆け込んで嘔吐（おうと）した。もしやと思い、ドラッグストアで妊娠検査薬を買った。結果は陽性だった。念のために産婦人科で再検査したところ、妊娠三ヵ月と告げられた。

拓海に連絡すると、彼はすぐに上京してきた。子供を産むべきだ。それが彼の意見だった。同時にプロポーズもされた。今すぐ選手を辞めて俺と結婚してほしい。子供を堕ろすなんてことはしないでくれ。お願いだ。

夏帆にしても子供を産みたいという気持ちは強いが、チーム事情がそれを許さないだろうと思った。控えのセッターもいるが、コンビネーションの面で夏帆の方が一日（いちじつ）の長（ちょう）があった。それにあの丹波が許すとは思えなかった。妊娠しているから今シーズンは休ませてほしい。そんなことを言って通じる人間ではないし、そもそも会社が許してくれるはずがない。

産むか、それとも堕ろすか。選手を続けるのか、辞めるのか。悩ましい問題だった。できればゆっくりと考える時間が欲しいが、開幕まで時間もなく、早めに結論を出すしかない。とりあえず古傷が再発したという言い訳で練習は休むことにした。

あれこれ思い悩む日々の中、夏帆はある女性に相談することに決めた。中学時代の同級生で、バレー部で一緒に汗を流した親友だった。彼女は一般市民であり、情報が洩れる心配もないのが大きかった。姉御肌の子で、今でもＳＮＳでやりとりしていた。

　勇気を振り絞って、夏帆は彼女の携帯に電話をしてみた。電話は繋がらなかったが、数分後に折り返し電話がかかってきた。久し振り。元気？　というお馴染みのやりとりのあと、夏帆は切り出した。実は折り入って相談があるので直接会って話したい、と。それが三日前のことだ。そして――。

○

　その店は二十年前と何一つ変わっていなかった。城島が学生時代に足繁く訪れていた神保(じんぼう)町(ちょう)の喫茶店だ。意外にも混雑しているので驚いた。それも客の大半が若い男女だった。名物のナポリタンをＳＮＳにアップするのが目的なのかもしれない。

　店の奥のテーブル席に彼女の姿を発見する。別れた妻の恵美(えみ)が手を上げるのが見えたので、城島は通りかかった店員にブレンドコーヒーを注文して恵美の待つ席に向かった。

「久し振りね。この店、こんなに流行(はや)っているとは思わなかったわ」

「そうだな。レトロな雰囲気が逆に受けてるんじゃないか」

二人にとって思い出の店だった。学生時代、二人でよく訪れたからだ。恵美とは共通の友人の紹介で知り合った。城島は当時から警察官を目指しており、部活も柔道部に属していたが、恵美はどちらかと言うと常に本を読んでいるような文学少女だった。

「仕事は順調？」

「まあな。そっちはどうだ？」

「それなりにやってるわ。コロナでだいぶ厳しかったけどね」

城島と一緒に暮らしている頃に比べ、恵美はかなり垢抜けた。以前は決して着ることのなかった派手な色のブラウスを着ているし、髪も明るく染めている。警察の官舎で暮らしていた当時、恵美は専業主婦だった。それなりに順調な生活だった。

ところが十年前、思わぬ事件が発生した。城島がＳＰとして警護に当たっている前で、当時の自明党の幹事長が狙撃されたのだ。狙撃された直後、幹事長の一番近くにいた城島の行動――その場で立ち尽くしていただけ――は何度もニュースで放送され、警視庁内での城島の立場は微妙なものとなった。そして事件発生から二ヵ月と経たないうちに、城島は警視庁を去る決意を固めたのだ。

当然、妻との関係もギクシャクしたものとなり、それから一年ほどして妻が愛梨を連れて家から出ていった。ところがそれから数年後、彼女から連絡があり、愛梨を引きとってほしいと言われたのだ。恵美は再婚したようだが、その再婚相手に愛梨が懐かないというのだ。そんな経緯もあり、城島は愛梨と暮らすようになったのである。

恵美の再婚相手は都内で複数の飲食店を経営する、いわゆる実業家だと聞いている。店の経営に恵美が関わっているのも知っていた。警察官の妻に収まるような女性ではなかったことは、今の恵美が放つオーラが物語っている。

「それで、俺に話って何だ？」

店員が運んできたコーヒーを一口飲んでから、城島は訊いた。恵美は紅茶を飲んでいる。飲み物の好みは昔と変わっていないようだ。

「決まってるじゃない。愛梨のことよ。北相模市だっけ？　いつまであっちで暮らすつもりなの？」

城島自身は話していないので、愛梨から情報を仕入れたのだろうと推測できる。愛梨にはキッズ携帯を持たせており、それを使って恵美と連絡をとっているのは城島も知っていた。月に一、二度、愛梨と恵美は二人で食事に行くこともあり、送っていくのは城島の仕事だった。母娘の関係に口を出すつもりは毛頭なかった。

「さあな。それは俺にもわからん。警護対象者次第だからな」

「政府関係者だか何だか知らないけど、娘を連れて一緒についていくことないじゃないの」

「仕方ないだろ。こっちにも事情ってもんがあるんだよ」

莉子の正体については極力誰にも明かさないようにと愛梨には言い聞かせてある。恵美の話を聞く限り、愛梨は城島の言いつけを忠実に守っているようだ。総理の隠し子と住んでいると言ったら恵美はどんな顔をするだろうか。口に出したい欲求を何とか抑え込んだ。

「これを見て」

恵美から封筒を渡される。中に入っていたのは学校案内のパンフレットだった。都内にある私立中学のものだった。どれもエスカレーター式に高校、大学と進学できる有名校だ。なるほど、と城島は合点がいった。

「お受験ってやつか。愛梨を私立中学に行かせたいってことだな」

「そうよ」と恵美はさも当然といった感じで答えた。「あの子のためを思ってのことよ。ここで少しでも頑張っておいた方があとあと楽になると思うのよ」

「無理だろ。あいつにお受験なんて」

「無理じゃないわよ。あの子、頭はいいんだし。今から始めれば何とかなるわ」

たしかに学校での成績は悪くない。苦手だった算数も莉子に教わるようになってから克服し、今ではどの教科もテストでは九十点以上は確実にとってくる。

「実はこないだ主人も交えて三人で食事をしたの。あの子、かなり大人になったみたいで、主人とも普通に話せてた。その様子を見て思ったの。今がいいタイミングじゃないかって」

愛梨が大人になったのは城島も認める。大人になったというより、生意気になったように城島は感じているが、以前よりも受け答えも大人びているのは事実だった。つまり恵美はもう一度愛梨を引きとり、中学受験にチャレンジさせたいと言っているのだ。

娘の将来を案じる恵美の気持ちもよくわかった。それに城島自身も現状に一抹の不安を覚えていた。警護対象者の実家に居候をしている身なのだ。いつまでもこんな生活が続くわけがないと頭ではわかっていた。

「で、愛梨は何て言ってるんだ？　もう話したんだろ」

「お父さんとお母さんが相談して決めてって、あの子はそう言ってたわ。愛梨の望むようにさせてあげたいの。だからあなた、あの子の本心を訊き出してくれないかしら？」

「そう言われてもなあ……」

「父親ならそれくらいして頂戴。一緒に住んでるんだから、そのくらいはできるでしょ」

「ああ見えてあいつも忙しそうだからな」

「忙しいって小学生じゃないの。どうしてもあなたと暮らしたいとあの子が言い張るなら私も無理は言わない。でも愛梨だってきっと私の気持ちをわかってくれるはず。そのパンフレット、あの子にちゃんと渡してね」

恵美は伝票を手にとり、そのまま席を立った。店から出ていく恵美の姿を見送りながら、城島は学校案内のパンフレットに目を落とす。綺麗な校舎や最新の教育設備、提携校への交換留学制度などが紹介されている。

愛梨の将来を考えてあげなきゃいけない時期に来ているんだな。そんな実感を噛み締めつつ、城島は冷めたコーヒーを口にした。

○

「それ、ロンです」

「真波君、今日は絶好調だね」

莉子は赤坂の会員制雀荘にいた。卓を囲んでいるのは自明党元幹事長の馬渕と、彼の友人である作家の織部。あと一人は初対面の日本画の大家だった。

「でも莉子ちゃんのジャージ姿、見てみたい気もするけどね」

織部が牌を中央の穴に押し込みながら言った。莉子は笑って応じる。

「今日は延々と球拾いでした。お陰でふくらはぎがパンパンです」

「まさか総理の隠し子が球拾いをしているなんて、選手たちも想像していないだろうね。それでどうなんだい？　私は女子バレーの試合をテレビでしか観たことがないんだが、リーグは盛り上がっているのだろうか？」

「やはりここ数年はコロナの影響で厳しい部分もあったそうですが、根強いファンに支えられているみたいですね」

京浜ラビッツ。それが莉子が今日からお世話になっている女子バレーチームの名称だ。所属している選手は総勢十八名。下は高校を卒業したばかりの十八歳から、上は三十代と幅広い。今日初めて練習を見学したわけだが、やはり長身の選手が目立った。

話は三日前に遡る。莉子は北相模市立病院の臨時職員でもあるのだが、その病院に勤務する看護師の吉田真由美から連絡を受けた。彼女は小中学校の同級生でもあり、市立病院の経営再建計画においてもプロジェクトメンバーに名前を連ねていた。莉子がすぐに病院に向かうと、そこで真由美とともに待っていたのが、現役女子バレー選手の井野夏帆だったのだ。

夏帆は北相模市の出身で、莉子と同じ中学校に通っていたようだが、同じクラスになったことはなく、正直あまり記憶に残っていなかった。中学時代もバレー部に所属しており、その関係で夏帆と真由美は今でもＳＮＳを通じてやりとりをしているようだった。

井野夏帆は妊娠していた。産むか、それとも堕ろすか。夏帆はその二者択一を迫られ、中学時代の親友に助けを求めてきたという。真由美があれこれ話を聞いたところによると、京浜ラビッツという女子バレーチームの体質——簡単に言ってしまえば監督や上層部などの考え方——に問題があるのではないかと真由美は気がついた。しかし一介の看護師が女子バレーチームの経営体質に口を挟めるわけがない。そこで真由美が思いついたのが莉子だったというわけだ。

夏帆は現在、古傷が再発したと言って練習を欠席しているという。俯いた彼女の顔には覇気がなく、かなりやつれた様子だった。放っておけるわけがなかった。莉子はその場で夏帆に向かって言った。

心配しないで。あなたの問題、私が絶対に解決してみせるから——。

「でも真波君、やはりその監督に問題があるのではないかね。いまどき選手を番号で呼ぶとか、ちょっと指導者として逸脱してる感が否めないのだが」

馬渕がそう言いながら牌を捨てた。莉子は手元の牌を並べ換えながら応じる。

「昭和の香りがプンプン漂っています。下手したら水を飲むなとか言いそうな雰囲気です」

「懐かしい」と作家の織部が口を挟んでくる。「俺たちがガキの頃には運動中の水分補給はご法度だったからな。心臓が破裂するとも言われていたくらいだ」

「へえ。そんな時代があったんですね」

こういう場合、直接チームのトップにかけ合ってみるのが早道だ。莉子が選んだのはチームへの潜入だった。京浜ラビッツの運営母体である京浜通運の元会長は、過去に経団連の役員をしていたこともあり、父である栗林総理とも顔見知りだった。使えるコネは何でも利用する。それが莉子の信条でもあり、すぐに京浜通運の元会長に連絡した。

元会長の鶴の一声でどうにかならないか。実はそんな淡い期待を抱いていたのだが、今は息子にすべての経営を委ねており、その息子と関係がよろしくないらしい。それにプロリーグ発足の際に京浜ラビッツは子会社化して、今は別会社の統括下にあるという話だった。だったら私をスタッフとして潜入させてもらえるだけで結構です。莉子の望みはすぐに叶えられ、今日からマネージャーとして現場で働くことが決まったのだ。

「当然、産休や育休なんかはないんだろ。あ、それチーね」

莉子の捨てた牌を織部がチーをした。莉子は答える。

「ありませんね。あったら私が出張る必要もなかったと思います」

「難しいね。バレーだけじゃなく、スポーツ界全体の問題だね、これは」

女性にとっての結婚、出産、育児というライフイベントは、大抵二十代から三十代にかけておこなわれる。ちょうどその時期というのは、スポーツ選手にとっても肉体的な意味合いにおける全盛期に重なっている。しかもプロスポーツ選手ともなると、チーム事情やスポンサーとの問題も複雑に絡み合い、出産に向けてのハードルは上がっていくのだ。

　莉子が去年まで働いていたのは厚生労働省の雇用環境・均等局の総務課という部署だ。職場における女性の労働環境の整備は、まさに莉子の守備範囲と言えた。

「これは私が解決すべき問題だと思っています」

「お手並み拝見といこうじゃないか。真波君、それ、ロンだ」

　馬渕がそう言って手牌を倒す。それを見て莉子は目を丸くした。

「先生、まさか……」

「悪いね。大三元だ」

　役満だ。役満に振り込んだのはここ数年記憶にない。社会人になってからは初めてではなかろうか。しかも馬渕は親なので二万四千点の支払いだ。あれほど好調だったのに、これで莉子は一気に最下位に転落となる。

「何だか悪いね。真波君の運気に水を差してしまったようで」

「先生、構いません。これが勝負の世界ですから」

　そう言いつつも莉子は内心不安だった。前近代的な体質を持つ女子バレーチームにおいて、所属選手の産休を勝ちとる。それが今回のミッションだ。元厚労省のキャリア官僚として、今回の戦いは絶対に負けられない。

○

「失礼します」

夏帆はドアをノックしてから、中に入った。そこに待っていたのはスーツ姿の男性と、もう一人は真波莉子だ。男性の方は有隅直人（ありすみなおと）といい、チームのゼネラルマネージャーだ。周囲からGMと呼ばれており、いわばチームを統括する責任者だ。

「夏帆さん、お待ちしておりました。ここにおかけください」

莉子にそう言われ、夏帆は空いている椅子に腰を下ろした。京浜通運の本社ビル内にある一室だ。夏帆が普段働く経理部とは別のフロアだ。京浜ラビッツは京浜通運の子会社であり、オフィスも間借りしているのだ。

「夏帆さん、事情はすでに私から説明してあります。直接話を聞いた方がいいと思ってあなたを呼んだんです」

「弱ったなあ」と有隅が鼻の頭を指で掻く。「何か嫌な予感がしてたんですよ。本社からいきなり指示が来て、一人マネージャーを入れてくれって、そんな話、聞いたことなかったですから。狙いはこれだったわけですね」

有隅は年齢は四十代後半。現場には積極的に介入せず、調整役としてそつのない仕事をしているというのが選手側から見た彼の評価だ。

「井野選手は妊娠しています。現在三ヵ月になります。彼女に産休を与えていただくことはできませんか?」

莉子の頼みを聞き、有隅はかぶりを振った。

「無理な相談ですよ。選手に産休を与えるなんて規定はないですから」

「じゃあどうすればいいんですか? 出産は諦めろ。GMはそうおっしゃるのですか?」

「そうは言ってませんよ。産みたいなら産めばいい。ただし井野さんは契約社員です。残念ながら契約社員に産休制度はないんです」

それは夏帆も承知している。正社員には産休・育休の制度が設けられているが、契約社員にはそれはない。出産するなら仕事を辞めてくださいね。そういうスタンスだ。

「法律上は契約社員に対しても産休を与えることが義務付けられています。制度がないなら、新たに制度を作ればいいんです。私、お手伝いしても構いませんが」

「無茶言わないでくださいよ。そんなの許されるわけないじゃないですか」

法律的に認められているというのは初耳だった。ただし現実は違う。契約社員が妊娠したら会社を辞める。そういう風潮が社内には少なからず、いや既定路線として存在していた。

「あと数ヵ月もすれば井野選手はもっとお腹が大きくなるでしょう。物理的にチームに帯同するのも難しくなるはずです。そうなったらどうすればいいんでしょうか？」

「さあ……どうなんですかね」

「ちなみに契約書にはどう書かれているんですか？　選手としてチームと契約を結んでいるはずですよね。退団に関する規定も明記されていると思いますが」

「少々お待ちください」

有隅が立ち上がり、壁際に置かれたキャビネットの方に向かっていく。莉子はタブレット端末を膝の上に置き、何やら操作していた。ネットで調べ物でもしているのだろうか。

真波莉子。中学校の同級生だが、同じクラスになったこともないので面識はなく、名前を薄(うっす)らと憶えている程度の間柄だ。

東大卒の元厚労省キャリア官僚で、ある事情から現在は北相模市立病院の経営再建に力を貸しているらしい。どういうコネを使ったのか知らないが、こうして京浜ラビッツに新人マネージャーとして潜入し、GM相手に互角に渡り合っている。ただ者ではないというのは夏帆にもわかる。

「ありましたよ」

有隅は分厚いファイルを手に戻ってくる。開いているページに夏帆の契約書が挟んであるようだ。写しは当然夏帆も持っており、自宅アパートに保管してあるが、目を通したことはない。サインをしたときにもほとんど読まなかった。

「あ、ここですね」有隅が契約書の一部を指でさした。「読みますよ。『退団を希望する選手は、特別な事情がない限り、退団する九十日前までにその旨を申し出ること』とあります」

九十日前。つまり今辞めたいと言っても、実際に退団できるのは三ヵ月後だ。身重の体であと三ヵ月もチームに帯同するのは少し無理がある。莉子が有隅に向かって言った。

「井野選手の場合、特別な事情に該当すると思うんですが、どうでしょうか？」

「さあ、僕に言われても……。詳しいことは本社の人に訊いてみないと」

「じゃあ訊いてください。やはり私としては産休制度を作ることを第一の目標にしたいんです。私が直接本社の担当者とお話しするというのはどうでしょうか？」

「うーん、どうかな。それより丹波監督の方が重要だと思いますけどね。チームの実権を握っているのは丹波監督ですから」

それは夏帆にも理解できる。会社の人間はバレーについては素人であり、すべて監督に一任しているのが現状だ。それは前監督のときもそうだった。しかし丹波が監督に就任して独裁体制の傾向がさらに強まったのは事実だ。ただし選手からはさほど丹波に対して文句の声は上がっていない。選手にとっては多少練習がきつかろうが、試合で勝てるなら文句はないからだ。それでも最近の丹波の横暴ぶりは目に余るものがあるが……。

「一つ確認したいのですが」有隅が思い出したように言った。「丹波監督の許可を得ているんでしょうね。彼が納得していないのなら、本社に伝えることはできませんが」

丹波にはまだ何も伝えていない。子供を産みたいから休ませてほしい。そんなことを言える雰囲気でもないし、言ったところで無駄だと夏帆は諦めている。

「わかりました。では監督の説得を優先しましょう。そうしたら本社の上の方に繋いでください」

莉子はいとも簡単に言うが、あの丹波を説得するのは並大抵のことではないと思われた。人の意見に耳を貸すような男ではない。

夏帆は莉子と一緒に部屋をあとにした。廊下を少し歩き、突き当たりの誰もいない一角で莉子は足を止めた。彼女が真剣な顔つきで訊いてくる。

「夏帆さん、確認させてください。子供を産みたい。その決意に変わりはありませんね？」

妊娠したとわかったとき、すぐに恋人である石川拓海に連絡した。彼はすぐに新幹線に飛び乗り、東京までやってきた。品川駅で彼を出迎えたとき、心の底から喜んでくれた。あのときの彼の笑顔が脳裏に焼きついて離れなかった。

「変わりありません。産みたいです。そしてできればバレーも続けたいと思ってます」

「わかりました。だったら私も全力を尽くします」

分が悪いのは夏帆にもわかる。だがこの真波莉子という女性についていけば何とかなる。そう感じさせる何かを彼女は持っているような気がした。

○

マネージャーになって二日目。今日も莉子は品川区内にある体育館でバレーボールの球拾いに追われている。一緒に働く先輩マネージャーは元選手であり、四十代くらいと思われるが莉子よりも機敏に球を拾っている。

当然球拾い以外にも仕事はあり、選手たちの飲み物を用意したり、練習の合間に汗で濡れたコートにモップをかけたりと忙しい。

「五番、何ちゅう動きしてんねん。そんなんやったら補欠や、補欠」

今日も丹波の怒号が響き渡っている。驚いたことに彼は竹刀(しない)を持っている。さすがにそれを振り回すことはないが、たまに選手のプレーに不満があったりすると、その竹刀でコートをドンドンと小突いたりする。まったくいつの時代なのだ、と莉子は内心驚いていた。

選手たちにもそれとなく話を聞いた。やはり丹波の態度には不満を感じている者も多いらしい。ただし練習内容についてはさして不満はなく、とにかく二週間後に控えた開幕に向けて頑張りたいというのが選手たちの共通した思いだった。やはり彼女たちはプロのアスリートであり、学生時代も含めて体育会系の社会に長く身を置いてきただけのことはある。多少練習できつく注意されたくらいではへこたれない、強靭(きょうじん)なメンタルを持っているのだ。

「真波さん、タオルの補充をよろしく」

「わかりました」

先輩マネージャーに言われ、洗濯済みのタオルを所定の位置に置く。今日も夏帆は練習を欠席しており、壁際で見学していた。本来ならここに来る必要はないのだが、キャプテンとしての責任感が彼女に足を運ばせているのだと想像できた。子供を産みたいという気持ちと、キャプテンとしてリーグ戦に臨みたいという思い。その二つが彼女の中でせめぎ合っているのは明らかだった。

実は昨日の夕方、京浜ラビッツの社長と面会することができたが、さほど話が進展したとは言えなかった。一ミリたりとも進展しなかったというのが正直なところだ。まだ二日目だが、見えてきた部分もある。京浜ラビッツのチーム事情だ。

数年前のVクイーンリーグ発足に際し、京浜通運では京浜ラビッツを子会社化し、〈京浜ラビッツ株式会社〉を設立した。そこで働くスタッフは三十名ほどで、そのすべては京浜通運からの出向者だ。どうやら京浜ラビッツへの出向はいわゆる降格人事に当たるようで、それでは従業員たちの士気が上がらないのも当然だ。

社長、GMをはじめとする出向組の社員たちは、自分がいる間は波風を立てたくないと考えているようだ。それでもチームとしての結果——リーグ戦での成績やチケット収入等——も本社から求められるため、出向組にできることといえば、有名な監督を招聘し、その者に全権を与えることくらいだ。そして去年、丹波に白羽の矢が立てられたというわけだ。

丹波の理解が得られなければ、本社の担当者に繋ぐことはできない。GMからもそう言われていた。丹波を攻略する方法を考えているのだが、あまりいい手は浮かんでこない。

「十二番、何やそのプレーは。何度も言わせるな、ボケ。ちょっと下がっとけ」

丹波が竹刀で床を小突きながら声を上げた。十二番の選手が「はい、すみません」と頭を下げ、コートから出ていった。いつもの風景ではあろうが、やはり選手間には独特の緊張感が漂っている。

まるで軍隊のようだ。見ていて気持ちのいいものではない。もしこの練習風景がネット上で一般公開されたら、即炎上するのは確実だ。

莉子は足元に転がってきたボールを拾い上げ、そして決意した。

このパワハラ監督を改心させ、味方につける。それが先決だ。

○

城島の視線の先には牛丼屋があった。ガラス張りの店内は八割方、席が埋まっている。L字形のカウンター席になっていて、城島は外に停めたプリウスの運転席から牛丼屋の店内を観察している。今、男は携帯電話を操りながら席に座っている。

男は丹波龍二、五十歳。京浜ラビッツの監督だ。この男の素性を調べるように莉子から指示を受けている。三十分ほど前に練習を終え、丹波は品川区内の体育館から出てきた。電車に乗られたら面倒だなと思っていたが、丹波の移動手段は自転車だった。少し自転車で走ったあと、丹波は牛丼屋に入っていったのだ。

莉子の話によると、かなりパワハラが目立つ監督らしい。選手を番号で呼び、おまけに練習中は竹刀を所持しているという。今、カウンターで牛丼を待っているその姿も、一見して堅気（かたぎ）には見えなかった。

城島はスマートフォンを出し、愛梨にメッセージを送った。少し遅くなりそうだ。そんな内容だった。すぐにメッセージは既読となり、了解を意味するスタンプが送られてきた。

愛梨の本心を訊き出してほしい。先日、元妻の恵美から頼まれたのだが、いまだに愛梨とは話ができずにいる。できればこのまま話をせずに済ませたいが、そういうわけにもいかないだろう。

丹波が店から出てきた。牛丼をテイクアウトしたようだった。自転車に乗って走り始めたので、再び尾行を開始する。途中で丹波はコンビニに寄った。缶のハイボールとスナック菓子を買ったようだった。これから家に帰って牛丼を食べつつ晩酌を決め込むつもりなのか。

丹波の住居は二階建てのアパートだった。割と老朽化した建物で、伝統ある女子バレーチームの監督の自宅にしては少々貧相に感じた。丹波が単身赴任で東京に来ていることは事前の調査で判明していた。妻と子は大阪に残してきているらしい。

丹波が二階の自室に入って五分ほど経った頃、スマートフォンに着信があった。莉子からだった。これから合流したいというので詳しい場所を教えた。十五分ほどしてから助手席のウィンドウがノックされ、ロックを解除すると莉子が乗り込んできた。

「状況は？」

「さきほど帰宅しました。途中で牛丼をテイクアウトして、コンビニで酒を買ってました。今日はもう外には出ないいんじゃないですかね」

「そうですか。それで彼について何かわかりましたか？」

「ええ。かつての教え子に話を聞くことができましたよ」

今日の日中、城島は川崎市に足を運んでいた。丹波は京浜ラビッツの監督に就任する前、川崎市内にある鉄鋼メーカーの男子バレーチームの監督を務めていたのだ。鉄鋼メーカーの広報担当に連絡をとり、丹波の教え子の名前を教えてもらい、コンタクトをとった。突然の訪問だったが、紹介された三人のうち、一人の選手から話を聞くことができた。

「厳しい監督として有名だったそうです。三年契約の予定だったそうですが、成績不振を理由に二年でチームから去っていますね。練習は厳しかったみたいです。ただ選手の起用法や交代のタイミングなどには目を見張るものがあった、とその選手も言っていました」

ムラのあるタイプの監督だった。それは彼のこれまでの成績を見てもわかる。高校の女子バレー部を全国優勝に導いたあと、次に招聘された大学のバレー部では鳴かず飛ばずの成績で、また次に率いたチームでは好成績を残したりと、浮き沈みの激しいタイプの指導者のようだ。

「十五年ほど前に結婚して、ずっと子供がいなかったそうですが、五年前に子供が生まれたようです。今は単身赴任で東京に来ています」

意外にも家族思いの性格で、川崎時代も暇があれば大阪に帰り、妻と子供の顔を見ていたという。携帯電話の待ち受けも子供の写真だったと、話を聞いた男子選手も語っていた。年を重ねてからの子供だ。溺愛するのも無理はない。

「これ、彼のこれまでの経歴です。ネットで調べたものをまとめてみました」

城島はクリアファイルを莉子に渡した。丹波は関西方面を中心に、高校、大学、社会人チームを渡り歩いていた。好不調の波はあるが、総合的に見て優秀な監督だ。

「今日会った教え子も証言してましたけど、女性関係もきちんとしていて、奥さん一筋だったそうです。チームの打ち上げの際、二次会でキャバクラに誘われても断っていたって話です。ちなみに奥さんは十歳下の元教え子みたいですね」

「意外ですね。あんな練習方法でよく教え子と……」

莉子が驚いている。それほど苛烈な練習を選手に強いているということか。

「どうしましょうか？　そろそろ帰りましょうか。今から帰れば八時過ぎには……」

「食事をしていきましょう。牛丼を食べてみたいです」

「えっ？　食べたことないんですか？」

「ええ。ああいうカウンタータイプのお店に入るのは苦手なんです。後学のためにも是非」

「わかりました」

車を発進させ、近くのコインパーキングに停めた。二人で牛丼屋に入る。城島は大盛と生卵、莉子は並盛を注文した。すぐに運ばれてきた牛丼を食べる。莉子に感想を訊いた。

「どうです？　初めての牛丼は？」

「美味しいです。コストパフォーマンスが抜群ですね」

総理の隠し子にして、元厚労省のキャリア官僚だ。無敵に近い経歴の持ち主だが、そんな彼女が三十歳になるまで牛丼を食べたことがないというのは少し可笑しかった。

莉子が箸を置き、さきほど城島が渡したクリアファイルをバッグから出した。真剣な顔つきでファイルを見ている。やがて顔を上げて莉子が言った。

「城島さん、お願いがあります。愛梨ちゃんの面倒は私がみるので、出張をお願いします」

○

練習前。莉子は選手より一時間前に体育館に入り、マネージャーとして準備に追われる。タオルやドリンクを所定の位置にセットし、それからネットを張った。音楽でもかければいいのにと思い、それを先輩マネージャーに提案したところ、笑って却下された。丹波が就任する以前は練習中に気分を盛り上げる系の洋楽が流れていたそうだが、丹波が「練習に集中できない」という理由で音楽を禁止したそうだ。まさに暴君だ。

最後にモップをかけていると、選手たちが徐々に体育館に入ってきて、それぞれウォーミングアップを始める。中には二人一組で柔軟体操をおこなっている者もいる。今日も夏帆は練習には参加せず、壁際に座って練習を見学していた。

そして暴君が登場する。選手たちは「おはようございます」と口を揃えた。丹波は真っ白なジャージを着ていて、今日も竹刀を引き摺っている。

「いつものや」

「はい。ありがとうございます」

まるで馴染みの定食屋で注文するかのような物言いだったが、選手にはそれだけで通じるらしい。選手たちはコートに入り、練習を開始した。開幕まで二週間を切っているが、いまだに丹波はレギュラーを発表しておらず、それが選手たちに緊張感をもたらす原因にもなっているようだ。

練習が始まって二十分ほど経った頃、ポケットに入れておいたスマートフォンが震えた。受信したＬＩＮＥのメッセージを見て、莉子は体育館の入り口に目を向けた。しばらくすると一組の親子が姿を現した。五歳くらいの男の子が、母親らしき女性と手を繋いでいる。

「こら、三番。何度言うたらわかるねん。今の場合はクロスに……」

審判席に座っている丹波が不意に口をつぐんだ。彼の視線は体育館の入り口に向けられている。丹波は驚いたような顔をしながら審判席を下り、親子の方に向かって歩いていく。

「パパっ」

男の子が無邪気な笑みを浮かべ、丹波のもとに駆け寄った。丹波は膝をつき、男の子を受け止めた。男の子は丹波が手にしている竹刀に興味を持ったようで、しきりに竹刀に手を伸ばしている。しかし幼児には危険と判断したのか、丹波は竹刀を男の子に渡そうとしない。

「どうして……ここに……」

丹波がつぶやいた。男の子の母親らしき女性が近づいてきて、丹波に向かって言った。

「見学よ。あなたも知ってると思ったけど」女性はそう言ってから、練習を中断している選手たちに向かって腰を折った。「いつも主人がお世話になっております」

選手たちも何が起きたのかわからず、コート上に立っているだけだった。それに気づいた丹波が手を叩いた。

「何を見てるんだ。練習再開」

「はい。ありがとうございます」

選手たちが練習に戻るのを見届けてから、丹波が妻に訊いた。

「どうしてここに来たんや？　聞いてないで」

「変ね。どういうことなのかしら」

そろそろだろう。莉子は丹波の背後から声をかけた。

「私がお呼びしました」

丹波が振り向く。その顔には疑念の色が浮かんでいる。莉子は平然と言う。

「たまには奥さんと息子さんにお父さんのお仕事をお見せするのもいいのではないか。そう思ったんです。まあ言ってみれば職場見学のようなものですね」

「お前、ええと……」

二日前に挨拶したのにもう忘れてしまったらしい。まあこの監督にとってマネージャーというのは名前を覚えるほどの価値もないのだろう。莉子は自己紹介する。

「マネージャーの真波です。この件は有隅GMの許可を得ていますので、どうかご理解を」

「どうして、こんな真似を……」

「お父さんが仕事をしているところを、奥さんと息子さんが見学する。とても素敵な話ではありませんか」

昨夜、牛丼屋を出てから城島は品川駅に向かい、そこから新幹線に乗って新大阪に向かった。一方、莉子は有隅に事情を説明し、許可をとってからホテルの手配などに動いた。城島は朝一番で丹波の自宅を訪問し、事情を説明したうえで母子を連れ出すことに成功したのである。

「監督、練習に戻ってくださって構いませんよ。いつも通り指導してやってください」

「そうよ、あなた。私たちには気を遣わなくても結構よ」

丹波は困ったように立ち尽くしている。その足元では男の子が竹刀を摑もうと背伸びをしていた。可愛い男の子だ。奥さんの方はバレーボールをやっていただけあり、やはり背が高い。ただし体型はややふっくらしていた。城島の情報によると丹波の妻は専業主婦らしい。

「ちなみに奥様たちは今日から三日ほど滞在される予定です。ホテルは会社の方で用意するのでご心配なく。奥様、お好きな時間に練習を見学にいらしてください」

「おい、ちょっと待ってくれ」たまらず丹波が口を挟んでくる。「職場見学なんて俺は聞いてへんぞ。今は開幕に向けて大事な時期や。妻や息子にウロチョロされたらかなわん」

丹波は心の底から困っているようだ。しかし家族に見せたくないということは、自分の指導法が少々度を越しているという自覚が本人にもあるのかもしれない。

「監督、場所を変えてゆっくり話しましょうか？」

「……ああ」

ペースを乱されているのか、丹波が莉子の提案に逆らうことはなかった。莉子は壁際にいる夏帆に目配せしてから体育館を出た。

莉子たちが向かった先は体育館内にある小会議室だった。施設の管理人に話をして、少しだけ使わせてもらうことは了承済みだ。会議室に入ると丹波が椅子に座りながら言った。

「どういうことか、説明してもらおうか。嫁と息子が見てる前で、いつもと同じように練習なんてできへんって。ん？　何で二番がおるんや？」

会議室に入ってきた夏帆を見て、丹波は首を傾げた。丹波の疑問に答える前に、莉子はずっと胸に溜まっていた不満を口にする。

「監督、本筋とは少し逸れるのですが、そうやって選手を番号で呼ぶのはやめていただけないでしょうか？　選手にだって名前があるんです。番号で呼ばれて嬉しいと感じる選手はいないはずです」

「関係ないやろ。俺の勝手や」

「ちなみに番号の根拠はなんですか？　どうせ監督が勝手につけた番号なんですよね。だったらマイナンバーで呼んだらどうですか？」

「ごちゃごちゃうるさいやっちゃな。選手の名前、覚えるのが面倒なだけや」

「たった十八人の選手の名前を覚えられないなんて指導者失格だと思いますが」

現在、京浜ラビッツと契約している選手は全部で十八人だ。そのうち十四人がベンチ入りできると規定に書いてあった。残りは見学となるわけだが、スポーツに怪我はつきもので、常に故障者を抱えているため、試合ごとにベンチ入りメンバーを替えたりもするらしい。

「昔から名前覚えるのが苦手でな。それに名前で呼ぶとセクハラだのさんをつけろだの、いちいちうるさいしな。そんなの気にしてたら練習もクソもない。だから俺は番号で呼ばせてもらってる。それが俺の流儀や」

一応この男なりに考えているということだ。しかしここは引き下がるわけにはいかない。

「じゃあこうしましょう。これから先、監督のことも番号で呼ばせていただきます。そうですね。五十八番くらいでどうでしょうか。五十八番、それでいいですね」

「このガキ、調子に乗りくさって」

「五十八番、私はガキじゃありません。立派な大人です」

丹波が黙り込む。苦虫を嚙み潰したような顔をしている。やがて丹波が口を開いた。

「しゃあないな。努力するわ」

「努力だけでは駄目です。しっかり名前で呼んでください。さん付けする必要はありません。名字を呼び捨てで結構です」

「……ああ」

仕方ないといった感じで丹波がうなずいた。それを見て莉子は脇に挟んでいたタブレット端末をテーブルの上に置いた。

「ご覧ください。監督のこれまでの成績です」昨夜、城島が見せてくれたものだ。「これを見ていて気づいたことがあります。監督は関西圏のチームを指導した方が比較的いい成績を残しているんです。たとえば春高バレーで三連覇したのも大阪の女子高ですし、大学選手権で準優勝したのも京都にある大学です。社会人チームでも関西圏のチームを率いたときの方が、上位に食い込んでいる傾向があるんです」

一方、関西圏以外のチームを率いた場合、その成績は極端に悪くなる。現在の京浜ラビッツもそうだし、その前の川崎のチームでも期待された以上の成績を残していない。その理由は果たして何か。莉子が着目したものは——。

「家族との距離ではないか。私はそう推察しました。監督はこう見えて、あ、失礼しました。監督が愛妻家であるとは私も聞いておりました。つまりご家族の支えがあってこそ、監督は精神的にも充実して、より仕事に打ち込めるのです。私の仮説、いかがでしょうか？」

丹波は答えず、黙ってタブレット端末に視線を落としている。自分の仮説は的を射ているのではないかと莉子は思っていた。ちなみに最初に春高バレーで三連覇したときの教え子が現在の奥さんらしい。

監督業は楽ではない。選手のことを考え、練習メニューを考案し、戦術を立てる。リーグ戦が始まれば日本中を駆け回ることになり、自宅に戻る暇さえなくなる。家族思いの丹波にとって、単身赴任をしながら監督業を続けることは想像以上に大変なことなのではないか。だからそれがストレスとなり、選手に当たり散らすのだ。

「選手は監督のストレスの捌け口ではありません」莉子はそう言いながらタブレット端末をとり、操作をしてから再び丹波の前に置いた。「これをご覧ください」

丹波がタブレット端末の画面を見る。二分割となった画面の一方には丹波自身の顔が、もう片方には息子の姿が映っている。息子はバレーボールで遊んでいた。母親が撮影しているのだろう。

「奥様のスマホとオンラインで繋がっています。物理的には離れていても、こういうサービスを使えば毎日顔を合わせることもできるんです。会社に頼み、ノートパソコンを一台、ご用意させていただきます。すべてセッティング済みのものを監督にお渡しする予定です」

ここ数日、丹波を見ていて気がついた。いまどき珍しく携帯電話は折り畳み式のガラケーだった。電子機器にそれほど強くないのではないか。そう考えたのだ。

「監督、いかがでしょうか。私の話、ご理解いただけましたか？」

「……ああ。真波いうたな。お前、目的は何だ？」

「ほかでもありません」莉子は背後にいる夏帆に目を向けた。ようやく本題に入ることができそうだ。「井野選手のことです。彼女が練習を欠席しているのは監督もご存じだと思いますが、実は彼女、妊娠しているんです」

　丹波が夏帆に目を向けた。

「二ば、いや、井野。ほんまか？」

「はい、本当です」

　消え入るような声で夏帆が答える。彼女がチーム関係者に妊娠の事実を報告するのは初めてだ。彼女の気持ちは痛いほど理解できる。

「井野選手は出産を望んでいます。ですので最初に監督にご相談しようと思った次第です。その窓口として私が依頼された。そうお考えください」

「ちょっと待たんか。二ば、いや、井野は貴重な戦力や。しかもキャプテンやないか。井野に抜けられたら俺のビジョンが根底から崩れてしまうんや」

「だからこうして相談しているんです。監督だって小さいお子さんがいらっしゃるじゃないですか。子供を産みたいという井野選手の気持ちを理解していただけると思ったのですが」

「でもなあ……」

　丹波が困ったように頭に手を置く。タブレット端末には彼の息子が映っている。選手たちに囲まれ、笑顔を浮かべて遊んでいた。

　もう一息だな。莉子は勝利を確信しつつ、次にかけるべき言葉を模索した。

○

「それでは今シーズンのチームの躍進を祈願して、かんぱーい」

夏帆はお好み焼き屋にいた。チームのみんなも一緒だった。開幕に向けた団結式という名目の飲み会だ。故障を理由に練習を休んでいる自分が参加していいものなのか。悩んだ夏帆だったが、「キャプテンが来なくてどうするんですか」と後輩に言われ、こうして足を運んだのである。

すでに各テーブルではお好み焼きが焼かれている。京浜ラビッツ御用達の店であり、今日も二階の座敷を借り切っている。二時間の飲み放題だ。選手たちは皆、よく食べるし、よく飲む。ただし今日、夏帆はアルコールではなく、ウーロン茶を飲んでいる。

「あれ？　キャプテン、今日は飲まないんですか？」

案の定、隣に座る若い選手、川端結衣（かわばたゆい）に突っ込まれたので、夏帆は答える。

「うん。痛み止め飲んでるからね。お酒はやめとこうと思って」

「そうなんですか。早く治るといいですね。それにしてもキャプテン、監督はどうしちゃったんですか？　何だか気持ち悪いですよね。あそこまで変わってしまうと」

選手たちの話題は丹波監督のことばかりだ。それもそのはず、今日の練習途中から、いきなり選手たちを番号ではなく、名前で呼び始めたのだから。

「やっぱりあの真波って人が関わってるんですか？　キャプテン、何か知ってるんじゃないですか？」

「さあ、どうだろうね」

夏帆は適当にはぐらかす。あの会議室で見聞きしたことは驚きだった。莉子は丹波と真っ向から対決し、彼を説得してしまったのだ。選手たちを名前で呼ぶようになっただけではなく、注意するときの口調も若干柔らかくなった。家族が見ている間だけ仕方なくそうしているのかと思ったが、家族が帰ったあとも同じだった。

気持ち悪い、と評する選手の気持ちは夏帆にも理解できる。今までは番号で呼ばれ、軍隊のような緊張感が漂っていた。それが少し緩和され、練習がやり易くなったのは事実だ。

「キャプテン、この記事読みました？」

隣の川端結衣がそう言ってスマートフォンを出した。そこにはインターネット記事が表示されている。

「うん、読んだよ」

「馬鹿にしてますよね、うちらのこと」

開幕を控え、記者たちが匿名でおこなっている座談会だ。優勝予想をしながら、それぞれのチームの状態を伝えており、我が京浜ラビッツについても触れられている。

記者A『ところで京浜ラビッツはどうだろうか。昨季は七位という成績に終わっている。丹波監督が就任して二年目。勝負の年になりそうだが』

記者B『戦力的には揃ってるけど、優勝争いは難しいんじゃないかな』

記者C『俺もそう思う。門松コンビの活躍次第ってところだね』

「こういう記事は放っておけばいいよ。うちらは開幕戦に集中する。それだけよ」

夏帆はそう言ってウーロン茶を飲む。ちょうど隣のテーブルにはチームの顔とも言われる門松コンビの二人、門脇千夏（かどわきちなつ）と松田茜（まつだあかね）が座っている。年齢はともに二十四歳。春高バレーの常連でもある都内の名門校の同級生で、高校生の頃から全国区の選手だった。二人とも日本代表に選ばれた経験もあり、松田茜は今も日本代表にその名を連ねている。門脇千夏はブロックなどを専門におこなうミドルブロッカー、茜は攻撃の中心であるウィングスパイカーだ。

「でもしょうがないですけどね。うちらのチームはあの二人あってこそですから」

隣の結衣がそう言って生ビールを飲む。依存しているわけではないが、京浜ラビッツの成績は門松コンビの出来にかかっていた。今、二人は楽しそうにお好み焼きを焼いている。

　何だか胸が痛い。子供を産もうとしている私がこの場にいていいのだろうか。しかも契約社員という立場ながら産休、育休をとろうとしているのだ。わがまま過ぎやしないか。そう問いかける自分がいるのも事実だった。

　今日、莉子は丹波を説き伏せた。そして最終的には丹波も夏帆の産休、育休の取得には同意した。しかしこれで問題が解決したわけではない。あくまでも丹波が味方についただけで、今度は会社側との交渉が始まるのだ。

「そうだ、結衣ちゃん」

　夏帆はハンドバッグから一冊のノートを出した。それを隣に座る結衣の前に置いた。

「これ、何ですか？」

「私の研究ノート。相手チームの癖とか、苦手なコースとか、いろいろ書いてある。参考にしてほしいの」

　実は結衣のポジションはセッターであり、もし夏帆が抜けたら彼女がその穴を埋めることになるのは確実だ。結衣の隣の席を選んだのもこれを渡すためだ。

「いいんですか。こんな大事なものを、私に」

「私が開幕に間に合わない可能性だってあるのよ。一応目を通しておいて」

「わかりました。ありがとうございます」

「あ、そろそろ焼けたんじゃないかしら」

鉄板の上ではお好み焼きが香ばしい色で焼き上がっていた。実はここ数日食欲がなく、食べてもあとで嘔吐してしまうことがある。ただしお好み焼きは大好物なので、かろうじて食べたいという気持ちが勝っていた。

「キャプテン、マヨネーズかけちゃっていいですか」

「うん、いいわよ」

周囲は盛り上がっている。私一人だけ暗い顔をしているわけにはいかない。夏帆は気持ちを切り替えて、ウーロン茶のグラスに手を伸ばした。

○

「お待たせいたしました」

そう言って二人の男が会議室に入ってきたので、莉子は立ち上がって二人を迎えた。京浜通運の本社ビルだ。有隅ＧＭにも来てもらいたかったのだが、所用があるからという理由で断られた。

「総務の増井(ますい)です。こちらは田中(たなか)」

二人が名刺を出してくる。受けとった名刺を見ると二人は本社総務部に所属する社員のようで、年配の増井の肩書きは部長となっていた。開口一番、増井が言う。

「有隅君からも聞いています。選手に産休を与えてほしいという話ですね。単刀直入に言って答えはノーです」

いきなり来たか。増井はいかにも仕事ができそうな顔つきをしている。実際、できるのだろう。本社の総務部長というのはそれ相応の実績を積まないと就けない要職のはず。でもこちらも簡単に引き下がるわけにはいかない。

「どうしてですか？　その理由を教えてください」

「決まりきったことです。就業規則で決まっているからです」

「労働基準法をお読みになったことはありませんか。たとえ契約社員であっても産休は認められています。産前は六週間、産後は八週間と明記されています。育児休業についても一定期間認められているはずですが」

増井の顔には余裕の笑みが浮かんでいる。こちらが労働基準法を持ち出すことなど想定内といった顔つきだ。

「知ってますよ。うちも届け出があった場合においては、契約社員に産休を与えるケースがあります。うちでは契約社員は一年更新でやっているので、育児休業を与えたことはありませんけどね」

仮に育児休業を申請したとしても、育児休業中に契約期間が満了となってしまえば、そのまま契約が切られてしまうのだ。育休切りとも言われている。

「それに」と増井が続けた。「井野さんの場合は京浜通運の契約社員であると同時に、京浜ラビッツとも選手契約を結んでおられます。そちらの契約書にも明記されているはずです。身体的理由で選手生活を送れなくなった場合は解雇できる。たしかそんな内容だったと思いますが」

莉子も契約書を読んだので知っている。そういう内容の記載があるのは間違いなかった。怪我や事故などで選手生命が絶たれたとき、チームが一方的に選手を解雇できるという内容だ。妊娠で選手生命が絶たれるとは思えないが、解釈次第で適用される余地もありそうだ。

「つまり妊娠を理由に井野選手を解雇する。そうおっしゃっているわけですか？」

「そこまでは言ってませんよ。ただしそういうことも有り得るということです。これまでは選手の自主性に任せてきました。おそらく井野さんもそういう判断をしていただけるものと我々も思っております」

最初に夏帆に会ったとき、選手の出産事情について話を聞いていた。それによると妊娠が判明した時点で選手側からチームに話し、辞めていくケースがほとんどらしい。ただしもっと前に、たとえば結婚を機に辞めるとか、妊活を始めたいといった理由で辞めていく選手も多いようで、それはほかのチームでも同様だった。

契約書の内容について、お互いに弁護士等の代理人を立てて協議する。そういう方法もあるかと思われたが、夏帆の将来を考えるとそれは得策ではない。彼女は会社と喧嘩をしたいのではなく、あくまでも穏便な解決を望んでいるのだから。

「企業のブランドイメージについてはいかがでしょうか？」莉子は別の切り口を提案する。「所属選手の産休を認める。話題になることは確実だと思いますが。女性が働くのが当然となった世の中において、率先してそういう取り組みをおこなっていくことは、企業にとってもプラスの影響は計り知れないでしょう」

若い方の田中という社員はずっとパソコンのキーボードを叩いている。会話の内容を記録しているのだろう。増井が再び口を開いた。

「たしかに女性の社会進出はめざましいものがあります。私が入社した三十年前は女性は五パーセントほどでしたが、今では全社員のおよそ三割が女性で、ドライバーにも女性がいるほどです。今、真波さんがおっしゃったようなことは当然私どもも考えておりまして、広報とも協議しましたし、社長にも相談しました」

「それで社長は何と？」

「インパクトがない。そうおっしゃっていました。所属選手に産休と育休を与える。それだけではインパクトがないという意味です。松田茜クラスなら話が違ってきたんですがね」

「井野選手では知名度が低い。そういう意味ですか？」

「その通りです。井野さんはキャプテンではありますが、個人的なスポンサー契約もないですしね」

それは莉子にもどうにもできないことだ。女子バレー選手でも一部の選手は企業とスポンサー契約を結び、コマーシャルなどに出演することもあるというが、夏帆はそこまで有名な選手ではない。

「ちなみに丹波監督に話は通してあるんですか？　彼が正セッターをみすみす手放すとは思えないのですが」

「この件について監督は私にすべて一任してくださいました」

意外に思ったらしく、増井がわずかに胸を反らした。そして最後に彼はこう続けた。

「真波さんともあろうお方が、どうして一選手にここまで肩入れなさるんですか？　しかも元会長のコネまで使って我が社に忍び込んでくるとはね。社長も驚いていましたよ」

すでにこちらの素性は知られているというわけか。莉子は涼しい顔で応じた。

「井野選手とは中学時代の同級生でした。それが理由です」

　想像以上に難しい交渉になりそうだ。それでも一筋の光明は見えたような気がした。インパクトがない。そういう理由で社長は却下したという。つまりインパクトがあれば認めるという意味にも受けとれるからだ。

「本日はこれで失礼いたします。貴重なお時間をいただき、誠にありがとうございました」

　莉子は立ち上がり、会議室から出た。まだこれで終わりではない。インパクトのある解決策を考える。私にできるのはそれだけだ。

○

　インターホンが鳴った。夏帆は最後にもう一度、室内を見回した。綺麗に片づいている。見られて困るようなものはない。夏帆は玄関に向かい、鍵を開けた。

「いらっしゃい」

「すみません。突然押しかけてしまって……」

　二人の女性がドアの向こうに立っていた。門脇千夏と松田茜。門松コンビの二人だった。今日の練習中、突然話しかけられたのだ。人の目を気にしなくてもいいところで相談させてほしい。二人に真顔でそう言われ、あれこれ思案した結果、自宅に招くことにしたのだ。夏帆を含めて背の高い女三人が外で額を集めていたら、いやでも目立ってしまう。

「さあ入って」

二人を中に招き入れる。目立ちたくないのか、二人とも黒を基調にした地味な格好だった。ただしその背の高さは際立っている。門脇千夏は百八十五センチあり、チームでもっとも背が高い。松田茜も百八十センチあり、彼女の場合はジャンプ力がずば抜けている。

紅茶を用意した。時刻は午後八時を回っている。今日も当然練習があり、主力の二人は午後は丸々練習だった。

「どうぞ。お砂糖もあるから」

紅茶のカップをテーブルの上に置いた。二人は椅子に座っているが、どこか覇気がなかった。そういえば今日の練習でもあまり元気がなかったような気がする。思った以上に深刻な相談なのかもしれない。

「本当にすみません。いろいろ迷ったんですけど、夏帆さんくらいしか相談できる人が思いつかなくて……」

門脇千夏が言った。普段は寡黙(かもく)で、プレーで引っ張っていくタイプの選手だ。反対に松田茜には華があり、チームのマスコット的存在だ。日本代表では控えに甘んじているが、ファンからの人気は高い。

「それで話って何？　まさか監督のこと？」

キャプテンを任された去年から、夏帆は時間があれば積極的にチームメイトに話しかけ、コミュニケーションをとることを自らに課していた。ただ妊娠が発覚してからは自分のことで頭が一杯となり、正直チームのことにまで頭が回っていないのは事実だった。だから二人から相談があると言われたときも、急に態度が改まった監督のことくらいしか夏帆には思いつかなかった。

「これ、見てもらえますか？」

千夏が一通の封筒を出してくる。中から一枚の紙片を出した。雑誌の切り抜きのように見えるが、ちょっと紙質が違う。

「明日発売予定の週刊誌の記事です。昨夜送られてきたんです」

夏帆は記事に目を通した。そこには次のように書かれていた。

『夜の都内の公園。ベンチには二人の女性が座っていた。近くのコンビニで買ってきた低アルコール飲料でも飲んでいるのだろうか。仲睦まじい様子で語らうその二人は、Ｖクイーンリーグの京浜ラビッツの所属選手、門脇千夏（二十四）と松田茜（二十四）だ。ともに日本代表の経験もあるトップ選手だ。

二人は高校時代からの同級生であり、門松コンビの愛称で知られている。特に松田茜は現役選手の中でも五指に入ると言われる美貌で人気が高い。

ベンチで語らう二人だったが、取材班は驚くべき光景を目にした。松田茜が門脇千夏の肩に自分の頭を載せたのだ。いつものことなのか、門脇千夏も別段拒むことなく、松田茜の頭をポンポンと叩く。まるで二人の姿は付き合い始めたばかりの学生カップルのよう。彼女たちをよく知るリーグ関係者は語る。

「二人の仲の良さは周囲にはよく知られています。学生時代にも同じ寮に住んでいたみたいですね。これまでに二人とも浮いた噂はありません。そう言われてみれば、なるほど！　と思うこともあります」

そうなのだ。門松コンビは一線を越えた仲なのである。

公園で語らった二人は、その後仲良く肩を並べて夜の住宅街に消えていった。Ｖクイーンリーグは今月半ばに開幕を控えている。二人の愛の力でチームを優勝に導くことができるのか。要注目だ！』

写真も掲載されていた。二人がコンビニから出てくるショットが一枚、ほかにも公園のベンチで二人が寄り添う姿も載っている。二人の関係がチームメイト以上のものであるのは一目瞭然の写真だった。

遂にこの日が来てしまったか。それが夏帆の素直な気持ちだった。

二人がそういう関係にあるのはチームメイトの多くが薄々気づいていた。ただ、それはあくまでもプライベートのことであり、誰も深く詮索しようとはしなかった。チームの顔とも言える二人に誰も口出しできないという事情もあった。夏帆もそのことについて二人に直接話を聞いたこともないし、ほかのチームメイトとの間でその話題が出たこともない。アンタッチャブルな話だった。

それに最近ではほかのスポーツなどでも自らの指向をカミングアウトする選手もいて、LGBTQ——性的少数者への理解が高まっている傾向もあるので、油断していたのも事実だった。まさかこのような記事が出るとは想像すらしていなかった。

「会社の方にも送られたみたいです」すっかり気落ちした様子で千夏が言う。「今日の練習前、会社の人から事情を訊かれました。私たちはやましいことはしていない。一応そう伝えましたが、開幕戦から外れてもらうかもしれないと言われました」

会社も頭を悩ませているに違いない。仮に一般的な男女のスキャンダルなら、本人の意思に任せている等の理由で押し通すことも可能だが、今回の件についてはデリケートな部分も含まれている。迂闊にコメントを出せないはずだ。

「私、絶対に嫌だから」ずっと黙っていた松田茜が口を開く。「これを機に別れたりするのは絶対に嫌だから。カミングアウトしてもいいとさえ思ってる」

茜は完全に目が据わっている。千夏が冷静なプレーヤーなのに対し、茜は感情を表に出す直情型だ。陰と陽の二人だからこそ、気が合う面もあるのかもしれない。

「私たちどうしたらいいですか？　チームは私たちを助けてくれるんですか？」

千夏にそう訊かれ、夏帆は答えに窮した。対処法などわからないし、チームや会社が二人に手を差し伸べてくれるとは思えない。

ただ一人だけ、思い当たる人物がいた。真波莉子。彼女なら相談に乗ってくれるかもしれなかった。中学時代はまったく付き合いはなかったが、信用に足る人物であると夏帆は思っている。

「とにかく二人とも落ち着いて。任せて、とは言えないけど、やれるだけのことは何とかやってみる」

「ありがとうございます」

「一応こう見えてもキャプテンだしね」

青天の霹靂とはこのことだ。チームの顔とも言える二人のエース選手に交際報道が出てしまったのだ。しかも同性同士の交際となれば、世間の反応が大きいことは確実だ。

　本当にどうなってしまうのか。私はこんな大事なときに産休をとってしまって大丈夫なのだろうか。

　二人の目を盗み、夏帆はそっと自分のお腹に手を置いた。

○

　電話が鳴り響いている。しかし受話器をとる者は誰もいない。部屋にいる人間は全員、電話で話しているからだ。莉子も皆と同じく、受話器の声に耳を傾けている。松田茜の熱烈なファンを名乗る男性だ。

「どうなってんだよ、いったい。信じられないよ。本当に二人は付き合ってるの？　嘘だよな。頼むから嘘だと言ってくれ」

「すみません。今、事実確認をおこなっているところです」

　京浜通運の本社内にある京浜ラビッツのオフィスだ。三十名いる社員のうち、本社に勤務するスタッフは十名ほどで、今は全員が電話対応に追われている。今日発売の週刊誌に京浜ラビッツ所属の選手の熱愛記事が掲載されたのだ。しかも女性同士という組み合わせに世間は敏感に反応し、ネットの検索ワードランキングでも「門松コンビ」という単語が一位を独走中。完全に炎上した状態にある。

昨夜、夏帆から連絡があり、この件について教えてもらった。同時に二人の名誉を守ってほしいとも懇願された。一夜明けた今日。心配だったので午前中にオフィスを訪れると、案の定大変なことになっていた。抗議の電話や取材依頼の電話が引っきりなしにかかってきた。成り行き上、手伝わないわけにはいかなかった。

すでに発行元には出版差し止めを依頼する文書を送ったが、当然のごとく無視された。二人が交際しているのは事実らしいので、こちら側としても事実無根だと突っぱねることができないのである。同性愛者やトランスジェンダーへの配慮に欠けるのではないか。そういう観点から抗議文を作成し、それを送りつけようと考えていた。

「……誠に申し訳ございません。今後も応援をよろしくお願いします」

莉子が電話を切ったとき、オフィスにゼネラルマネージャーの有隅が入ってくるのが見えた。有隅がそのまま自分の個室に入っていこうとするので、莉子は慌てて彼の背中を追う。

「有隅GM、本社の人と話したんですか？」

振り向いた有隅が怪訝そうな顔をして莉子を見た。

「どうしてあなたがここに？」

「一応私、マネージャーです。それに事態の鎮静化を選手から依頼されたので」

「鎮静化って、そんなの無理ですって。こんなに炎上しちゃってんだから。まったく困ったことをしてくれたもんだよ」

しかも時期も悪かった。来週には開幕を迎えるのだ。監督も改心し、チームも一丸となって練習に励んでいた。そんなときに持ち上がったスキャンダルだ。選手の士気に影響が出ないといいのだが……。

「それで本社の方々は何て言ってるんですか？」

「事実なら処分もやむなしと言われましたよ。一ヵ月の出場停止くらいが妥当ではないか。そういう意見も出てるみたいですね」

子会社である以上、やはり親会社の意見に従わなければいけないようだ。しかし二人に処分を下すのは間違っている。

「待ってください。二人に処分を下してしまえば、それは京浜ラビッツがLGBTQを認めないという意味にもなりかねません。ここは慎重に行くべきです」

「私だってそう思いますよ。でも本社の連中は頭が固いんだ。女同士の恋愛なんてもってのほか。そう言い切ってしまうような連中なんですから」

性的マイノリティへの理解が進んだとはいえ、一部の人間は昔ながらの考えに囚われている。いや、実はそういう人間が非常に多くいることを莉子は知っている。厚労省時代にもその手のシンポジウムに何度か出たことがあるので、ある程度の実情は知っているつもりだ。さきほどネット記事のコメント欄を覗いてみたが、二人の交際を擁護する声が六割で、残りの四割近くが否定的な意見だった。中には目を覆いたくなるような誹謗中傷もあった。それが現実だ。

「有隅GM、ここで折れては駄目です。戦うべきです」

「そうしたいけど、どう考えても今の状態で開幕を迎えるのは難しいですって。会場に取材が殺到しますよ。どうせ連中は色眼鏡で彼女たちを見るんですから」

コートで試合する選手たちに対して、好奇の目を向けるマスコミの連中。その光景は目に浮かぶが、それを恐れていては何も始まらない。

逃げる、という選択肢を莉子は否定しない。否定しないどころか、戦略的に逃げた方がいい場合もあり、いったん引いて態勢を立て直すのも悪くない戦い方だと莉子は思っている。ただし今回の件に関しては安易に引くべきではない、と莉子は考えていた。

「彼女たちに処分を下すのは得策ではありません。多様性を重んじる、そういうチームであることを逆に世間に訴えるべきです」

「私もそう思いますよ。でも今の状態じゃ火に油を注ぐようなもんです」

「すみません。お話し中に」

声をかけてきたのは若い女性社員だった。彼女は電話の子機を有隅に差し出した。

「GMにお電話が入っております」

有隅が子機を受けとり、それを耳に当てた。

「はい、お電話代わりました。……ええ、そうです。私が有隅ですが。……えっ？　今からですか。まあ時間はとれますが、いったいどういう……」

有隅が狼狽(ろうばい)している様子が伝わってくる。いったい誰からの電話なのか。この状況だ。週刊誌のスクープ記事に関するものであることは確実だ。莉子はその場にとどまり、有隅が通話を終えるのを待つことにした。


それから一時間後、莉子は西新宿にある高層ビルのエレベーターに乗っていた。目的のフロアは二十階だった。エレベーターを降りると、そこは天井の高い開放的な造りになっていて、モダンな感じのオフィスだった。

「お待ちしておりました、こちらです」

女性の社員に案内され、廊下を奥に進む。隣には有隅の姿もある。ここは〈NOURAホールディングス〉という企業のオフィスだ。NOURAという店名の美容室兼カフェを首都圏に展開させている一部上場企業だ。ＮＯＵＲＡは二年前に社会人女子バレーチームを買収し、去年から〈ＮＯＵＲＡレインボウズ〉というチーム名でＶクイーンリーグに参戦していた。昨季のリーグ戦の成績は三位。京浜ラビッツにとっては、都内にホームを置くライバルチームだ。

今日のスクープ記事の件で話があるから来てくれないか。有隅はＮＯＵＲＡ側からそう言われたらしい。莉子が同行を申し出ると、彼は了承してくれた。有隅も心細いのかもしれなかった。

「お入りください。中で社長がお待ちです」

中は来客用の応接室だった。莉子たちが入ってきたことに気づき、ソファに座っていた一組の男女が腰を上げてこちらを見た。女性の顔を見て、莉子は思わず「あっ」と声を洩らしていた。向こうもほぼ同じタイミングで「あっ」と言った。

天沼未央奈だ。二ヵ月前、王松村の集客事業でバッティングし、プレゼンで争った経緯がある。ベストセラーを出すなど、業界内で注目されているコンサルタントだ。でもいったいどうして彼女がここに――。

「お待ちしておりました。こちらへどうぞ」

天沼未央奈の隣にいる男性が手を伸ばした。仕立てのよさそうなスーツを着ているが、インナーは黒いTシャツだ。いかにも新興企業の社長といった雰囲気を醸し出している。

「僕が社長の能浦です。有隅GM、ようこそお越しくださいました。えっと、そちらの方は？」

　能浦の目がこちらに向けられていたので、莉子は会釈をした。

「真波と申します。有隅GMのアシスタントをしております」

　四人それぞれソファに座る。場を仕切っているのは能浦だった。ここに来るまでの車中で事前に情報収集はしてある。

　能浦昌也、三十歳。元々美容師だったが、七年前に起業し、短期間で店舗を拡大させた事業家だ。NOURAは首都圏を中心に店舗を拡大し、その数は五十を超えている。髪を切りながらお茶ができ、しかもスタッフはイケメンばかりというコンセプトが受けているようだ。

「彼女は僕の会社とアドバイザリー契約を結んでいる、天沼コンサルティングの天沼さんです」

「天沼です。よろしくお願いします」

　彼女が頭を下げた。白いスーツに身を包んでいる。なるほどな、と莉子は事情を察した。

　一介の美容師がわずか七年間でここまで事業拡大するのは至難の業だ。その背後には敏腕コンサルの的確なアドバイスがあったというわけだ。

「それにしても大変なことになりましたね、有隅GM。僕も記事に目を通したんですが、正直あれは酷い。選手の気持ちを踏みにじるような行為ですよ。名誉毀損で訴えるべきです」

「はい……そうですね」

有隅の声には覇気がない。能浦という若手社長を前にすっかり萎縮している。無理もない。有隅にはゼネラルマネージャーという肩書きが与えられているが、その真の姿は本社から出向させられているだけの会社員だ。

「それでご用件は何でしょうか？」助け船を出すように莉子は間に割って入る。「状況が状況なだけに、我々も時間が惜しいのです。非常に有益な提案がある。電話ではそう話されたようですが」

能浦と天沼未央奈が顔を見合わせた。口を開いたのは未央奈だった。

「この度はご愁傷様です。ああいう記事は憶測が憶測を呼び、そう簡単に収束できるものではありません。真波さんの力をもってしても難しいでしょうね」

未央奈がチラリとこちらを見る。最初ここに入ってきたときの彼女の反応からして、ここで再会を果たしたのは偶然のはず。これも何かの縁かもしれない。莉子は迷信やオカルト的なものは一切信じないが、人との縁だけは重視している。

「タイミングも悪いです。来週には開幕戦を迎えることになります。門松コンビには好奇の視線が向けられることになる。付き合っている選手同士が同じコート内でプレーする。無礼な野次も飛ぶでしょうし、マスコミも放っておいてはくれないはず。若い二人が重圧に耐えられればいいのですが、潰れてしまう可能性も否定できません」

二人の精神的プレッシャーを指摘しているのだ。同性同士の交際が世間に発覚し、その状態でまともにプレーできるのか。並のメンタルの持ち主では難しそうだ。

「そこで提案なのですが、松田茜選手をうちに移籍させるというのはどうでしょうか？　一緒にいるからこそ非難を受ける。であるならいったんコンビを解消させるわけです。もちろん二人の交際については不問に付します」

上手い手だ。莉子は素直に感心する。片方が別のチームに移籍してしまえば、公衆の前で二人が揃うのは数ヵ月に一度の対戦時のみだ。

「期間は一年間です。一年経てば周囲の状況も落ち着くと思うので、京浜ラビッツに戻ればいいのです。悪くない話だと思いますが」

現実的にそういうことが可能なのか。移籍に関する手続きなどについては不勉強なので、莉子は質問した。

「開幕前のこの時期に可能なんですか？」

「ええ、可能です」と未央奈が答える。「規定を確認しました。開幕日以降は無理ですが、今なら可能です。滅多にあることではないようですが。松田選手はラビッツのエースですし、そちらにとっては大きな戦力ダウンとなるのは否めません。が、ここは二人のメンタル面を考慮し、いったん別々のチームに分かれるのが最善策。私はそう考えます。それにNOURAレインボウズのAIバレーの分析でも、松田選手はレインボウズの戦術に見事にフィットしますので」

AIバレー。それがNOURAレインボウズのコンセプトだ。戦術の分析や選手起用にAI（人工知能）を用いるという手法のようだ。おそらくAIバレーというコンセプトそのものが天沼未央奈の発案ではないかと莉子は考えていた。人目を惹く言葉であるし、発想がどことなく素人っぽくない。

「有隅GM、いかがでしょうか？　我々の提案、受け入れてくださいますか？」

未央奈に詰め寄られ、有隅が震える声で答えた。

「ええとですね、その……」

ここで即決できる提案ではない。莉子は横から口を挟んだ。

「ご提案については十分に理解いたしました。いったん本社に持ち帰らせていただき、改めて回答いたします」

「わかりました」ずっと黙っていた能浦が余裕の笑みを浮かべて言った。「開幕も迫っていますし、プロモーション活動もあります。早めの回答をお待ちしております」

応接室をあとにした。エレベーターの中では会話を控え、ビルから出たところで莉子は有隅に訊いた。

「あちらの提案、どう思いました？」

「あの二人が納得してくれれば有りだと思います。いずれにしても本社次第ですけど」

今朝、二人から話を聞いた。二人ともかなり憔悴（しょうすい）している様子だった。あの調子で来週の開幕を迎えることができるのか。そう心配になってしまうほどだった。

天沼未央奈の顔が脳裏に浮かんだ。起業したばかりの会社の事業拡大に力を貸し、さらには買収した女子バレーチームに斬新なコンセプトを与えてチームを躍進させる。そしてライバルチームのスキャンダルにすかさず反応し、主力選手の引き抜きにかかる。コンサルとしては一流だ。

それにしても厄介な事態になったものだ。当初は中学時代の同級生である井野夏帆が妊娠してしまったため、チームと交渉して産休を勝ちとるのが目的だった。しかし選手同士の交際スキャンダルが発覚し、開幕戦を無事に迎えられるかどうかの瀬戸際にまで追い詰められている。関係ないと放っておける問題ではない。

「真波さん、どうぞ」

有隅がタクシーを停めて待っている。莉子はタクシーの後部座席に乗り込んだ。問題は山積みだ。久し振りに自分が焦りを感じていることに莉子は気づいていた。このまま何もできず、私は負けてしまうのか――。

○

「ただいま」

そう言って愛梨が玄関から入ってきた。城島はその声を居間で聞いた。さきほどまで畑仕事をしており、休憩していたところだ。そろそろ支度をして莉子を迎えにいく時間だが、このところは彼女も忙しいらしく、予定変更もしょっちゅうだ。

愛梨が冷蔵庫を開け、中からペットボトルの緑茶を出し、自分のマグカップに注いでいた。その背中に声をかける。

「愛梨、ちょっといいか。話があるんだ」

「何？　私忙しいんだけど」

「いいからちょっと来なさい。大事な話だ」

愛梨と二人きりで話せるタイミングを探していたが、ここ数日はなかなか時間がとれずにいた。今日は真波母娘は家にいない。ようやく巡ってきたチャンスだ。

面倒だなあ。そういう雰囲気を漂わせつつ、愛梨が城島の前に腰を下ろした。すっかり北相模市にも馴染んでおり、毎日のように自転車でミニバスの練習に通っている。東京に住んでいた頃とは別人のようだ。実際、外で遊ぶ時間が増えたせいか、少し日に焼けた。女の子としてどうなのかと思って莉子に相談したが、彼女も昔はそうだったらしい。

「話って何？」

マグカップ片手に愛梨が訊いてきたので、城島は答えた。

「こないだお母さんと会った。そしてお前の将来のことを話した。向こうの新しいお父さんとも仲良く話せるようになったそうじゃないか」

「それはまあ、合わせてるだけ」

離婚してしばらくの間、愛梨は元妻の恵美が引きとっていたが、恵美のパートナーと愛梨の関係が思わしくなく、城島が愛梨と暮らすようになったという経緯がある。愛梨も精神的に成長し、相手に合わせることを覚えたというわけだ。

「中学から私立に通わせたい。それがお母さんの希望だ。これが受験する学校の候補らしい」

城島はテーブルの下から封筒を出し、中に入っていたパンフレットをテーブルの上に並べて置いた。

「別に今すぐ決めろとは言わんが、お受験っていうのか、結構大変なんだろ。早めに準備しておいた方がいいんじゃないか」

「つまりここを出て、ママと暮らす。そういうことだね」

「そうだな。そういうことになるな」

愛梨は私立の受験を拒否するだろう。城島の中にはそういう変な自信があった。去年までなら違ったかもしれないが、真波家で居候生活を送るようになって、愛梨は確実に変わった。この環境を捨てるような真似はおそらくしないはず。城島はそう楽観していた。

「お前の気持ちを尊重する。嫌だったら嫌だって言ってくれ。俺からお母さんにそう伝えるから」

「どっちがいいか、ちょっと考える」

愛梨の言葉に意表を突かれる。考えるということは、私立を受験する道もあるということか。思わず城島は娘に訊いていた。

「おい、愛梨。お前、受験したいのか？　私立中学に行きたいってことか？」

「だから迷ってるって言ってるじゃない。私立行った方が将来的にも役立つかもしれないわけだし」

「将来的に？　どういうことだ？」

去年の愛梨の誕生日、莉子と三人でささやかなお祝いをしたのだが、そのとき莉子に将来の夢を訊かれ、愛梨は金持ちと結婚したいと答えていた。玉の輿に乗るためには私立中学への進学が重要なのか。

「ふう」と大人びた溜め息をつき、愛梨が続けた。「私、官僚になりたいの。莉子ちゃんみたいな官僚になりたいの。そのためにはいい大学、できれば東大に入りたい。だとしたら早めに勉強しておいた方がいいかもと思って」

驚いた。まさか愛梨がそんなことを考えているとは思いもしなかった。手元にあった湯呑みに手を伸ばしたが、中には何も入っていなかった。

城島は立ち上がり、冷蔵庫からペットボトルの緑茶を出し、それを湯呑みに注いだ。一口飲んで心を落ち着かせてから、再び愛梨の前に座った。

「一応確認だが、東大って、あの東大か？」

「そう。あの東大」

困ったことになったぞ。城島は腕を組んだ。愛梨が東大への進学を希望している。そんなことを恵美が知ったら、お受験街道まっしぐらではないか。城島が都内の三流大学を出て警察官になったのに対し、恵美は一流と呼ばれる私大の英文学部を卒業している。愛梨の頭の良さは恵美から受け継いでいるものと考えていい。

「でもな、愛梨」城島は何とか反撃を試みる。「真波さんだって中学までは北相模だったんだぞ。高校は隣の市にある進学校に行ったみたいだけど」

「そうだよ。そのくらい知ってるって。だから迷ってるんじゃないの」

愛梨が冷ややかな視線を向けてきた。その目つきが元妻のものとよく似ていて、少し居心地が悪くなってくる。

「でも、そうだなあ」愛梨が天井を見上げて言う。「もしお父さんが莉子ちゃんと結婚したら、私このままでいいかも。莉子ちゃんがママになってくれるなら最高だしね」

「愛梨、お前、何を……」

「でも結婚は無理かもしれないな。十三歳も年が離れてるもんね。じゃあこうしよう。お父さんが莉子ちゃんに告ったら、私受験はしない。そういうことでどう？」

「どうって言われてもだな。おい、愛梨。待ちなさい。物事を勝手に決めるんじゃない」

愛梨はすでに立ち上がり、階段の方に向かって歩き出している。

「宿題してからミニバスの練習なの。じゃあね、お父さん。頑張って」

愛梨はそう言い残して階段を上っていく。その足音を聞きながら城島は首を横に振った。

東大に行きたいだと？　それに莉子に告白しろとまで言われた。まったく何を言い出すのだ、俺の娘は。

○

「真波さん、少しよろしいでしょうか？」

莉子が総理公邸に向かうと、一人の秘書が話しかけてきた。莉子が「何でしょう？」と立ち止まると、秘書が声をひそめて言った。

「先週末の党大会における総理の演説ですが、あまり評判が芳しくありません。某国を批判するような論調にもなっていました。野党がいろいろ言ってきそうな感じがします」

党大会の演説を莉子は見ていないが、原稿は事前に確認している。莉子はうなずいた。

「わかりました。フォローします。ところで父は？」

「応接間でお食事中です」

廊下を歩き、応接間に向かう。週に何度かこうして総理公邸を訪れ、父である栗林総理の仕事を手伝っている。これまでは莉子は自分の存在をひた隠しにしてきたが、自分が総理の隠し子であることがバレてしまった去年以降、莉子は気にせず総理公邸に通っている。

応接間には先客がいた。客というより業者だ。白い割烹着を着た板前が、簡易カウンターの前で寿司を握っている。寿司の出張サービスだ。

「次はコハダにしようかな。ん？　莉子じゃないか。ちょうどいいところに来た。こっちに来てお寿司を食べよう。美味しいよ」

心が揺れる。握っているのは銀座に店を構える一流の寿司職人だ。莉子は何とか誘惑に打ち勝って言った。

「私は遠慮しておくわ」

「こんなに美味しいのに。でもお寿司にはやっぱり日本産の甲州がよく合うなあ」

栗林はワイングラスを傾けている。莉子は板前に目を向けた。それだけで事情を察してくれたのか、板前は一礼して応接間から出ていった。莉子は父に向かって言う。

「お父さん、党大会の演説、アドリブ入れたでしょ？　アドリブ入れるときは気をつけてって何度も言ってるじゃない」

「盛り上がると思ったんだけどなあ」

「冗談とか言うのは全然いい。でも他国について発言するとか、そういうのはやめておいた方が無難よ。昔とは違うの。すぐにSNSにアップされて全世界に広まってしまう時代なんだから」

「ごめんよ、莉子。次からは気をつけるよ」

「そうして。あと来週の国会だけど、税制改正の審議が始まるの。その中で……」

　仕事の打ち合わせをする。基本的に秘書もいるのだし、莉子がいなくても問題はない。ただし国民の生活に影響するような重要法案や、今後の政局を左右するような事案などについて、莉子は懇切丁寧に父に説明する。総理大臣というのは忙しく、目まぐるしく日々が過ぎていく。力を入れるポイントを父に教えるのが自分の役割だと莉子は理解していた。

「じゃあね。執務室のパソコン借りるから」

「わかった。終わったらお寿司食べにおいで」

　応接間から出た。廊下で待っていた板前に声をかけてから、莉子は総理執務室に向かった。父のパソコンを借りて書類仕事をこなす。最近来ていなかったので仕事が溜まっていた。帰りは少し遅くなるかもしれない。

　一時間ほど経った頃だった。執務室のドアが開き、薄紫色のパジャマを着た女性が姿を現した。栗林の娘、梓だ。朋美との間にできた子で、莉子にとっては腹違いの妹にあたる。

「莉子さん、来てたの」

「うん。ちょっと仕事が溜まってたから」

　梓が執務室に入ってくる。壁側に置かれたワインセラーに向かい、中から一本のボトルを出した。父のコレクションをいただきに参上したのだ。

「梓ちゃん、非番なんだ」

「そう。よかったら莉子さんも一杯どう？」

仕事もほぼ片づいた。莉子は椅子の背もたれに体を預け、背筋を伸ばして言った。

「じゃあ私もいただこうかしら」

「そうこなくっちゃ」

ソファに座って二人でワインを飲む。梓は大手航空会社で客室乗務員をしている。趣味は合コンだが、長引くコロナ禍の影響もあり、最近ではビデオチャットアプリを使ったお見合いもおこなっているようだ。もちろん総理の娘であることは秘密にしてだ。

「莉子さん、最近はどんな仕事してるの？　まだ北相模市の病院を手伝ってるの？」

「病院の方は軌道に乗った。今はね、女子バレーチームに潜入してる」

「何それ、面白そう。あれ？　女子バレーっていえば今日炎上してなかった？　選手同士が付き合ってるとか何とかで」

「やっぱり知ってるのね。実は……」

莉子は説明した。妊娠した選手に産休を与えるためにチームに潜入。パワハラ監督を改心させたはいいものの、その直後にスクープされてしまった選手同士の熱愛問題。

「ふーん、大変だね」

「そうなのよ。もう参っちゃうわ」

　さらに追い打ちをかけるように、ライバルチームからエース選手の移籍を持ちかけられた。騒動の鎮静化を図る意味でも、松田茜の移籍は悪くない提案のように思え、有隅もそう考えているように感じられた。ずっとあれこれ解決策を模索しているのだが、その糸口はまだ見つかっていない。ヒントらしきものすら見えない状況だ。だから気分転換の意味合いもあり、総理公邸に足を運んでみたのである。

「私、思うんだけどさ」梓がワイングラスをクルクル回しながら言う。「芸能人とかでもスキャンダルってあるじゃん。で、炎上して仕事を自粛したりとか、スポンサーからそっぽ向かれたりするよね。そういうときに一時的に避難する場所っていうの？　駆け込み寺的なものがあればいいと思うんだよね」

　駆け込み寺。そのキーワードが莉子のアンテナに引っかかった。江戸時代に夫との離縁を望む妻が寺に逃げ込み、一定期間経過すると離縁が成立するというものだ。縁切り寺とも呼ばれており、ある種の救済システムだ。

「ルールを作っちゃえばいいんだよ。不倫だったら二年とか、薬物だったら三年とか。避難中はボランティアをするの。悪くないと思うけどな」

莉子の中でアイデアがむくむくと育っていく。何もなかった空間に、突如としてオブジェが出来上がっていくような感じだった。ワイングラスを持ち上げ、梓の方に差し出した。

「ありがと、梓ちゃん。とっても参考になった」

「えっ？　何のこと？」

梓が首を傾げているが、莉子は笑って彼女のグラスに自分のグラスをコツンと当てた。

○

「キャプテン、すみません。またお邪魔しちゃって」

「いいのよ、別に。気にしないで」

夏帆は自宅にいた。目の前には門脇千夏と松田茜が座っている。二人が来るのは昨夜に続いて二度目だが、どちらも一回り小さくなってしまったかのように元気がない。

今日、二人の記事が掲載された週刊誌が発売されたのだが、反響は凄まじかった。午前中のうちに主要ネットニュースに大きく取り上げられ、コメント欄には書き込みが埋まっていった。会社にも問い合わせの電話やメールが殺到したという。練習場所として使用している区立の体育館にもマスコミが訪れることが予想され、今日の練習は中止となった。

昨夜のうちに真波莉子に相談した。彼女は発行元に出版差し止めを求めたそうだが、結局週刊誌は発売されてしまった。もっと早くわかっていればと思ったが、それでも結果は同じだったかもしれない。

「お茶用意するね」

「本当にお気遣いなく」

夏帆は立ち上がり、キッチンでホットコーヒーを淹れた。今日の昼休みや休憩時間、ずっとネット記事のコメント欄を見ていた。好意的な意見もあるが、やはり否定的な意見が多く目立った。中にはとんでもない誹謗中傷もあり、読むだけで心が痛んだ。私でさえもこうなのだから、当事者である二人の心境は推して知るべしだ。

コーヒーをテーブルに運ぶ。二人の前にカップを置いてから、夏帆も自分のカップを手に座った。松田茜が俯き加減で話し出した。

「今日の午後、有隅GMに呼ばれました。一年間、レインボウズに移籍しないかと持ちかけられました」

「何それ？　どういうこと？」

ＮＯＵＲＡレインボウズ。以前は不動産会社の所有する中堅チームだったが、二年前に運営母体が変わり、チーム方針も刷新された。ＡＩバレーを合い言葉に、今では強豪チームに生まれ変わった。今季は優勝候補の大本命と目されている。

「いきなり向こうから提案されたみたいです。頭を冷やせという意味だと思いますし、私たち二人が一緒にプレーしてるといやでも目立つからだと思います」

突然の話に頭が追いつかない。それでも茜は淡々とした表情で説明している。隣の門脇千夏は下を向いている。まだ彼女は一言も口を利いていない。

「私の気持ちを尊重する。有隅GMはそう言ってくれましたが、内心は私の移籍を望んでいるみたいです。そういう空気っていうんですか？　何となく伝わってくるんですよね、やっぱり。本社も私を引き留めるつもりはないみたいです」

茜は小さく笑った。その笑みの裏には諦めという言葉が浮かんでいた。思わず夏帆は訊いていた。

「まさか茜、レインボウズに行くつもりじゃないわよね？」

開幕戦は来週だ。この時期に移籍するなど聞いたことがないが、ルール上は問題ないというのは夏帆も知っていた。それに開幕に向けたプロモーション活動――ファンミーティングや新ユニフォームのお披露目会など――も予定されており、チームの看板選手である門松コンビは必ずそこに参加する。

「二人で相談したんですけど、行こうかと思ってます。その方がチームのため、お互いのためにもいいのかなって」

嗚咽が聞こえた。千夏が下を向いて泣いているのだ。冷静沈着なプレーヤーで、チームの精神的支柱だ。そんな彼女が涙を見せるのは珍しい。

「ちょっと待って。いきなりそんな……」

言葉が続かなかった。この段階で茜がチームを抜ける。そんなことは考えてもいなかった。場合によっては数週間の謹慎くらいは覚悟していたが、一年間の移籍となると話が百八十度違ってくる。

「キャプテンには事前に伝えておこうと思いました。これからご迷惑をおかけすると思いますので」

茜が神妙な面持ちで頭を下げる。隣では千夏が泣いている。二人で熟慮を重ねたうえ、この決断に至ったということか。それにしても――。

気持ちはわからないでもない。恋人同士が同じチームでプレーする。観客側から見ても興味をかき立てられるはずだし、マスコミにも狙われるに違いない。いくら二人に強靭なメンタルが備わっているとしても、あらぬ誹謗中傷を浴びせ続けられてはたまったものではない。

「キャプテン。一年で帰ってくるから心配要りませんよ。それにレインボウズには代表のチームメイトもいますしね。対戦したときはお手柔らかにお願いします」

茜が笑って言う。虚勢を張っているのは明らかだった。それがわかるだけに余計に辛い。

仕方のないことなのか。ここまで騒ぎが大きくなってしまった以上、冷却期間を置くという意味でも離れ離れになるのが得策なのだろうか。しかしチームとしては松田茜が抜けるのは痛い。昨季もチームの総得点のおよそ四割は彼女のスパイクから生まれている。控えのウイングスパイカーもいるが、茜に比べると一枚も二枚も落ちる。チーム一丸で彼女の抜けた穴を埋めるしかないのか。

夏帆は改めて自問した。こんな大事な時期に私は産休に入って大丈夫なのか。しかも私はキャプテンだ。みんなを鼓舞して、この難局を乗り越えなければならないのではないか。やはりここはいったんお腹の赤ちゃんは——。

フローリングに置いてあったスマートフォンが振動していた。着信が入っていた。かけてきたのは真波莉子だった。夏帆は通話状態にしてスマートフォンを耳に持っていく。

「ごめん、莉子ちゃん。今、ちょっと来客中で……」

「門脇さんと松田さんが来てる。そうじゃないかしら？」

「ええ、まあ……」

「松田さんはＮＯＵＲＡレインボウズへの移籍を前向きに考えている。そういうことね？」

「そう……みたい」

凄い、この子。何でもお見通しだ。彼女の洞察力の鋭さに夏帆は驚きを禁じ得ない。

「夏帆さん、松田さんに確認してほしいの。心の底から移籍を望んでいるのか。もし百パーセント前向きな気持ちでチームを離れるのであれば、私は何も言わない。でもそうでないなら、私は彼女がチームに残れる方法を全力で模索する。彼女の本心を確かめて」

「わかった。またかけ直す」

夏帆は通話を終え、改めて二人に向き直った。

○

その高校はJR藤枝駅からタクシーで二十分ほど走ったところにあった。城島は料金を払い、タクシーから降りた。周囲には田園なども見えるが、民家や商店などもある。時刻は午後二時を過ぎており、今は授業中のせいか、校内は静かだった。

藤枝清和高校。静岡県にある私立の女子高だ。実はこの高校、天沼未央奈の出身校だった。ここを訪ねて高校時代の彼女について話を聞いてきてほしい。昨夜、莉子からそう頼まれたのだ。

天沼未央奈。今年の夏、長野県の王松村における集客事業を巡って、莉子とプレゼンで争った女性だ。結果は莉子の提案した事業が採用されたが、彼女が優秀なコンサルであるのは明らかだった。莉子は今、京浜ラビッツという女子バレーチームに潜入していて、ライバルチームにコンサルタントとして手を貸しているのが天沼未央奈だという話だった。彼女について少しでも情報を仕入れておきたい。おそらく莉子はそう考えたのだ。

受付で名乗ると、来客室に案内された。先方が授業中のため、そこで待つようにと事務員に言われた。待っている間、バッグから一冊の本を出す。天沼未央奈の著書『出世をしたいなら会社に行くな』だ。二年前にベストセラーになり、彼女の名前を一躍世に知らしめた作品らしいが、城島は未読だった。この手のハウツー本を手にとることはほとんどない。午前中に東京駅近くの大型書店で購入し、新幹線の中で目を通した。

過激なタイトルではあるが、要するに会社などを信用しないで、自分のスキルを磨きなさいといったことが書かれていた。有効的な時間の使い方や、副業を選ぶときの注意点。あとは女性ならではの細やかな気遣い——たとえば初対面の相手に手土産を渡すなど、そういう点にも触れられていた。なるほどな、と思うことはあったが、警備会社に勤める自分には役に立たない情報ばかりだなというのが城島の正直な感想だった。

「お待たせしました」

初老の男性が中に入ってきた。七三分けで眼鏡をかけた、いかにも教師といった風貌の男性だ。名前は落合といい、天沼未央奈が高校二年生だったときの担任教師だ。

「天沼君のことをお聞きになりたいとか」

落合がソファに座りながらそう言ったので、城島は彼女の本をテーブルの上に置いた。

「そうなんです。今度彼女のことを記事にしようと思ってましてね」

電話では新聞記者と名乗っている。名刺をくれと言われたら切らしていると答えるつもりだった。しかし落合は疑っている様子はなかった。彼は笑みを浮かべて言った。

「教え子の活躍は嬉しいものです。何なりとご質問ください」

「ではお言葉に甘えて。この本、先生はお読みになりましたか？」

「もちろん拝読しました」

章と章の間に彼女のコラムがあり、そこでは彼女のこれまでの半生が記されていた。彼女は高校二年のときに『とあるアクシデント』に見舞われ、『人生が終わった』と感じたが、そのときに救いの手を差し伸べてくれたのが担任である落合先生だという。コラム内には彼が実名で登場していることから、彼女が深い恩義を感じているのは容易に想像できた。ただし具体的にどんなアクシデントなのか、そこは明記されていなかった。それを知るのが彼女を理解する早道ではないか。莉子からそう言われていた。莉子の着眼点に城島も異論はなかった。

「天沼さんは高校時代、人生が終わったと感じるほどのアクシデントに見舞われ、そこから救ってくれたのが先生だったと書かれています」

「たいしたことをしたわけではありませんけどね」

「ターニングポイント。コラムの中でもそう書かれていました」

「ご存じないかもしれませんが、我が校はスポーツが盛んです。特に女子サッカーは有名で、全国優勝を何度も成し遂げています。たとえば……」

落合が幾人かの女子サッカー選手の名前を挙げる。そのうち数名は城島も知っている有名選手だった。

「天沼君もサッカー部でした。当時はなでしこジャパンが一世を風靡していた頃でしてね。女子サッカーが一気に世間に認知された時代でした。天沼君は戦術を理解する能力が当時から高かったのか、入学時から期待されていました。一年生のときからベンチ入りして、将来的には十番を任せられると言われてました」

十番というのはチームの中心となる司令塔のことだ。全国大会の常連校で十番となると、かなりの実力者と言える。

「彼女が二年生のときでした。夏のインターハイの予選で、相手チームのゴールキーパーと衝突して怪我をしてしまったんです。靭帯断裂の重傷でした。選手としてサッカーを続けるのは諦めるべき。医者からそう言われたそうです」

　彼女はかなりのショックを受けたらしい。それはそうだ。当時の彼女は自らの青春をサッカーに捧げていたのだから。城島も幼い頃から柔道をしていて、高校時代は練習漬けの日々を送っていたので、未央奈の気持ちは何となく理解できた。人生が終わった。コラムで彼女もそう表現していた。

「私は担任だったので、何度か見舞いに行きました。彼女は口を利いてもくれませんでした。きっと気持ちの整理がついていなかったんでしょうな。あるとき病室で私は言ったんです。『サッカーが無理なら勉強して一流大学にでも行ったらどうだ？』と。軽い冗談のつもりでした。しかしその言葉が彼女に引っかかったんですよ」

　落合の言葉に心を動かされたのか、退院してから未央奈は必死に勉強した。それまでは部活優先だったため、学業の方は赤点ギリギリという成績だったらしい。現役で合格とまではいかなかったが、一年間の浪人生活の末、都内の一流私立大学に合格する。

「私のことを恩人だと言ってくれてるようですが、もともと頭のいい子だったんですよ」

　城島は我が娘のことを思った。愛梨も小学四年生にして東大を目指すとか言い出している。状況は違えど、天沼未央奈のケースと共通点があるように感じた。

「おっといけない」落合が腕時計に目を落とした。「六時間目の授業が始まってしまう。もしお待ちいただけるのであれば、授業が終わったあとに時間をとれますが」

「大丈夫だと思います。貴重なお話、ありがとうございました」

城島は礼を述べて立ち上がった。すぐにこの話を莉子に伝えることにしよう。彼女はなかなか難しい状況にあるようで、家にいても真剣な顔で考え込んでいることが多い。

この話が役に立てばいいのだが、と城島は願った。

○

場所は品川にあるカラオケ店だった。莉子からＬＩＮＥで連絡があり、ここに来るように呼ばれたのだ。莉子の指示に従い、チームのグループＬＩＮＥにメッセージを残し、全員集合を呼びかけた。

店の奥にある宴会用の一番広い部屋だった。ボックス席が点在している。夏帆が入っていくと中にはチームメイトの姿があった。

「キャプテン、いったい何のミーティングですか？」

後輩選手にそう言われ、夏帆は困惑する。私が集合をかけたわけではない。

「ごめん。私も知らないんだよね」

徐々にチームメイトたちが集まってくる。午後七時になろうとしている。今日も練習はなかった。開幕まで一週間を切ったのだが、練習がないというのは異常事態とも言えた。明後日には都内のイベント会場で全チームのエース選手が集まるＰＲイベントがおこなわれる予定だが、京浜ラビッツだけは参加する選手が決まっていない。門松コンビの参加にストップがかかったせいだ。例のスクープ記事の影響だ。

騒ぎは収まるどころか、さらに大きくなっている。簡単に言うとＬＧＢＴＱへの理解を深める活動をしている団体が声を上げ、週刊誌側と戦う姿勢を見せているのである。その団体にとっても今回の騒動は看過できないものであり、その団体の代表が大手動画投稿サイトなどを通じて門松コンビにエールを送っているのだ。余計なことをしてくれるな。それが夏帆の正直な感想だ。

門松コンビの姿もある。彼女たちは一番隅のボックス席にいた。夏帆はそちらに向かい、二人のいるボックス席のソファに座った。二人とも居心地が悪そうだ。チームメイトの中に門松コンビを責める者などいないが、自分たちのせいでこうなってしまったという罪悪感が二人にはあるに違いなかった。

重苦しい空気が流れている。普段は笑いの絶えないチームなのだが、今日は誰も冗談を言うことなく、たまに小声で話す程度だった。

「何や、葬式みたいやな」

その声とともに姿を現したのは監督の丹波だった。いつもと同じジャージ姿だ。まさか丹波も来るとは思ってもいなかったので、選手は一様に驚いている。丹波が中央のボックス席に座った。すると同じボックス席に座っていた二人の選手が立ち上がり、そそくさと別の席に移動した。それを見て丹波は「ふん」と鼻を鳴らし、メニューを手にとった。選手を番号で呼ぶことはなくなったが、その威圧感は健在だ。

「……生ビールをピッチャーで。それとレモンサワーも頼むわ。つまみはそうやな、唐揚げと焼きそば。ポテトフライなんかも良さそうやな」

丹波が電話で注文している。ここに選手を集めたのは丹波の思惑なのか。注文を終えた丹波が声を張り上げた。

「全員集まってるか？」

誰も応じる者はいない。夏帆は立ち上がり、室内にいる選手を数え、丹波に向かって言った。

「全員います」

「そうか。じゃあ始めるとするか。お前たちを呼んだのはほかでもない。開幕まで一週間を切ったしな。ここらで一丁飲み会でもやろうと思ったわけや。決起集会っちゅうやつやな」

やはり丹波の発案らしい。丹波が莉子に呼びかけ、ここに選手たちを集めたということか。

「何や、その顔は。もっとシャキッとせえや、シャキッと」

丹波はそう言うが、雰囲気はいっこうに良くならない。誰もが沈んだ顔をしている。するとそのときだった。夏帆の目の前に座っていた門脇千夏と松田茜がほぼ同時に立ち上がった。そして深々と頭を下げた。

「この度は」と千夏が震える声で言う。「私たちのせいでチームに迷惑をかけてしまい、誠に申し訳ありませんでした」

茜も神妙そうな顔つきをしている。夏帆は昨夜のことを思い出した。ＮＯＵＲＡレインボウズへ移籍する。その話を二人から聞かされているときに莉子から電話が入り、茜の本音を訊き出してほしいと言われたのだ。心の底から移籍を望んでいるのか。夏帆の問いかけに茜は首を横に振った。できれば京浜ラビッツでプレーしたい。千夏やキャプテンと一緒にこのチームで戦いたい。彼女は涙ながらにそう語った。

その話を莉子に伝えたところ、彼女はこう言った。だったらすべて私に任せてほしい、と。茜のもとには早く答えを聞かせてくれと有隅ＧＭから催促の声が来ているらしいが、悩んでいると答えを保留しているそうだ。

「勝手に謝るな。頭下げればええっちゅうわけやないで」丹波がソファにふんぞり返って言う。「それに二人とも悪いことしたわけやない。もっと堂々としてればええんや。胸張ってればええんや」

ハッとする。監督、二人のことを認めるのか。ほかのチームメイトも驚いたように丹波に目を向けていた。

「俺はバレーの監督や。このチームの順位を少しでも上げるためにチームに呼ばれたと思うとる。俺がお前たちに厳しく接するのはコートの中だけや。プライベートでお前たちが何をしようが、誰と付き合おうが、そんなの関係あらへん」

重い空気が徐々に和らいでいくのを夏帆は感じた。スクープ記事が出て以降、チームメイトが門松コンビと距離を置いていたのは事実だった。どう接していいかわからない。そういう感じだった。

それが今、監督が二人の交際を認めるような発言をしたのだ。大きな前進だ。

「開幕まで一週間を切った。明日からガンガン行くから覚悟しとけよ。今日は無礼講や。好きなものを頼んだらええ。チームの奢りやと聞いてるからな」

「はいっ。ありがとうございます」

全員の声が綺麗に揃う。部屋のドアが開き、店員が飲み物を運んできた。「こっちや」と丹波が手を上げた。チームメイトたちはメニューを見て注文する品を選んでいる。門松コンビも少しだけ顔つきが明るくなり、二人でメニューを広げていた。

夏帆は立ち上がり、丹波が一人で座るボックス席に向かう。店員が置いていった生ビールのピッチャーをとり、それを丹波に向かって差し出した。

「お注ぎいたします」

「悪いな」

夏帆がジョッキに生ビールを注ぐと、丹波はそれを喉を鳴らすようにして飲んだ。半分ほど飲んで「ふう」と息を吐く。夏帆は改めて礼を言う。

「監督、本当にありがとうございました。お陰でムードがよくなりました」

「俺は何もしてへん。言われた通りに話しただけや」

言われた通り、とはどういう意味か。思い当たる人物は一人しかいない。すべて真波莉子の思惑なのか。

「それより井野」丹波が周囲を気にするように声をひそめた。「お前はどないするつもりなんや。いつまでも隠し通せるもんでもないで」

進展はない。どう受け答えたらいいのか逡巡していると、丹波が続けて言った。

「何とかなるかもしれへんな。あの女に任せておけば」

あの女というのが莉子をさしているのは間違いない。丹波も彼女のことを買っている証拠だ。

　だが本当に大丈夫なのか。夏帆は半信半疑だった。チームは一つにまとまったとは言え、世間の反発はまだまだ厳しい。問題は山積みだ。間近に控えた開幕戦を、私はどのようにして迎えるのだろうか。

○

「あ、そうだ。来月仕事でモナコに行くことになった。よかったら未央奈もどうだ？」

「モナコ？　うーん、来月はちょっと無理かな」

　天沼未央奈は白ワインのグラスを片手に答えた。銀座にある老舗天ぷら店のカウンター席だ。隣には北斗エージェンシーの尾崎が座っている。元彼氏だが、今は完全にビジネスだけの関係だ。北斗エージェンシーは大手広告代理店であり、未央奈とも仕事上の付き合いが深い。未央奈の著作がベストセラーになったのも、尾崎がメディアに仕掛けてくれたからだ。

「そんなこと言わずに行こうぜ。もしかして俺が結婚したことに焼いてんのか？」

「違うわよ。気が乗らないだけ」

　未央奈が独立したのは二年前だ。それ以前は国内最大手のガイアコンサルティングで働いていた。独立後も仕事は順調だ。コロナ禍でリモートワークに拍車がかかったことが大きかった。著書である『出世をしたいなら会社に行くな』の内容が、当時の世相と一致したのだ。そっち方面の依頼は今も絶えない。

ガイア時代は死ぬほど働いた。三百六十五日、仕事をしていた。そのくらいしなければ大勢いる同期の中から抜け出すことはできなかった。だがそのお陰でいくつかの大きなプロジェクトを任されるようになり、その仕事を通じて尾崎とも知り合った。

「それより見事に炎上したよな、あの二人。門松コンビだっけ？　ＬＧＢＴＱを支援する団体まで出てきちゃって、全然騒ぎが収まる気配はないよな」

独立してすぐに尾崎から紹介された仕事が、ＮＯＵＲＡレインボウズとのアドバイザリー契約だった。ガイア時代に能浦の会社の事業拡大に力を貸したという経緯があり、知らない仲でもなかった。買収した女子バレーチームの名前を世の人々に広く知らしめたい。能浦の希望を聞き、未央奈が提案したのはＡＩバレーというコンセプトだった。実際にはＡＩに頼りきりというわけではなく、生身の人間がＡＩを利用して戦術を分析しているだけなのだが、その反響は大きく、さまざまなメディアに取り上げられた。来週、開幕する新シーズンでは優勝候補の一角として挙げられている。

「で、京浜ラビッツのエース、引き抜けそうなのか？」

「まだ返事はない。まあ獲れなくてもいいんだけどね」

昨日、あのスクープ記事を目にしたとき、未央奈は京浜ラビッツの中心選手である松田茜の引き抜きを思いついた。敵の痛いところを突くのが戦術の鉄則だ。すぐに能浦に打診し、オファーする許可を得た。

交渉の場に彼女が現れたのは予想外だった。真波莉子。元厚労省のキャリア官僚にして、総理の隠し子だ。二ヵ月前、王松村の集客事業でバッティングした際、プレゼンで対決するのを提案したのは未央奈だった。私が勝つに決まっている。そう思ってプレゼンに臨んだが、採用されたのは莉子の案だった。プレゼンで負けることなどここ五年ほどなかった。いつか借りを返したい。そう思っていた矢先の再会だった。

どういう理由があるのかわからないが、莉子は京浜ラビッツに関わっているようだ。だがあらゆる面でNOURAレインボウズの方が上だ。京浜ラビッツより下の順位になることは絶対にない。

「いやいや、松田茜は必要だろ。一応日本代表だし、ルックスも悪くない。スポンサーも喜ぶんじゃないか」

尾崎の言い方が気になった。松田茜の引き抜きが既定路線になっているような口振りだった。未央奈はようやく気がついた。

「もしかして例のスクープ記事、尾崎君も関与してるってこと？」

「何言い出すんだよ。俺は無関係だって」

そういうことか。未央奈は腑に落ちた。最初から決まっていたシナリオだったのだ。

尾崎と能浦は親しい友人同士という間柄だ。きっと二人で飲んでいるとき、能浦が尾崎に言ったのではないか。京浜ラビッツの松田茜をチームに迎え入れたい、と。それを聞いた尾崎はフリーの記者を雇うなどして、松田茜の周辺を洗う。そして思わぬスキャンダルを摑んだというわけだ。

綺麗事だけではこの業界で生き抜いていけない。それは未央奈にもわかっている。だから尾崎のやり方には口出しできなかった。もし自分が尾崎の立場だったら、同じことを考えたかもしれない。それにある意味、尾崎が未央奈の代わりに汚れ仕事を引き受けてくれたとも言える。

「次、何飲む？」

尾崎に訊かれ、未央奈は答えた。

「今日はもうやめておこうかな。ちょっと調子が悪くて」

少々機嫌を損ねたのは事実だった。尾崎もそれを感じとったのか、さらに勧めてくることはなかった。すでにコースの料理は終わっている。支払いを済ませてから店を出た。

タクシーで送っていく。尾崎の提案を断り、未央奈は彼と別れて夜の銀座を歩いた。ドレスを着たホステスたちとすれ違う。コーヒーを飲みたい気分だったので、目についたカフェに入った。コーヒーを買って窓際の席に座る。

通りを歩く人々を見ながらあれこれ思案する。頭に浮かぶのは仕事のことばかりだ。複数のプロジェクトを抱えているので、ああでもないこうでもないと考えてしまう。

「隣、いいですか？」

その声に振り向き、未央奈は驚いた。何と真波莉子がそこに立っているではないか。グレーのパンツスーツに薄手のベージュのコートを羽織っている。銀座で働くやり手のOLといった印象だ。

「え、ええ。どうぞ」

「失礼します」

紙コップ片手に莉子が隣に座る。偶然だろうか。いや、偶然なんて有り得ない。ではどうして私の居場所がわかったのだろうか。尾行されていたのか。

未央奈の疑問に先回りする形で莉子が言った。

「インスタを見ました。だからわかったんです」

二時間ほど前、インスタグラムに画像をアップした。さっきの店で最初に運ばれてきた旬の野菜の天ぷらの画像をアップしたのだ。しかし画像には店名がわかるものは何もなかったはずだが……。

「あのお店、美味しいですよね。厚労省時代、何度か上司に連れていってもらったことがあるんです」

そういうことか。馴染みの店なら、料理や使っている器などでわかってしまうものかもしれない。つまり彼女は私のインスタを見て、店の前で待ち受けていたのだ。いったい彼女は私に何の用があるというのか。未央奈は気を引き締め、主導権を握るために先に質問した。

「ご用件は何でしょう？　松田茜さんの件ですか？　移籍の条件等については昨日お話しした通りです」

「その件ではありません。実は天沼さんに折り入ってお話があるんです。個人的なオファー、とでも申せばいいでしょうか」

個人的なオファー。大いに気になるが、それを顔には出さぬよう、未央奈は澄ました顔でコーヒーを一口飲んだ。

○

夏帆は有明にあるイベントホールにいた。さきほどまでVクイーンリーグの開幕ＰＲイベントがおこなわれていた。各チームのエース選手が顔を揃え、今シーズンの目標を語ったり、新ユニフォームのお披露目などをしていた。京浜ラビッツからは門松コンビが参加するはずだったが例の騒ぎで自粛することになり、期待の若手選手が代理で参加した。夏帆はその付き添いだ。

すでにイベントは終了し、マスコミは撤収していた。しかしホールには各チームの選手ら関係者が残っている。これから急遽、全チーム合同ミーティングがおこなわれる予定になっていた。発案者は莉子らしい。

どんな内容なのか、それさえも知らされていない。ただし全チーム合同というのが気になった。今、ホールにはパイプ椅子が並べられ、各チームの選手たちが座っている。選手のほかにもマネージャーや広報担当の社員なども同席しているため、全部で五十人以上が集まっていた。

夏帆は背後に目を向けた。ホールの後ろの方にジャージ姿の二人の女性がいる。門脇千夏と松田茜だ。二人ともマスクをしているので正体は気づかれていない。どうしても二人には話を聞いてもらいたいというのが莉子の意向のようだ。

「こないだ行ったお店、美味しかったよね」

「超美味しかった。あれから二回も行ったし、私」

「すっかり常連じゃん」

選手たちのお喋りする声が聞こえてくる。朗らかなムードだった。敵同士という緊張感はあまりない。狭い世界なので、知り合いも多いのだ。夏帆もほとんど知った顔だが、今日はお喋りをする気分ではなかった。

真波莉子が姿を現した。今日はジャージではなく、グレーのスーツを身にまとっている。彼女は東大卒の元厚労省のキャリア官僚だ。住んでいる世界が私たちとは違うはずだが、嫌味のようなものが一切ない。不思議な感じの女性だった。

莉子は前方に用意されていた演台に向かい、マイクの音量を確認するようにポンポンと叩いてから話し出した。

「皆さん、こんにちは。京浜ラビッツのマネージャーの真波と申します。本日はお忙しい中、お集まりいただき誠にありがとうございます。突然ですが、質問です。皆さんはご自身の現状に満足されていますか？」

いきなりの問いかけに、周囲にいる選手たちが戸惑っていた。ポカンとした顔で莉子の顔を見ている者もいれば、隣の子と小声で何やら話している選手もいた。それでも莉子は涼しい顔で続けた。

「一昨日、リーグの事務局からお借りした名簿を参考にして、無作為で五十名の女子選手を抽出、その方々のメールアドレスにアンケートを送付しました。短い回答期間でしたが、三十名近い方から回答をいただきました。この中にも協力していただいた方がいらっしゃるかもしれません。ありがとうございました」

初耳だった。夏帆のもとにはそんなアンケートは届いていない。いったい莉子は何をやろうとしているのか。

「アンケートを通じて私が知りたかったのは、皆さんが現在置かれている労働環境についてです。不満に思っていること。改善してほしいこと。悩んでいること。忌憚(きたん)のないご意見をいただきましたので、その一部を紹介いたします」

莉子がタブレット端末に視線を落とし、アンケートに対する回答を読み上げる。それらは次の通りだった。

・私のチームでは練習や試合で着たユニフォームを自分で洗濯しなければならない。梅雨の時期には乾かなくて大変。クリーニングはチームにお願いしたい。
・社内旅行の積み立てが給料から天引きされているのだが、試合や遠征で社内旅行には参加できないので、天引きしないでほしい。
・月に一度、練習を一般公開している。そのときにゴツいカメラを持ったオタクっぽい人が撮影している。ちょっと怖い。
・生理休暇が認められているチームもあるらしい。うちのチームでも認めてほしい。
・私はベテラン選手です。いつ契約が打ち切られるか、とても心配です。できれば選手を辞めたあとも会社に残れるような仕組みがあればいいです。
・練習施設にトレーニングジムがなく、うちの選手たちは自腹を切ってジムの会員になっている。結構高いので、チームで払ってくれると助かる。
・確定申告が面倒臭い。いつもシーズン中なので。どうにかしてほしい。
・今の彼と結婚を考えているのですが、結婚してもバレーを続けていいものか、ちょっと不安です。結婚を機にやめちゃう人が多いので。

「ざっとこんなところでしょうか。いかがです？　似たような不満や不安を抱いている方もいらっしゃるのではないでしょうか」

共感できるものもあれば、考えてもいなかったようなものもあった。たとえばユニフォームを自分で洗濯しているチームがあるとは知らなかった。トレーニングジムも同様だ。京浜ラビッツでは練習している区立体育館の内部に無料で使用できるジムがある。自腹を切ってジムに通うなんて信じられない。それに最後の結婚を機に進退を悩む内容は、まさに今の私が置かれている状況と非常によく似ている。

身に覚えがあるのか、はたまた初耳で驚いているのか、選手同士が小声で話しているのが聞こえてくる。しばらく待ってから莉子が口を開く。

「誰しも仕事の面での悩みを抱えているものです。自分の職場に、自分の置かれた環境に百パーセント満足している方などいないでしょう」

それはそうだ。たまにチームメイトと飲みに行けば、出てくるのはチームや職場に対する不平不満ばかりだ。監督の悪口だったり、職場にいるお局さま的な女性社員への非難だったりする。それを肴に酒を飲むのも楽しいのだが、中には結構深刻な悩みもある。

「皆さんは女子バレーボール選手であると同時に、労働者でもあります。労働者が団結して、労働条件の改善や地位の向上を目指していく。そういう組織があるのをご存じでしょうか。労働組合というものです」

何だか難しい話になってきたぞ。そう思いつつも夏帆は莉子の話を理解しようと努める。労働組合。春闘とかで賃上げを要求する組織ではなかったか。

周囲は静まり返っている。やがて莉子が自信に溢れた口調で言った。

「女性アスリートの、女性アスリートによる、女性アスリートのための労働組合。そういうものを作ってはどうか。私はそう考えています」

反応は悪くない。莉子は目の前に並ぶ彼女たちの反応に満足していた。誰もが真剣な顔でこちらを見ている。アンケートが功を奏したようだ。具体的な内容は彼女たちにとって身近なものであり、他人事(ひとごと)ではないと感じとってくれたのだ。

駆け込み寺的なものがあればいいと思うんだよね。

腹違いの妹、梓の言葉がきっかけとなった。そして思いついたのが労働組合だ。

出産後も選手生活を続けたい。同性同士の交際を認めてほしい。そういう悩みを個別に解決していくのではなく、一つの窓口に集約し、それらを解決に導いていく組織があってもいいのではないか。そう考えたのだ。

「皆さんの多くは、チームの母体企業に雇われているケースがほとんどであると伺っています。契約社員である場合が多いそうですね」

たとえば京浜ラビッツの場合、所属している選手たちは全員、京浜通運に雇われている契約社員、いわゆる非正規労働者という扱いになる。京浜通運にも労働組合はあるが、そこには非正規労働者は加入が認められていなかった。

「ですから厳密な意味で、労働組合を結成するのは難しい状況にあります。現状、日本のスポーツ界を見ても、そういう組合的な組織はあまりないようです。スポーツ選手が個人事業主に当たるのも理由の一つでしょう。一般的に知られているのは、日本プロ野球選手会でしょうか」

日本プロ野球選手会。労働組合と一般社団法人の二法人が登記されている団体だ。労働組合としては選手の待遇改善や地位向上、一般社団法人としては野球の普及活動などを目的として、どちらも同一会員による同一組織である。会員はNPB（日本プロ野球機構）に属するプロ野球球団の現役選手たちだ。労働組合の実績としては、九〇年代初頭には選手側が望んでいたフリーエージェント制度を導入させた。また二〇〇四年にはプロ野球再編問題を発端として、初のストライキを決行したことも知られている。

「スポーツ選手の待遇。その面においては日本は欧米諸国に比べ、非常に後れをとっているのではないかというのが私個人の印象です」

耐えて忍ぶ。それが日本人の美徳であるのも原因の一つではないかと莉子は考えている。多少居心地の悪さを感じても、それを改善してもらうよりはチームの和を重んじる。そういう傾向が日本人には少なからずある。

「皆さんはバレーボールを生業としている労働者です。ご自身の働いている環境に不満があれば、その改善を要求してもいいんです。ただし皆さんのご事情もわかります。なかなか声を大にして訴えることが難しいのでしょう」

莉子はタブレット端末を演台の上に置き、用意しておいた紙を手にとった。書き初め用の半紙で、三枚判という長めのサイズのものだ。こよりを外し、半紙を開く。そこにはこう書かれている。

『日本女性プロスポーツ選手会（仮）』

立派な字で書かれているが、実は栗林朋美直筆だ。朋美は書道四段の腕前を誇っており、日本有数の書家に師事しているほどの実力者だ。試しに頼んでみたらあっさり書いてくれた。まさかファーストレディー直筆の書とは誰も想像していないはずだ。

「女性アスリートの声を代弁する。そういう組織を作ろうと考えています。皆さんの代わりにチームや会社と交渉してくれる組織。そう言った方がわかり易いでしょうか。まずはバレーボールから始めていく予定ですが、段階的に他種目の女性選手も対象としていく予定です」

次はバスケットボール、続いて陸上、卓球などに声をかけていく予定だ。決してチームや協会と争うのではなく、緩衝材となるような組織を目指したかった。

「ただし多少の会費はいただくことになります。金額については検討中ですが、負担の少ない額に設定しようと考えています。すでにご賛同いただいている出資者もございます」

先日、京浜通運の総務の男と話したときだ。所属選手に産休・育休を与えるだけではインパクトが弱い。京浜通運の社長はそう言っていたらしい。だったら女性アスリートをまとめて支援する組織を起ち上げるので、それに出資してほしい。そういう内容を社長に伝えたところ、色よい返事が返ってきた。

「準備が済み次第、早々に法人を設立する予定です。理事となっていただく候補者もピックアップし、数人の方に内諾を得ております」

現在は大学教授を務める柔道のオリンピック金メダリスト。日本人女性として初のエベレスト単独登頂を果たしたアルピニスト等々。名だたる候補者たちから前向きな回答を得ていた。

新しい組織、団体を起ち上げる。莉子はそういう仕事が元々得意だ。得意というより、厚労省時代はそういう仕事に首を突っ込んでばかりいた。数十もの委員会やシンポジウムなどに裏方として関わってきた。理事の人選もそこで培った人脈が自然と活きる形になっていた。

「私からの説明は以上となります。何か質問はありますか？」

手を挙げる選手はいない。突然の話に驚いて声が出ないようだ。まあ今日のところはこれでいい。

「今後もこういう説明の場を設けていく予定ですので、何なりと質問をお寄せください。それではここでご紹介いたしましょう」

　もっとも頭を悩ませたのは、実質的に組織を運営していく事務局についてだ。なかでもトップとなる事務局長は、それなりの器でないと務めることができない大役だ。莉子が選んだのは――。

「天沼コンサルティング代表取締役、天沼未央奈さんです。彼女は優秀なコンサルタントであり、著書の『出世をしたいなら会社に行くな』がベストセラーにもなりました。日本女性プロスポーツ選手会（仮）の事務局長は、彼女に務めてもらう予定です」

　ホールのドアが開き、白いスーツを着た天沼未央奈が姿を現す。場慣れしているのか、緊張している様子は微塵もない。未央奈が真っ直ぐこちらに向かって歩いてくるので、莉子は席を譲るように演台から離れた。

○

「皆さん、初めまして。ただいまご紹介に与（あずか）りました、天沼コンサルティングの天沼です。

どうかお見知りおきを」

未央奈は頭を下げた。目の前には五十名ほどの女子バレーボール選手が座っている。やはりアスリートだけあり、座っているだけでも彼女たちの背の高さがわかるほどだ。中には数人、男性の姿も見えるのだが、今日はチーム関係者も同席していると聞いていた。

「皆さんはコンサルティングという仕事をご存じでしょうか。私は……」

簡単な自己紹介をしつつ、未央奈は一昨夜のことを思い出していた。

銀座のカフェだった。突然姿を現した真波莉子は、いきなりこう言った。女性アスリートの労働組合を作ろうと思っているので、できればそこの事務局長になってくれないか、と。

話を聞いているうちに、莉子のやろうとしていることがわかってきた。面白そうだと素直に思った。だったらこうした方がいいんじゃないですか。いや、そうじゃなくてこうではないか。そうですねえ、でもやっぱりそれは……。新たな組織の具体案を議論しているうちに、カフェの閉店時間を迎えてしまうほどだった。

莉子と話していてわかったことだが、彼女はどうやら未央奈の生い立ちを調べ上げているようでもあった。未央奈が高校までサッカーに打ち込んでおり、怪我を契機に競技人生を断念したことを知っていたのだ。これといった理由があるわけではないが、サッカーのことは周囲の誰にも教えていない。となると高校時代の担任である落合あたりから話を聞いたと思われるのだが、今のご時世、電話などでそう簡単に教え子の個人情報を明かすはずもなく、莉子かその使いの者が藤枝まで足を運んだものと推測できた。その点からも莉子が本気で自分を口説こうとしている心意気が伝わってきた。

「選手会のメインテーマとして私が考えているのは、『女性が女性らしく、競技に打ち込める環境作り』です。そこで最初の目標として私が実現させたいのは、全チームへの産後・育児休暇の導入です」

これは莉子の意向だった。彼女が京浜ラビッツに関与するようになったのは、実は彼女の同級生が妊娠し、産もうかどうか迷っていると相談を受けたのが契機となっていた。そこで莉子は京浜ラビッツにマネージャーとして潜り込んだというわけだった。

「結婚、出産を機に選手生命を終える方も多いと伺っております。中にはバレーボールを続けたい方もいるのではないでしょうか。出産後もバレーを続けることができる。そういう環境を作るのが、選手会の最初の目標です」

あなたの別の未来だと考えてほしい。莉子からはそう言われている。別の未来というのは、未央奈自身が怪我をしなかった未来のことだ。

未央奈は今年で二十九歳になった。あのまま順調にサッカーを続けていたら、きっと今頃なでしこリーグのどこかのチームでプレーしていたかもしれない。三十歳を間近に控え、体力的な衰えを感じつつも、まだサッカーを続けたいとも思っている。もし結婚を考えている恋人がいたら、私はどういう選択をするだろうか。いや、そもそも選択肢というものが存在するのかどうかも定かではない。結婚を機に競技人生を終える。その一択しかなかったとしたら——。

「さきほど真波さんが読み上げたアンケート結果、私も拝見いたしました。生理休暇については今シーズン中に全チームでの試験的導入を試みる予定です。あと私が気になったのは、一般公開している練習や試合での写真撮影ですね。アスリートの性的画像問題は近年話題になっています。たとえば来場者に対して身分証の提示を義務付ける、または撮影機器の持ち込みを制限する等、何らかの措置が必要でしょう。これもできるだけ早期に解決したい問題であると認識しています」

すでに莉子はVクイーンリーグの理事会とも話をつけていた。その仕事の早さには舌を巻くほどだった。話題性も抜群であり、女性が働き易い職場を目指すという理念においても、リーグ側からも反対の声は出なかったという。

「引っ込んでいろ。余計なことをするな。女性が出過ぎた真似をするな。そういう心無い声も方々から聞こえてくることでしょう。しかし外野の声に耳を傾ける必要はありません。私どもは粛々と仕事を進めていくだけです。あ、そうそう、思い出しました。先日、某週刊誌に京浜ラビッツの選手の記事が掲載されていました。あれは完全に名誉毀損です。しかも記事にされたお二人は選手であると同時に、京浜通運の契約社員でもあり、ほぼ一般人のようなものです。出版社に謝罪を求めましたが、応じない場合には訴訟も辞さない考えです」

門松コンビの二人を京浜ラビッツでプレーさせてほしい。莉子からそう頼まれたが、こちらは少々手こずった。未央奈はＮＯＵＲＡレインボウズのコンサルティング業務を引き受けており、松田茜の引き抜きを社長の能浦に提案したばかりだったからだ。

昨夜遅く、能浦と面談した。発足する日本女性プロスポーツ選手会（仮）に出資し、大々的にＮＯＵＲＡを宣伝する。その条件のもと、松田茜の引き抜きは断念してもらうことになった。能浦もクレバーな男なので、そちらの宣伝効果の方がチームにとってプラスになると計算したに違いなかった。

「年内には法人を起ち上げ、年明けには正式に業務を開始する予定です。今後も皆さんのご意見を聞かせてもらう機会が増えると思いますが、シーズンがスタートしてしまうため、できるだけオンラインでの会議、意見聴取を予定しております」

壁際にいた莉子の姿がいつの間にか消えている。まったく不思議な人だ。一昨日の夜、別れ際に未央奈は彼女に尋ねた。どうしてご自分でおやりにならないんですか、と。すると彼女は真面目な顔で答えた。私、こう見えて総理の隠し子じゃないですか。あまり目立たない方がいいかと思って。それを聞いた未央奈は思わず笑ってしまっていた。今でも十分目立ってると思いますけど、という言葉を何とか飲み込んだ。

「皆さんの未来を正しい方向に導く。それが私の仕事だと思っています。よろしくお願いします」

そう締めくくり、未央奈は頭を下げた。パラパラと拍手が起こる。控えめだった拍手が徐々に大きくなっていく。顔を上げると、選手たちが真摯な目つきでこちらを見ていることに気がついた。

未央奈は胸を撫で下ろした。第一段階はクリアできたようだが、これで終わったわけではない。長い戦いは始まったばかりだ。

○

場内は盛り上がっている。莉子は観客席から京浜ラビッツの試合を観戦していた。場所は品川スーパーアリーナという施設だ。北関東に本拠地を置くチームを招いての開幕戦である。ちょうど松田茜が鋭いスパイクを決めたところだ。

「ええで、松田。その調子や」

監督である丹波の声が響き渡る。松田茜と門脇千夏がハイタッチを交わしているのが見えた。松田茜はチームに残る選択をした。ネットなどでは叩かれているようだが、莉子のアドバイスで彼女はネットを見るのを一切やめた。それが功を奏したのか、今はバレーに集中できているようだ。門脇千夏も同様だ。

「いい感じですね。勝てるんじゃないですか」

隣に座る城島が言った。莉子はうなずいた。

「そうですね」

すでに二セットを先取している。三セット目は相手にとられてしまったが、四セット目は順調に得点を重ねていた。やはり門松コンビの存在は大きい。二人がチームを引っ張っているのは、素人である莉子でもわかるほどだった。

莉子はベンチに目を向ける。ジャージを着た夏帆がベンチの一番端に座っている。彼女は土壇場で選手登録を外され、マネージャーとしてベンチに入っている。

どうにかして彼女に産休をとらせることができないか。ずっと会社にかけ合っているのだが、なかなか実現しそうになかった。出産予定のある契約社員は事前に会社を辞める。そういう決まりがあるわけではないが、社風の中にそんな暗黙の了解が存在しており、夏帆一人を認めるわけにはいかないのだという。

そこで苦肉の策として考え出したのが、いったん会社を辞めることは了承するが、子育てが終わったあとに本人が希望する場合はチームに復帰できるという、そういう念書を双方合意のもとでとり交わすことにした。つまり夏帆は子供を産んだのち、バレーを続けたいという気持ちが残っていれば、また同じチームに戻ってくることができるのである。完全とは言えないまでも、大きな前進ではあろう。

「おっ、ナイスブロック」

門脇千夏がその恵まれた体格を活かし、相手チームのスパイクをブロックしてポイントを奪った。これで四点差。あと二ポイントでマッチポイントとなる。

スマートフォンにLINEのメッセージを受信した。送信者は天沼未央奈で、選手会の規約を作成したので目を通してほしいという内容だった。莉子はタブレット端末を出し、ファイルをダウンロードし、それに目を通した。

よく出来ている。それが莉子の感想だった。やはり彼女に任せて正解だったようだ。発足する選手会については彼女にすべて一任しているのだが、重要な点についてはこうして意見を求めてくるのだ。

「真波さん、そろそろですよ」

城島の声に莉子はコートに目を戻した。マッチポイントを迎えていた。京浜ラビッツのサーブから始まる。激しいラリーが何度か続いたあと、夏帆の代わりにスタメン登録された川端結衣がトスを上げ、それを茜が豪快に決めた。試合終了だ。

「いやあ、強いじゃないですか、京浜ラビッツ。バレーの試合ってこんなに盛り上がるもんなんですね」

今日はナイトゲームだ。会場はほぼ満席に近い。ホームということもあってか、京浜ラビッツを応援する客が多かった。京浜通運の社員であれば格安でチケットを入手できるようだ。夏帆の件も解決の目途が立ち、莉子の仕事もこれで終わりだった。瓢簞から駒という諺ではないが、女性アスリートのための選手会を起ち上げることになってしまったけれど、まあそれもよしとしよう。時代のニーズに沿った組織であるのは間違いないし、助けを待つ女性アスリートもどこかにきっといるはずだ。

「では城島さん、行きましょうか」

「はい。了解です」

ベンチから立ち上がる。試合後の混雑した館内を進み、体育館から出た。隣接した立体駐車場に向かって歩いた。

「真波さん、この後はどちらへ？」

「帰宅しましょう。お腹も空きましたし」

「了解しました。あの、真波さん。今度お時間とってもらっていいですか？　ご相談というか、話したいことがあるんですけど……」

「相談ですか。別に今ここでも構いませんが」

「ちょっとここでは……何というか……」

よほど言いにくいことらしい。愛梨のことだろうか。城島父娘が北相模市にやってきて十ヵ月になる。今後のことをあれこれ相談したいのかもしれない。

「もしかして愛梨ちゃんのことですか？」

「えっ？　まあ……愛梨も関係しているといえば、そういうことになるんですけど……」

どうにも煮え切らない態度だった。いったいどんな話かしら？　そんなことを考えながら莉子は立体駐車場の中に入る。エレベーターを待っていると背後で足音が聞こえた。スーツ姿の男性の二人組が歩いてくるのが見えた。

到着したエレベーターに乗り込もうとしたときだった。男の一人が声をかけてきた。

「真波莉子さんでよろしいですね」

莉子は振り向いた。同時に城島が不穏な気配を察したらしく、莉子の斜め前にスッと体を入れた。元警視庁のＳＰらしい、機敏な動きだった。莉子の代わりに城島が言う。

「そちらは？」

「突然すみません」右側の男が懐から手帳を出した。「私どもは警視庁捜査二課の者です。ご確認ください」

金色のバッジが見える。警視庁の刑事か。道理で、と莉子は納得する。二人の醸し出す空気にどこか硬質なものを感じていた。捜査一課が殺人・強盗などの重要事件を担当するのに対し、二課は収賄等の知能犯の捜査に当たるのではなかったか。

「ご用件は？」

城島が訊くと、右側の男が応じた。

「我々はある企業のインサイダー取引疑惑を捜査しております。具体的に申しますと、二年前、都内の医療ベンチャー企業が新型コロナウイルスの新薬開発の未公開情報を会員に洩らした疑いで、内偵捜査をおこなって参りました」

知らなかった。おそらく捜査は極秘で進められていたのだろう。それが私とどう関係しているというのか。

「その医療ベンチャーの社長は元厚労省のキャリア官僚であり、真波さんとも面識があると言ってたらしいのです。社長は関係者に対して厚労省と太いパイプがあると匂わせていたそうです」

「その相手が私であると？　つまり私がインサイダー取引に関わっていた。そう言いたいわけですね？」

「そこまでは申しておりません。事情をお聞かせ願いたいだけです。ご同行いただけますか？」

有無を言わせぬ口振りだった。城島が振り向いた。どうしますか？　その目がそう訴えていた。自分の立場は理解しているつもりだ。総理の隠し子がインサイダー取引への関与を疑われる。絶対にあってはならないことだ。

ここは毅然と、そして慎重に振舞わなければならない。莉子は大きく息を吸い、心を落ち着かせた。

第三問：ハラスメントだらけの某女子バレーボールチームを改革しなさい。

解答例

パワハラ監督の家庭の事情を
逆手にとり、味方にする。

さらに女性アスリートの
労働組合的な組織を起ち上げ、
ライバルの敏腕コンサルを
その事務局長に抜擢する。

昨日の敵は今日の友。

第四問：

厚労省の元キャリア官僚による
インサイダー取引疑惑の真相を
解明し、地に墜ちた厚労省の
評判を回復させなさい。

塾の授業が終わった。小熊翔太はノートやテキストをバッグに入れて立ち上がった。時刻は午後九時を回っている。廊下に出たところで背後から声をかけられた。

「オグ、こっちだ」

同じ高校に通う友人三人と合流する。三人ともバドミントン部の仲間だった。週に三日、部活を終えたあとにこうして塾に通っているのだ。来年になれば三年生となるため、もっと塾に通う日も増えるだろうと思っている。翔太の通っている高校は都内でも割と有名な進学校だ。

地下鉄で通っているのだが、すぐには駅に向かわない。横断歩道を渡り、塾の向かい側にあるビルに向かう。その一、二階にテナントとして入っている大手ハンバーガーショップに入った。ここで遅めの夕飯を食べてから帰宅するというのがいつもの流れだ。

店内は半分ほど席が埋まっていた。二階のボックス席に陣どった。季節限定の目玉焼きが挟んであるハンバーガーを食べる。いつもと同じく美味しい。

「そういえば一年のムラノって、告ってフラれたんだって」

「へえ。だから最近元気ないのか」

「いいんじゃねえの。あいつ、ずっと調子に乗ってたから」

話題が尽きることはない。あっという間にハンバーガーを食べ終え、包装紙をゴミ箱に捨てた。ドリンクの紙コップだけがテーブルの上に残る形となる。三人ともスマートフォンを出したので、翔太も同じくバッグの中からスマートフォンをとり出した。

「今日は負けないからな」

「俺だって。実はレアなアイテムをゲットしたんだよ」

最近流行っているゲームアプリだ。最大四人まで同時プレイできるゲームで、バドミントン部の部員たちは大抵このゲームをやっている。塾のあとはこの店で一時間ほどゲームをやってから帰るのが最近のルーティンとなっていた。とても楽しいひとときだ。

画面を見て翔太は首を捻る。不在着信が五件も入っていた。すべて母の美希（みき）からだった。マナーモードにしていたので気づかなかったのだ。変だな、と翔太は思った。母も翔太が授業中であるのは知っているはず。それでも電話をかけてきたというのは、よほどのことがあったからではないか。

「オグ、どうした？　早くインしろよ」

「ああ」

ゲームアプリを起ち上げようとしたときだった。突然スマートフォンが震え出した。母からの着信が入ったのだ。「悪い、電話」と言って翔太は立ち上がり、階段の方に向かってから電話に出た。母との会話を友人たちに聞かれるのは少し気恥ずかしい。

「翔太、今どこ？　塾終わったんでしょ？　ねえ、どうして電話に出てくれなかったの？」

立て続けに質問を浴びせられる。母がかなり興奮している様子が声からも伝わってきた。

「塾は終わった。友達と飯食べてるとこ」

「すぐに帰ってきて。大変なの」

「悪いけど、まだしばらく……」

「いいから早く帰ってきなさいっ」遮るように母が甲高い声を上げる。「お願いだからお母さんの言う通りにして。すぐに帰ってきて。いい？　真っ直ぐ帰ってくるのよ」

通話が切れた。最後のあたり、母の声が震えているような気がした。いや、間違いではない。母は泣いていたのだ。

翔太はボックス席に戻り、急用ができたと言い訳をして、バッグを持って店から出た。地下鉄の階段を降りながら、飲み残しのジュースをテーブルに置いてきてしまったことを思い出した。自分もまた気が動転している。そう実感した。

地下鉄は混んでいた。酒を飲んだ帰りのサラリーマンが多かった。二駅で降り、地上に出る。駐輪場で自転車に乗り、夜の道を急いだ。

翔太が住んでいるのは三十階建てのマンションだ。隅田川の支流沿いにあり、このあたりでは群を抜いて高い建物だ。入り口も三ヵ所あるのだが、中央エントランスの前に二台のパトカーと一台の救急車が停まっているのが見えた。まさか、と嫌な予感がした。あのパトカーと救急車、うちに用事があって来ているのではないか。

パトカーの脇を通り過ぎ、回り込むように裏の駐輪場に向かう。そこに自転車を停めてから、駐輪場内のエレベーターに乗った。外に行くときは基本的に自転車に乗るので、中央エントランスはほとんど使わない。

十七階で降りる。普段はひっそりとしている廊下だが、今日は少し様子が違う。数人の男が廊下にいるのだ。スマートフォンで話している者もいれば、何かの機材をチェックしている者もいる。彼らの脇をすり抜けるように自宅に向かう。ドアの前には一人の制服警官が立っていた。制服警官が翔太に気づいて言った。

「息子さんだね？」

「……そうです」

警官がドアを開けてくれる。すでにこの時点で翔太は足元が覚束(おぼつか)なかった。どこか異世界に迷い込んでしまったかのような感覚があった。室内には見知らぬ男たちが動き回っていた。リビングに入るとテレビの前のソファに母の美希が呆然とした顔つきで座っていた。その隣には妹の千紗(ちさ)がいるのだが、彼女は両手で膝を抱くように体を丸めている。泣いているのは明らかだった。

「翔太……」

母がそう言って顔を向けてきたが、彼女も緊張の糸が切れてしまったのか、そのまま泣き崩れた。男たちが父の書斎に出入りしているのが見えたので、翔太の足は自然にそちらに向かっていた。

「翔太、行っちゃ駄目よ。お父さんはね……」

ドアから書斎を覗き込む。中央にデスクと椅子があり、その手前に父が寝かされていた。顔は白い布のようなもので覆われていた。

紺色の制服を着た男が写真を撮っている。どうして父は床に寝かせられているのか。せめて寝室のベッドに移してあげればいいじゃないか。だったら俺が――。

書斎に入ろうとして、後ろから羽交い締めにされた。放せよ、と声を出そうとしたが、それは言葉にはならなかった。声にならない叫びが洩れるだけだった。

自分が涙を流していることに、翔太はようやく気がついた。

○

事情聴取は霞が関にある警視庁内の一室でおこなわれていた。よく刑事ドラマで見るような殺風景な部屋ではなく、観葉植物なども置いてある応接室だった。莉子の素性を配慮してのことかもしれない。きっと彼らは私の出自など捜査済みのはずだ。莉子の目の前には二人の刑事が座っている。主に話すのは若い方の男だった。

「……被疑者とは厚労省で同じ課に配属されていたそうですね。お二人で食事に行くことも何度かあったとか。それで間違いありませんね？」

「ええ。間違いありません」

小熊洋介。それが被疑者と呼ばれている男の名前だ。莉子が厚労省に入省したとき、最初にお世話になった直属の上司だ。非常に優秀な男だった。省内における仕事の進め方はすべて彼から教わったと言っても過言ではない。年齢は今年で四十五歳になるはず。将来の事務次官候補と陰で囁かれていた。事務次官というのは大臣、副大臣などの特別職の下にある官職で、公務員が到達できる最高の地位だ。

「退職後はどうでしょうか？　お二人で会ったこともあるんじゃないですか」

「一度だけですね。小熊さんが退職して一年後くらいだったと思います」

彼が厚労省を去ったのは四年ほど前のことだった。理想と現実を上手に折り合わせることができなかった。最後に会ったとき、彼はそう言っていた。

小熊は退職してすぐ、経営が行き詰まっていた知り合いの医療ベンチャー企業の社長に就任、〈リトルベア〉と社名変更した。事業内容も見直され、リトルベアは介護の分野に積極的にロボットを導入することを目指した。やがて直面する介護士の人手不足を解消するのがその目的だった。実際に小熊は国内外の会社との連携を深め、介護ロボットの試作品の開発をおこなった。ところがそんな矢先、思わぬ事態が発生する。新型コロナウイルスだ。

試作品を介護施設で試したくても、立ち入りが制限された。入所者の身内でさえ入れないのだから、ロボットを試験する業者が入れるはずがない。協力してくれる施設は日本中探してもどこにもなかった。小熊は事業内容の大幅な見直しを迫られた。

そこで次に小熊が目をつけたのは、新型コロナウイルスの新薬だった。リトルベアはイスラエルの製薬会社と共同で新型コロナウイルスの新薬を開発する計画を発表し、同社の株は急騰した。実は莉子もそれについては知っていた。小熊から聞いたのではなく、新聞の記事を読んだのだ。当時はまだ、莉子は厚労省で働いていた。事業内容を見直してコロナ治療薬の開発に乗り出す。小熊さんらしいな、と思ったものだ。

コロナ禍においては莉子も仕事が忙しく、元上司と連絡をとっている暇はなかった。さらに自分が総理の隠し子であることが世間にバレてしまい、そのダメージを最小限に抑えるために厚労省を去る決意を固めた。そんなこんなで小熊とはもう三年近く顔を合わせていない。

「被疑者は知人である株主と会食した際、厚労省に親しい人間がいて、彼女から情報を得ているから心配ない。そう説明していたそうです。それはあなたのことではないか。我々はそう考えているんですよ」

「何度も申し上げているように、彼とそういう話をしたことはありません」

「それは間違いありませんか？」

「神に誓っても。ちなみに彼は何と言っているんですか？　小熊さんが私の名前を出したんですか？」

若い刑事は答えなかった。するとずっと黙っていた年配の刑事が口を開いた。

「これはあくまでも事情聴取です。厚労省内部に彼の協力者がいたのか。我々はそれを調べているんです。真波さん以外にも数名、似たような形で接触しています。実は今、うちの刑事が逮捕状を持って彼の自宅に向かっているところでしてね。ほかにも都内在住の投資家一名も同時に逮捕する予定です。我々は一年近く内偵捜査を続けてきました」

捜査には細心の注意を払ったはずだ。警察側の動きを察知されてしまうと、証拠品等が隠滅されてしまう恐れもあるからだ。だから逮捕のタイミングで接触を図ってきたのだ。

　参考人程度。そう考えてよさそうだ。しかし莉子はどうしても解せなかった。莉子の知る小熊という男はインサイダー取引に関与するような男ではなかった。莉子は思いの丈を目の前の刑事にぶつけてみることにした。

「刑事さん、何かの間違いではないですか。辞めてしまいましたが、小熊さんは優秀な官僚でした。この国を少しでも良くしたい。国民の力になりたい。そういう理念の持ち主です。法の目をかいくぐって私腹を肥やそうとするような人物ではありません」

「真波さんのお気持ちはわかりますが」年配の刑事が厳粛な顔つきで続けた。「これは事実です。だからこそ我々も逮捕に踏み切ったんです。真波さんの心情は我々も理解しているので、概要だけ説明させていただきます」

　二年半前の四月のことだった。リトルベアはイスラエルの製薬会社と共同で新型コロナウイルスの新薬を開発すると発表した。ちょうど世界的に感染が広まり、治療薬の開発に期待が集まっている時期だったため、同社の株価は急騰した。同年九月にリトルベアは自社のホームページで「イスラエルで開発された治療薬を治験した結果、重症患者の七割が回復した」と発表したが、根拠となるデータは開示されることはなかった。

　リトルベアはそれ以降も何度か似たような発表をした。しかし詳細なデータが開示されることはなく、株主や投資家たちの不安は募っていき、同時に株価も下落していった。

「我々が目をつけたのは、都内在住の投資家です。彼はリトルベアの株主でしたが、三千万円近い利益を得ていたようです。その投資家は小熊から事前に新薬開発の情報を得ていた疑いがあり、情報公開前に株を買い増しして、株価が急騰したところで売り抜けて利益を上げていました」

典型的なインサイダー取引の手口だ。年配の刑事はさらに説明する。

「ほかにも数名、小熊から事前情報を得ていた者がいるようです。当然、小熊側にもキャッシュバックがあったはずです。今後の捜査でそれらも明らかになっていくでしょう。小熊の会社は介護ロボットに先行投資をしていたようですが、その資金繰りが大変だったみたいですね。小熊が不正に得た金は、会社の借金返済に回っていたんですよ」

どうにも納得できない。あの小熊がインサイダー取引に関与するようには思えないのだ。しかし警察だってきちんと裏づけ捜査をおこなったはずだし、だからこその逮捕なのだ。

「もう一度確認させてください」年配の刑事が身を乗り出した。「小熊は厚労省とパイプがあると関係者に匂わせていたようですが、それはあなたではありませんね」

「私ではありません」

莉子は二人の刑事の目を交互に見た。しばらく間を置いてから年配の刑事が言った。

「わかりました。今日のところはこのへんでいいでしょう。お父様によろしくお伝えください」年配の刑事が意味ありげな笑みを浮かべて続けた。「今回の事件で少しお父様の周囲にも影響が出るかもしれませんので」

「父に影響が出るとはどういうことでしょうか？」

そのときだった。ドアがノックされ、別の若い刑事が中に入ってきた。その若い刑事は二人の耳元に口を近づけ、何やら報告した。それを聞いた二人の刑事の顔つきが変わった。

「何かあったんですか？」

思わずそう訊いていた。年配の刑事は自らの拳でソファの肘かけを何度か叩いた。悔しげな表情だった。やがて年配の刑事が吐き出すように言った。

「……被疑者が……小熊洋介が自宅で遺体となって発見されたそうです」

○

車内には重い空気が漂っている。城島はプリウスの運転席でハンドルを握り、北相模市に向かって車を走らせていた。

莉子は助手席に座っている。車の中でもメールのチェックなどの仕事をするのが彼女の流儀であり、基本的に後部座席に乗るのが常だが、ごく稀に話をしたいときなど、こうして助手席に乗ることがある。

医療ベンチャー企業を巡るインサイダー取引。その参考人として莉子は警視庁捜査二課から事情を訊かれたという。城島自身は警視庁時代、二課に配属されたことはないので詳しいことは知らないが、インサイダー取引という言葉くらいは知っている。

「……小熊さんには本当にお世話になりました。一年生のとき、あ、霞が関では新人のことを一年生と呼ぶんですが、最初に配属された係の係長が彼だったんです。仕事への取り組み方のほとんどは彼から学びました」

小熊洋介。それが容疑者の名前だった。四年前に厚労省を退職後に医療ベンチャー企業の社長に就任した。城島からすれば厚労省に勤めるだけでも十分に凄いのだが、辞めてからさらにベンチャー企業の経営に携わるなど、到底理解不能だ。まあ莉子も似たようなものなのだが。

「残業で終電を逃したときは一緒に帰ることもありました。銀座の外れの方に深夜営業のラーメン屋さんがあるんですけど、よくそこに連れていってもらいました」

莉子はしんみりとした口調で話している。心なしか元気がないようだ。無理もない。厚労省時代の元上司が亡くなったのだ。彼女にとっては単なる上司というだけでなく、それ以上の存在だったようにも思われた。ここまで落ち込んだ彼女を見るのは初めてだ。

「ちなみにその方、ご家族は？」

「奥さんと、お子さんが二人。上は高校生で、下が中学生くらいだったと思います」

「それは辛いですね。ちなみに自殺なんでしょうか？」

「はっきりとは言いませんでしたが、その可能性が高いそうです。窒息死という表現を使っていました。首を吊ったのではないかと……」

小熊には逮捕状が出ていたという。捜査二課は極秘裏に捜査を進めていたはずだが、それでも当事者に洩れ伝わってしまうこともある。もはや逃げ場がない。そう察したのか。

「となると被疑者死亡のまま書類送検ということになりそうですね。いずれにしても事件の全容を暴くのは難しいかもしれません」

城島も似たような経験があるのでよくわかる。書類送検をしてしまえば刑事の手からは離れるが、事件の全貌を解き明かしたとは言い難い、何とも言えない複雑な気持ちになるのだ。

道は空いている。そろそろ深夜零時になろうとしていた。京浜ラビッツの開幕戦を観ていたのがはるか昔のことのように感じる。バレーボールの仕事は今日でいったん打ち切りになるらしいが、その矢先の出来事だった。

「父に影響が出るかもしれない。そんなことを刑事は匂わせていました。あまり変なことにならなきゃいいんですけど」

　莉子は窓の外に目を向けた。父とは栗林総理のことだ。医療ベンチャー企業のインサイダー取引が、果たして現職の総理大臣とどう繋がるのか、城島は皆目見当がつかなかった。

「お力になれるかどうかわかりませんが、昔のコネを使って自分なりに調べてみますよ。過度な期待はしないでください。警視庁を離れてもう十年になるので」

「助かります。是非お願いします」

　莉子は厚労省時代から多くの省庁に人脈を築いてきて、今もそれが自然な形で仕事に活かされている。しかしさすがの彼女も警察には強いコネクションを持っていないらしい。普段から彼女には世話になっている。いや、最近では世話になりっ放しだ。ここは何としても彼女の力になりたい。

「そういえば」と莉子が思い出したように言った。「相談があるって言ってましたよね。あれってどんなことですか？」

　愛梨の件だ。莉子に告白すれば私立中学を受験せず、このまま城島と暮らしてもいい。生意気にもそんなことを言い出したのだ。

「いや、その件なら今は大丈夫です」

「大丈夫って、何が？」

「だからその……今はもっとほかに考えなきゃいけないことがあるというか。あ、そうだ。お腹空きませんか？　何も食べてないですよね？」

「母からＬＩＮＥが届きました。煮物やら何やらあるみたいです」

「それはいい。ビールでも買って帰りましょうか」

前方にコンビニの看板が見えたので、城島はブレーキを踏んで車を減速させた。

○

「じゃあ行ってくるね。よろしく」

「行ってらっしゃい。頼んだよ」

菊池克彦は玄関の前で妻である容子を見送り、またリビングに戻った。

土曜日の朝だ。テレビの前では五歳になる娘の亜里沙が幼児番組に見入っている。菊池は朝食の洗い物を済ませてから、個別包装されたコーヒーを淹れた。カップを手にダイニングテーブルの椅子に座り、コーヒーを飲みながら朝刊を読んだ。

半年前には想像もできなかった生活だ。家で朝食を摂ったことはなかったし、朝刊を読むこともなかった。朝七時に家を出て、帰ってくるのは深夜一時か二時だった。起きている亜里沙の顔を見るのは休日だけ。そんな生活が約八年間も続いた。

菊池は厚労省のキャリア官僚だ。最初に配属されたのは老健局という部署で、そこで四年間、介護保険の改正などに携わった。その後は保険局に異動して、主に国民健康保険に関する企画・立案の仕事を任された。

菊池は千葉県にある港町の生まれで、両親はともに公務員だった。父は町役場の職員であり、母は小学校の教師だった。自分も将来は公務員になるのだろう。子供の頃から漠然とそう思っていた。決め手となったのは父の言葉だった。

どうせ公務員を目指すなら国家公務員になれ。実際に国民の生活を変えることができるのは国家公務員だ。

父の言葉に従う形で、菊池は国家公務員になった。厚労省を選んだのは国民の生活に直結した仕事ができると思ったからだ。

想像以上の激務だったが、嫌だと思ったことは一度もなかった。思ったより自分は耐性があるんだな。そんな風にも思っていた。大学時代から付き合っていた恋人と結婚し、子供も生まれた。すべて順調だった。唯一の不満は、仕事が忙しくて家族と過ごす時間が少ないことだったが、それは国家公務員の宿命とも言えた。

コロナ禍において、厚労省の忙しさは苛烈を極めた。当然、他部署にも応援要請がかかり、菊池もワクチンの保管場所の選定や各自治体との連携などの仕事を時間外でおこなうことになった。帰宅できずに省内で一晩明かしたことも数知れない。幹部の部屋にある寝心地のいいソファで仮眠をとっていたら、仕事に来た幹部に起こされた、なんてこともあった。

全面的に以前の生活に戻ったとは言えないものの、ようやく世間も落ち着きをとり戻しつつあり、それは菊池の仕事も同様だった。相変わらず忙しい日々は続いているが、休日出勤も減り、たまの休みに亜里沙を連れて公園に遊びに行けるようにもなった。ところが——。

ある日、登庁途中、突然胸が苦しくなり、地下鉄の階段でうずくまってしまった。通りかかった人の肩を借り、何とか階段を上り切ったまではよかったが、とても職場に行けるような体調ではなかった。タクシーに乗り、病院に行った。精密検査を受けたが心臓には異常はみられなかった。過労ではないか。診察した医師はそう言った。

ところがその翌日も同じだった。地下鉄の階段で突然、動悸が激しくなった。前日と同じくタクシーに乗って病院に行こうとしたのだが、病院に着く頃には症状も改善していた。電話で上司に相談したところ、心療内科の受診を勧められた。そして受診した心療内科の医師にパニック障害との診断を受けたのだ。

まさか自分が、という思いもあったが、実際に仕事に行こうとすると激しい動悸や悪寒の症状に襲われ、仕事に行くことができなくなってしまった。医師の診断書を提出し、特別休暇の扱いとなった。それから二ヵ月が経っている。たまに試しにスーツを着て職場に行く練習をしているのだが、やはり途中で動悸が激しくなってしまう。

「パパ、DVD観たい」

亜里沙がそう言った。幼児番組が終わってしまったらしい。菊池はテレビの前に向かい、リモコンを操ってDVDを再生した。人気のアニメキャラクターがさまざまな仕事を体験していくという学習要素もあるアニメで、今日のテーマは消防士のようだった。

「ねえ、パパはどうしてお仕事に行かないの？」

突然、亜里沙に訊かれた。無邪気な表情を浮かべている。彼女からしたら素朴な疑問なのだろう。この二ヵ月間は保育園への送り迎えは菊池の役割になっている。

「パパは頑張り過ぎちゃったから、しばらくお休みしているんだよ」

「ふーん。そうなんだ」

本当にわかったのかどうかは定かではないが、亜里沙はテレビの画面に視線を戻した。菊池は安堵してダイニングテーブルに戻る。少しでも家計の足しになれば。妻の容子はそう言ってかつて働いていた不動産会社で働き始めた。亜里沙が小学校に上がったら職場復帰する予定だったので、それが少し早まっただけだと妻は言っている。

朝刊を読み始める。そして菊池はその記事を見つけた。都内の医療ベンチャー企業の社長が自殺したという記事だった。その社長には金融商品取引法違反の容疑がかかっており、逮捕される直前での自殺だったという。その社長の名前は菊池も知っていた。小熊洋介、四十五歳。厚労省の元キャリア官僚だ。

高い競争率の試験を突破し、ひと握りの優秀な者ばかりが集まっている。それがキャリア官僚というものだ。そんな優秀な集団の中でも、さらに化け物級の官僚がいる。各部署のエースと呼ばれる官僚だ。一人でこなせる仕事の量が異常に多くて、クオリティも高い。それでいて体力面、精神面でも問題がなく、夜間休日を問わず国会対応ができる人たちだ。

小熊もそんな化け物官僚の一人だったが、数年前に厚労省を去った。公務員というと終身雇用が大前提のように世間では考えられているが、実は離職者が後を絶たない。あまりの激務にギブアップしてしまう者がほとんどだが、中には次のキャリアにステップアップを図る者もいる。小熊の場合は後者であり、医療ベンチャー企業の社長に就任して介護ロボットの開発をおこなうと風の便りに聞いた。

そんな小熊が死んだ。しかも自殺らしい。直接面識があったわけではないが、厚労省で同じ空気を吸っていた者として、彼の死を悼む気持ちは少なからずあった。それと同時に淋しさのようなものが胸をよぎる。彼にはインサイダー取引の容疑がかかっていたという。あれほど優秀な男の末路としては、少し淋しい。

ご愁傷様です。そう胸の中でつぶやいてから、菊池は新聞をめくった。

○

小熊の通夜は江東区内の葬祭場で執りおこなわれた。莉子は城島とともに足を運んだ。彼が自殺したのが金曜日の夜であり、通夜がおこなわれたのは日曜日の夜だった。遺体に不審な点はなく、司法解剖に回されることもなかったのではないか。ここに来る車中で城島がそう説明してくれた。

参列者はかなりの数に及び、遺体が安置されているメインの会場では入りきらず、サブの部屋まで用意された。サブの部屋ではモニターでメイン会場の様子が見られる仕組みになっており、莉子はサブの部屋の後ろの方の席に座っていた。

故人の年齢が若かったこともあってか、参列者も若い年代が多く目立った。やはり厚労省の同僚、知人などが多く、見知った顔も多数いた。ただしほとんどの人がマスクを着用しているため、はっきりと顔がわからなかった。

「真波君、久し振り」

横から肩を叩かれた。顔を上げると厚労省時代の元上司、中村芳樹（なかむらよしき）の姿があった。

「課長補佐、お久し振りです。お元気でしたか？」

「うん。俺は元気。仕事は死ぬほど忙しいけどね」

城島が気を遣ったのか、「どうぞ」と言って立ち上がり、壁際の方に向かって歩み去った。その背中に会釈をしてから、中村が隣の席に座った。

「それにしても惜しい人を亡くしたもんだ」

「課長補佐、小熊さんと面識があったんですね」

「何年か前、働き方改革の研究チームで同じメンバーだった。その関係で何度か飲みにいったんだよ。信じられないよな。亡くなったこともそうだけど、その理由っていうかさ……」

周囲の目を気にするように中村は言葉を濁した。まだ通夜は始まっておらず、会話を交わしている参列者も多かった。莉子は声をひそめて訊いた。

「やはり会社の経営がうまくいってなかったんですか？」

「らしいね」と中村も小声で応じる。「銀行からの借入金を返済するのが大変だったらしい。コロナはだいぶ落ち着いたとはいえ、介護施設なんかはデリケートになってるみたいで、介護ロボットの導入には積極的ではなかったそうだ」

将来を見据えるという意味でも、介護ロボットの導入は進めるべき。莉子もそう思っている一人だが、実際に導入するとなると外部の業者が施設内に立ち入ることになる。今のご時世、それに難色を示す施設が多いのもうなずける。

「あくまでも噂だけど、家族や親族名義の株を売ったりして、彼自身も利益を上げていたって話だ。返済に充てていたんじゃないかな」

現在のところ、逮捕者は一名だった。すでに実名報道されており、都内在住の津田篤史という四十八歳の自称投資家が金融商品取引法違反の容疑で逮捕されていた。津田は三千万円近い利益を上げていたと記事には書かれていた。ほかにも関与した者がいるとして、捜査二課は小熊を逮捕して余罪を追及するつもりだったに違いない。

『大変長らくお待たせいたしました。これより……』

アナウンスが流れ始めたので、莉子は中村とのお喋りをやめた。僧侶が入ってきて、読経が始まった。それだけで厳粛な空気となった。モニターには僧侶の姿が映っている。僧侶の手前に一列に並んでいるのが親族だろうか。

故人はまだ若く、しかも自殺だった。そういうこともあるかもしれないが、場内はやり切れないムードに包まれていた。近くにいた若い女性の弔問客が早くも涙を流していた。

長い読経はまだ続いているが、順番に焼香をしていくことになった。メイン会場から焼香が始まり、やがてサブの部屋に順番が回ってくる。喪章をつけた葬祭場のスタッフに案内され、莉子も立ち上がって焼香待ちの列に並んだ。

莉子の番が回ってくる。最初に一番前に座っている遺族たちに向かって一礼する。通路側に一人の女性が座っていて、その隣に高校生くらいの男の子と、彼より少し年下の女の子が並んで座っていた。妻と、二人の子供だ。子供二人は項垂(うなだ)れているが、妻だけは毅然とした顔つきで弔問客に頭を下げ続けていた。

焼香台の前に立つ。莉子の真正面に故人の写真が飾られていた。ゴルフのときに撮ったものだろうか。ポロシャツを着た小熊が白い歯を見せて笑っている。

いくら自分の会社の経営が厳しいからといって、犯罪行為に手を染めるような男ではない。しかし警察が逮捕状までとったということは、彼がインサイダー取引に関与していたのは動かない事実なのだろう。彼がどんな思いでインサイダー取引に手を染めたのか。それを彼の口から聞き出すことはもうできない。

莉子は両手を胸の前で合わせ、故人のために祈りを捧げた。

大きな動きがあったのはその翌日の月曜日だった。莉子は早朝、父の秘書から連絡を受け、大至急来てほしいと言われた。朝食も摂らずに総理公邸に駆けつけた。まだ寝間着姿の栗林が待ち受けていた。

「困ったことになったよ、莉子」

「どうしたの？」

「例のリトルベアのインサイダー取引だよ。逮捕された投資家がいるだろ。あの男、厚労大臣の息子らしい」

「えっ？　だって名前が……」

「前妻との間にできた子らしいんだよ、これが」

厚労大臣なら莉子も知っている。足立達治（あだちたつじ）、御年七十歳。栗林を支える旧馬渕派の政治家であり、そつのない調整力で知られる政治家だ。ただし高齢のためか、ここ数年は国会においても野党からの質問にしどろもどろになるシーンも散見される。次回の選挙には出ないのではないかとも言われていた。

「たしかな情報なの？」

「間違いなさそう。どうやら新聞各社も嗅ぎつけたみたいで、夕刊で一斉に出ちゃいそうなんだ。さっき足立さんの秘書とも連絡がとれた。足立さんも間違いないと認めてるらしい」

「それは困ったわね」

詳しい話を聞く。足立厚労大臣は学生時代に最初の結婚をしており、その妻との間に一人の男児を儲けていた。今回のリトルベアのインサイダー取引に関与しているのはその息子だという。離婚後も音信不通というわけではなく、たまに食事をするほどの間柄だった。

「ねえ、あれを莉子に見せてあげて」

背後に控えていた秘書が前に出て、莉子にタブレット端末を渡してきた。逮捕された津田篤史のSNSのページだ。どこかの飲食店で撮ったものらしく、津田と足立大臣がケーキを前に並んでいる。ご丁寧に『お父さん、誕生日おめでとう』というメッセージまで添えられていた。足立大臣の誕生日を息子が祝っている瞬間を収めた写真だ。まったくどうしてこんなものをSNSにアップしてしまうのか。危機管理能力を疑わざるを得ない。

「謝罪だけじゃ済まないよね」

父がそう言ったので、莉子は応じた。

「かもね。最悪の場合、足立大臣には辞任してもらうしかないかも」

厚労大臣の実の息子がインサイダー取引に関与し、三千万円近い利益を上げていた。まだ津田が罪を認めたという情報はないが、事実であるなら父親である足立厚労大臣の責任も問われてしまうし、野党からの追及も厳しいものになることが予想された。

「まあ足立のおじさんはご高齢だし、次回の選挙前に勇退するつもりだったらしいから、それが少し早まったってことだね。でもそれだけじゃないんだ。問題はこっちだよ」

父が一枚の紙片を寄越してきた。写真週刊誌の発売前のゲラのようだ。莉子は素早く目を通した。

『医療ベンチャー企業〈リトルベア〉を巡るインサイダー取引が世間を賑わせている。そんな中、我々は極秘情報をキャッチした。昨年、当誌が栗林智樹内閣総理大臣に隠し子がいるとスクープしたのは、皆さんのご記憶にも新しいと思う。何とその総理の隠し子であるR子さん（三十歳）が、リトルベア疑惑で警察から事情聴取を受けていたというのだ。R子さんはリトルベアの社長である小熊洋介氏（故人）と厚労省時代に親しい間柄だったというのだ。二人をよく知る関係者は言う。

「R子さんが最初に配属された部署で、直接の上司だったのが小熊さんです。かなり親しげな様子でしたよ。当時はもう小熊さんは結婚されていたし、男女の仲にまでは発展しなかったみたいですけどね」

警察関係者に話を聞いたところ、「捜査情報は明かせない」という回答を得て、R子さんの事件への関与は認められなかった。今後も我々取材班はこの件を追っていく予定だ』

写真もある。品川の立体駐車場の前だ。二人の刑事と立ち話をしている莉子の姿が捉えられている。顔は黒く塗り潰されているが、それがかえって悪人ぽく見えてしまう。

「これは酷いわね」

莉子はそう言ってゲラを栗林に戻した。破りたくなる気持ちを必死に抑える。でっち上げもいいところだ。これではさも私がリトルベアのインサイダー取引に関与しているみたいではないか。読む人によってはそう信じてしまう可能性もある。

「困った連中だよな」父がうんざりした顔つきで言った。「こんな記事を出して鬼の首をとったつもりでいるんだよ。まったく総理大臣の気も知らないでさ。国会がなかったら朝からワインを飲みたい気分だよ」

朝からワインはいただけないが、父が憤慨するのも無理はなかった。単なる事情聴取を受けただけでこの騒ぎなのだ。報道の自由という言葉があるが、その意味を少し履き違えているような気がした。

「さっき秘書に抗議のメールを送らせた。差し止めは無理だと思うけど、何もしないよりはいいと思って」

「そうね。せめて抗議くらいはしないとね」

記事の内容は思わせぶりだが、悔しいことに嘘は書いていない。そのあたりは非常に巧いと感心してしまう。この記事が掲載される週刊スネークアイズは政府に辛辣な記事を多く載せることで有名だった。

「どうしよう、莉子。このままじゃ内閣支持率ガタ落ちじゃないか」

厚労省時代の上司が関与しているインサイダー取引疑惑だ。それが巡り巡って栗林政権に打撃を与えることになるとは、想像すらしていなかった展開だ。先日、捜査二課の刑事が言っていたのはこのことだったのだ。

莉子は近くにあった椅子に座り、大きく溜め息をついた。

○

一人の男が店内に入ってきた。東京駅近くの喫茶店だ。

城島が手を上げると、男はこちらに近づいてきて、城島の前の席に腰を下ろした。男が言う。

「先輩、お久し振りです。ちょっと太ったんじゃないすか？」

「四十超えると体重も落ちにくくなるんだよ。お前は元気そうだな」

男の名前は前田（まえだ）という。警視庁にいた頃、世話をしていた後輩だ。十年前、目の前で与党の幹事長が狙撃されるという失態に責任を感じ、城島は警視庁を去ったのだが、それ以降も年賀状のやりとりだけは続いている数少ない警察官の一人だった。今、前田は警視庁の捜査一課にいるらしい。

城島は普段は滅多に出さない名刺を前田に渡した。名刺を見ながら前田が言う。

「ジャパン警備保障ですか。いいっすね。俺も雇ってくださいよ」

「冗談を言うんじゃない。お前は警察官だろうが」

「いや、最近きついんですよ、マジで」

店員がコーヒーを運んできた。店員が立ち去るのを待ってから、城島は早速本題に入る。

「仕事中に呼び出してすまん。実は俺の警護対象者がリトルベアのインサイダー取引絡みで二課から事情聴取を受けたんだ。その関係で情報収集をおこなっているんだよ」

「もしかして総理の隠し子ですか？　先輩が警護してる対象者って」

できれば詳細は明かしたくないが、情報を仕入れるためにはこちら側のカードを見せないわけにもいかない。城島はうなずいた。

「そう思ってくれて結構だ」

「かなり綺麗な子らしいじゃないすか。それに東大卒の元キャリア官僚。そういう子っているんですね」

今日は水曜日だ。小熊が自殺したのが先週の金曜日の夜で、翌週の月曜日の夕刊には逮捕された投資家が実は現厚労大臣の息子であるという記事が出た。さらにその翌日、写真週刊誌に莉子の関与を仄(ほの)めかす記事が掲載された。今、世間はリトルベア問題で大騒ぎになっている。テレビのワイドショーはこの話題一色だ。

　莉子はほとんどの時間を総理公邸で過ごしている。対応に追われていることは想像がついた。週内には足立厚労大臣が辞任するのではないかと言われていた。足立厚労大臣は旧馬渕派所属のベテラン議員であり、栗林総理の任命責任を問う声も少なからずあった。

「二課の連中、かなりピリピリしてるって噂ですよ」前田がやや声を小さくして言った。「だって逮捕寸前に被疑者に死なれてしまったわけですからね。さあこれからってときに被疑者が自殺してしまった。泣くに泣けませんよ」

　いわば小熊は本丸だ。その本丸を攻めようとしたタイミングで、本丸自体が消滅してしまったようなものだ。小熊には余罪もあったと言われている。

「内通者がいるんじゃないか。そういう噂もあるんですよ。ピリピリしてる原因はそっちの方が大きいのかも」

「誰かが情報を洩らしているのか？」

「被疑者が自殺したタイミングです。逮捕当日ですからね。自分が逮捕されると知り、発作的に首を吊った。そういう考え方もできるわけですから。それに総理の隠し子のネタもそうです。あの写真を撮ったカメラマン、どこで情報を仕入れたんでしょうか」

　ここ最近、彼女が何者かに付け回されていたという記憶はない。となるとあの瞬間だけを写真に収められたということになる。警視庁側から情報がリークされ、週刊誌のカメラマンがあの場に居合わせた。そういうことだろうか。

「自殺の線で間違いないのか？」

「そこは間違いなさそうです。かなりセキュリティがしっかりしているマンションで、不審者の存在も見つかっていないみたいですね。会社の資金繰りがヤバくて、本人もかなり参っていたそうで、心療内科の受診歴もあったって聞いてます」

遺体の第一発見者は妻だった。夕飯ができたと呼びに行ったところ、書斎で亡くなっている夫の姿を発見したという。彼女の心境を想像すると胸が痛む。

「ちなみに、二課はどうしてリトルベアに目をつけたんだ？」

インサイダー取引などの経済犯罪の場合、金融庁に設置された証券取引等監視委員会という機関が動くことがよくある。この機関は日夜証券市場の動向をチェックし、法令違反の疑いがあれば調査し、場合によっては地検に告発するのである。今回、いくつかの新聞に目を通したが、証券取引等監視委員会が動いた形跡は見られなかった。

「それなんですが」いったん前田は言葉を切り、少し逡巡する素振りを見せたが、意を決したように話し出した。「二課に直接タレコミがあったみたいです。リトルベアの株で儲けている男がいる、と」

タレコミの主は投資家の津田篤史の名前を出した。それが一年前のことだった。二課は証券取引等監視委員会の協力を得て、内偵捜査をおこなった。ようやく決定的な証拠も摑み、二人の逮捕に踏み切ったのが先週金曜日のことだったのだ。

「俺はそっちの専門じゃないですけど、リトルベアに関しては怪しげな噂があったみたいですからね。それにしても津田があの足立大臣の息子だったとはね。世間は狭いというか、何か厚労省が可哀想ですよ」

厚労省へのバッシングは日増しに高まっている。津田が厚労大臣の息子だったこともあるし、そもそもインサイダー取引の首謀者とされる小熊洋介は元厚労省のキャリア官僚だ。しかもコロナの新薬開発を巡るものなので、そこにも厚労省との絡みが連想されるのだ。

「ところで先輩、民間の警備会社って給料いいんですか？」

前田が話題を変えた。これ以上話せることはない。そういう意味だと解釈した。

「どうだろうな。長い目で見たら公務員の方が安泰じゃないか」

「そうですかね。何か最近、忙しいだけの日々に疲れたというか」

「異動したらどうだ？　どこかの所轄に出してもらえよ」

「うーん、それもちょっとなあ……」

会話の内容は別として、傍から見れば喫茶店で油を売っているサラリーマンにしか見えないだろう。城島は冷めたコーヒーを一口飲み、後輩刑事との会話を楽しんだ。

○

小熊翔太はベッドの上に寝転がり、スマートフォンでゲームをやっていた。この数日間、ゲームばかりやっている。いつもは部活の友人たちとマルチプレイを楽しむのだが、最近はもっぱら個人プレイだ。

父が死んだ。まだ四十五歳という若さで、しかも自殺だった。それだけでも十分にショックなのに、さらに追い打ちをかけるような報道が出た。何と父がインサイダー取引に関与していたというではないか。新型コロナウイルスの新薬を開発するというデマの情報で会社の株を高騰させ、こっそりと株を売って儲けていたというから驚きだ。俺の親父がそんなことをするわけがない。そう声を大にして言いたい気持ちだったが、ここ最近の父の様子を思い出すと、そうとも言えない気分にもなってくるのだった。

父の様子がおかしくなったのは、一年半くらい前からだろうか。家で昼間から酒を飲み、母を罵倒するようになった。そうかと思うと急に上機嫌になり、翔太や妹の千紗にお小遣いをくれたりした。そしてまた酒を飲んで大声を出す。その繰り返しだった。夜、父と母が言い争う声も頻繁に聞こえた。

もともと父は厚労省の官僚だった。幼い頃、官僚というのがどういう仕事なのか翔太にはわからなかったが、とにかく忙しい仕事であることだけはわかった。朝早くに出勤して、帰宅するのは翔太が寝ているときだった。休日もほとんど家にはいなかった。お父さんは国のために働いているのよ。母の美希はよくそう言っていた。父のことは尊敬していたが、国家公務員になりたいとは思わなかった。あんなに忙しい仕事は自分には無理だと思った。

四年前のことだ。そんな父が厚労省を辞めた。知り合いの医療ベンチャー企業を手伝うという話だった。ずっと家にいなかった父が毎日のように家にいる。突然訪れた変化に最初は戸惑うこともあったが、そのうち気にならなくなった。バドミントン部の練習が忙しかったからだ。

翔太がバドミントンを始めたのは中学校に入学してからだ。一年生の頃は基礎練習ばかりでうんざりしたが、徐々に本格的な練習も始まってバドミントンに夢中になった。ところが思わぬ事態が発生し、生活が根底から覆された。新型コロナウイルスだ。

翔太自身、中学校の卒業式は中止だった。高校に進学してからも、リモート学習を強要される時期もあった。学校に行けないということは、すなわち部活もできないということだった。しかし日本中の高校生が同じ思いをしている。自分にそう言い聞かせ、翔太は自宅で筋トレに励んだり、部活の仲間とオンラインゲームをやって孤独を紛らわせた。

ここ最近はようやく以前と同じような日常に戻りつつあった。塾に、部活に忙しい日々だ。ところがだ。突然、父が死んでしまった。しかもインサイダー取引に関与していたという、重過ぎる荷物を残して。

父親が死んだことはすぐに学校にも伝えた。その噂が広まったのか、部活の二年生のグループＬＩＮＥにも次々と励ましのメッセージが届いたし、特に仲のいい友人からは電話がかかってきた。大丈夫か。気を落とすんじゃないぞ。彼らの声は温かかった。

ところが新聞報道が出てから状況は一変した。父親がインサイダー取引に関与していた。しかも新型コロナウイルスの新薬に関する偽情報を流すという手口がいけなかった。コロナは多くの人々にダメージを与え、それは翔太たちの世代も同様だ。コロナを食い物にして金を儲けた悪人は許すまじ。そういう世の中の空気は翔太にも理解できた。

友人との連絡は途絶えた。グループＬＩＮＥにメッセージが投稿されることもないし、個人的なやりとりもなくなった。今週一杯は忌引きで休むことになっているが、来週以降も学校には行きたくなかった。どんな顔をして学校に行けばいいのか、翔太にはわからなかった。

インターホンが鳴り、翔太はゲームの手を止めた。耳を澄ましたが、誰かが応対している様子はなかった。母は体の具合が悪く、寝室で寝ているはずだった。妹も似たようなものだった。仕方がないので翔太は自室を出てリビングに向かった。

もう一度インターホンが鳴る。モニターを確認すると、フードデリバリーの配達員が立っていた。翔太はボタンを押して彼を中に招き入れる。

マスコミの攻勢も酷かった。しょっちゅう家の電話が鳴ってうるさいので、今はプラグを抜いてある。インターホンも同様だったが、こちらは切ることができなかった。外に出ることができないため、食料品などの調達は宅配サービスを利用するしかなかったからだ。今でも一日に数回、マスコミの人間が突撃取材を申し込んでくる。

玄関のチャイムが鳴った。母から渡されている金で代金を支払い、品物を受けとった。カレーだった。妹の分もある。母は食欲はないと言っていた。

妹の部屋のドアをノックする。返事はないが、いつものことなので気にせず、翔太はリビングに戻った。袋の中から容器に入ったカツカレーを出した。プラスチック製のスプーンでカレーを食べ始める。こんな状況でもカレーは旨かった。

「カレー、届いたぞ」

妹がやってくる。自分の分のカレーをとり、翔太の斜め前に座った。千紗は中学三年生になる。すっかり憔悴していて、顔は青白い。父が死んで以降、自分の殻に閉じ籠もるように無口になってしまった。

「千紗、お茶でも飲むか？」

「うん」

翔太は立ち上がり、冷蔵庫からペットボトルの緑茶を出し、それをグラスに注いで千紗の前に置いた。自分の分も注いで、また椅子に座ってカレーを食べ始める。

翔太は自問する。いつになったら元の平和な日常に戻ることができるのだろうか。部活で汗を流し、塾に行き、帰りにハンバーガーを食べながら友達とゲームを楽しむ。そういう生活に戻れる日が来るのだろうか。

○

莉子はエレベーターを降り、廊下を歩き始めた。またこの廊下を歩くことになるとは思ってもいなかった。霞が関にある中央合同庁舎第五号館の中だ。そう、莉子は厚労省に来ているのである。

ここを去ったのは一年ほど前のことだが、懐かしさを感じると同時に、もう自分はここの人間ではないのだなという淋しさも感じた。見知った顔とすれ違うと、皆驚いたように目を見開いた。莉子はその都度、笑顔で会釈した。

「真波君、わざわざ悪いね」

元上司の中村に出迎えられる。先日、小熊の通夜で顔を合わせていたので、大袈裟な挨拶は抜きだった。今朝彼から連絡があり、ちょっと野暮用があると言われたのだ。

「それで課長補佐、私にご用というのは？」

「実は俺も知らない。こっちだ」

廊下を歩き、奥に進む。向かった先は大臣官房だった。大臣官房とは各省に置かれる内部部局の一つであり、省全体を統括する部署だった。人事や総務、広報、会計など、省の基幹を担う重要な役どころだ。

「失礼します」

中村が官房長室のドアをノックし、中に入っていく。奥にデスクが置かれていて、そこにはこの部屋の主、佐伯正晃（さえきまさあき）官房長が座っていた。佐伯は入ってきた二人に気づいて立ち上がった。莉子は頭を下げた。

「ご無沙汰しております、官房長」

知らない仲ではない。ただしがっつりと仕事をしたことがあるわけではなく、会議で何度か顔を合わせた程度だった。続けて莉子は謝罪した。

「この度はいろいろとお騒がせして申し訳ありませんでした」

週刊スネークアイズの記事だ。それなりに反響はあったが、想像以上の騒ぎにならなかったのは不幸中の幸いだった。莉子が一般人であるというのもあったし、警視庁が週刊スネークアイズを発行する出版社に対し、正式に抗議をしたのが大きかった。一般人に対する事情聴取であり、それを記事にするのは捜査妨害に当たるのではないか。その抗議を受けて、発売元の出版社は公式ホームページ上で謝罪文を出した。そうした一連の動きも手伝ってか、テレビなどのマスコミではほとんど取り上げられることはなかった。

「事情は聞いたよ」応接セットのソファに座りながら佐伯が言った。「災難だったね。単なる事情聴取だったんだろ。マスコミの連中も酷いものだな。あ、君たちもかけなさい」

「失礼します」

中村と並んでソファに座る。佐伯は次期事務次官とも噂される優秀な男だ。もっとも各省の局長・官房長クラスともなれば、誰もが切れ者中の切れ者だ。そうでなければ局長級にまで出世できない。

「それで真波君、新大臣は決まったのかな？」

佐伯がそう訊いてきた。足立厚労大臣が週内に辞任することは報道されていた。莉子が総理の隠し子だと知ったうえで、敢えて佐伯は訊いているのだ。彼なりのジョークなのかもしれないが、答えるわけにはいかなかった

「さあ、私は存じ上げません」

「副大臣がそのまま上がるんだろうな」

やはり鋭い。実はその線で調整が進んでいる。今は副大臣の身辺調査を徹底的におこなっているところだ。大臣就任直後にスキャンダルが発覚、なんてことは絶対に避けたい。

テーブルの上には書類の束が置かれていた。やけに存在感がある。中村も同じように感じたのか、佐伯に訊いた。

「官房長、これは？」

「厚労省に寄せられた抗議のメールだ。まったく厄介なことになったよ」

全部プリントアウトしたということか。それ自体が無駄な労力に思えて仕方がないが、それはこの際考えないことにする。莉子は「拝見します」と声をかけてから、数枚の紙をとった。厚労省に対する抗議の言葉が書き連ねられている。

今、厚労省は強い向かい風に晒されている。厚労省の元キャリア官僚がインサイダー取引に関与し、しかも厚労大臣の息子が不正な手段で大金を得ていた。現役の職員が関与しているわけではないが、世間にとっては十分にバッシングの対象になり得る案件だ。この抗議文の山がそれを物語っていると言えよう。

「真波君、君を呼んだのはほかでもない」

早くも本題に入ったのを感じ、莉子は気を引き締めた。佐伯が続けて言った。

「君の活躍は耳にしているよ。先日発表された女性アスリートの選手会だっけ？　どうやらあれも君の発案らしいじゃないか。恐れ入ったよ」

「ありがとうございます」

「そんな君に是非ともお願いしたいことがある。今、厚労省には国民の厳しい目が向けられている。我々の評判は地に墜ちたと言っても過言ではない。この状況を少しでもよい方向に改善できないだろうか。それを考えているのだが、なかなかどうしていいアイデアが浮かんでこないのが現状だ。若手数人に話を振ったが、出てくるのはありきたりの施策ばかりだ」

佐伯がテーブルの上でファイルを滑らせた。手元に来たファイルを見る。そこには若手官僚が提案した打開策が記されている。新聞の全面を使って謝罪広告を出す。好感度ナンバーワンのタレントをイメージキャラクターに起用し、テレビコマーシャルを流す。若手有志で動画配信サイトのチャンネルを作り、厚労省の仕事を紹介する。どれも悪くないが、コマーシャル的な戦略ばかりだ。

「真波君、厚労省のイメージアップに力を貸してくれないか？　君なら適任だと私は思っているんだが」

去年、総理の隠し子であることがバレてしまい、夜逃げ同然で厚労省を去った。あのときはそれがベストな選択だと思っていたが、多少の罪悪感を覚えていたのも事実だった。いつか厚労省に恩返しできれば。ずっとそう考えていた。

莉子は顔を上げ、きっぱりと言った。

「わかりました。その問題、私が解決いたします」

○

菊池はベンチに座り、遊具で遊ぶ娘の亜里沙を見守っている。夕方の公園だ。今、亜里沙は滑り台の上にいる。つい先日までは尻込みしてしまって滑り台に近づくことさえしなかったが、一度滑って気持ちが楽になったのか、今では一人で階段を上り、一人で楽しそうに滑り降りてくる。

保育園からの帰り道、天気が良ければこの公園に立ち寄るのが日課だった。少し行けばもっと大きな公園があり、そちらの方が子供たちに人気があるのだが、菊池はこちらの公園の方を使っていた。あまり人目につきたくない。そういう気持ちも少なからずあった。

一人の女性が公園に入ってくるのが見えた。ベージュのパンツスーツを着た、すらりとした女性だった。菊池が手を上げると、彼女が笑みを浮かべてこちらに向かって歩いてきた。

「久し振りね、菊池君」

「ああ、久し振り。元気そうだな、真波」

厚労省の同期だ。同期の中でも真波莉子は頭一つ抜け出ていた。才色兼備という言葉は彼女のためにある言葉だと菊池は思っていた。同期でおこなうオリエンテーションや若手中心の勉強会でも、彼女の存在は一際目立っていた。しかし昨年、さらに驚かされる事実が判明した。なんと真波莉子は栗林総理の隠し子だというではないか。周囲への影響を考慮したのか、彼女はいとも簡単に国家公務員のキャリアを捨てた。あまりに突然過ぎる別れに送別会さえ開けなかったほどだ。

「もしかして、あの子が娘さん?」

莉子の視線の先には亜里沙がいる。菊池は答えた。

「そう。亜里沙っていうんだ。五歳になる」

「菊池君、ちゃんとお父さんしてるんだね」

「特別なことは何もしてないよ」

厚労省を去ったあと、莉子が企業や自治体のために働いていることは噂で聞いていた。有名なのは大手航空会社のセカンドキャリア支援策だろうか。彼女らしいと言えば彼女らしい。

「それで何の用かな？」

菊池は莉子に訊いた。二時間ほど前にメールが届き、少し話があると言われたのだ。妻が留守中の自宅に招き入れるのは気が引けたので、この公園の場所をメールで送った。いったい長期休職中の自分にどんな用があるのか、皆目見当がつかなかった。

「実はね」と莉子が話し出す。「昨日、厚労省に呼ばれたの。佐伯官房長と会ったわ。今、厚労省がいろいろと世間を騒がせてるのは知ってるでしょう？　まあ私自身も写真を撮られてしまったわけなんだけど」

例のリトルベアのインサイダー取引疑惑だ。自殺した小熊は厚労省の元キャリア官僚で、逮捕された投資家も現厚労大臣の息子であると発覚した。さらには莉子が——当然顔も名前も伏せられていたが——事件に関与している可能性を写真週刊誌が匂わせた。登場人物は全員厚労省と何らかの関わりがあるため、自然と厚労省への強いバッシングが続いている。

「厚労省のイメージアップに一役買ってほしい。そう依頼されたわけ」

なかなか難しい問題だ。時期が時期だし、今は静観するしかないような気がする。人の噂も七十五日、というやつだ。菊池は率直な感想を口にした。

「時間が解決してくれるんじゃないか。世間の関心なんてすぐに薄れるよ」

「それは私も思った。次のスキャンダルが起きれば、みんなの注目はそっちに向くからね。でもせっかくの機会だし、依頼を受けることにしたの。やるからには誰も思いつかないような施策を実現させたい。そう思ってる」

真波らしいな。菊池はそう思った。厚労省を去った今でも、その根底にあるものは変わっていないようだ。

少しでも世の中をよくしたい。国家公務員なら誰しも最初はそういう理想を持っている。しかし実際に霞が関で働くようになると、日々の仕事に忙殺され、徹夜して大臣の答弁書などを作成しているうちに、そういう理想がすり減っていくのだ。菊池自身もそうだった。前任者から引き継いだ膨大な仕事をこなすだけで精一杯の日々。その日一日を生き抜くのを目標としている最前線の歩兵のようでもあった。

「ところで菊池君、体調の方はどう？」

すでにこちらの病状を知っているような口振りだった。菊池は素直に答えた。

「日常生活を送るのは問題ない。ただし仕事に行くのはまだ難しいかな。たまに頑張ってみるんだけど、どうもね」

「だったら別の場所なら働けるかもしれない。そういうことよね？」

「まあ、そうだけど……」

厚労省にも出先機関がある。おそらく病気休職が終わったあとは、自分は地方の出先機関に出向になるのではないか。菊池は漠然とそう思っていた。

「厚労省のイメージアップ戦略なんだけど、実は前々から練っていたプランがあるの。私が厚労省を辞めてしまったから実現はないなと思っていたんだけど、今回こんな話をいただいた。これはチャンスだなと思ったわけ」

「どんなプランなんだ？」

「聞きたい？　もし協力してくれる気があるなら話すけど」

そう言って莉子がいたずらっ子のような表情を浮かべる。あの真波莉子がどんな戦略で厚労省の評判を回復させようというのか。悔しいことに興味があった。

「……真波には敵わないな。わかった。協力するよ。俺にどれだけのことができるかわからないけど」

「ありがとう、菊池君。私が考えているのは……」

莉子がゆっくりと話し出す。菊池はその言葉に耳を傾けた。そのときになり、公園の外に一人の男性が立っているのに気づいた。どうやら莉子についている護衛のようだ。総理の隠し子ともなるとＳＰまでつくのか。菊池は素直に感心した。

「真波君、早いね。もうプランが出来上がったのかい？」

莉子が厚労省の中村課長補佐のもとを訪ねたのは、官房長から依頼を受けた二日後のことだった。一応、莉子は来週から厚労省の臨時職員として採用されることが決まっている。期間は三ヵ月間だ。

「ええ、まあ。実は似たようなプランが前々から頭の中にあったんですよ」

「それにしても早いね。あ、官房長、今は会議中みたいだから、一時間ほど待っててよ」

「わかりました。私も資料を作りたかったのでよかったです」

空いているデスクにつき、ノートパソコンを借りて作成してきた資料の最終確認をした。時折中村から課の現状などを教えてもらった。去年まで働いていた古巣だ。自分が手がけていた事業がその後どうなったのか、興味は尽きなかった。

一時間後、莉子は中村とともに会議室に向かった。そこで待っていたのは佐伯官房長と、その他七人ほどの幹部たちだ。見知った顔もある。ちょうど何かの会議が終わったあとなのだろう。莉子は一礼をしてから彼らの前に立った。

「真波です。本日は貴重なお時間をいただきましてありがとうございます」

「挨拶はいい。ここにいるみんな、君のことを知ってるよ」中央に座る佐伯が言うと、幹部たちの間で笑いが起きた。「早速だが話を聞かせてくれ。楽しみだ」

莉子はタブレット端末を大型モニターに繫げながら言った。

「一昨日、官房長から若手が考案したというイメージ戦略を拝見いたしました。目新しいものではありませんが、あれはあれで悪くないというのが私の考えです。好感度の高いタレントを起用したテレビコマーシャル、ポスターの作成などは広報課を中心に進めてもらって構いません」

ようやく大型モニターに繫がった。中村に目配せを送ると、彼は立ち上がって室内の照明を調整した。莉子はタブレット端末を操り、モニターに文字を表示させる。

『レンタル公務員』

モニターに映った文字を見て、幹部たちがどよめいている。莉子は涼しい顔で続けた。

「読んだままの意味です。厚労省の職員を一般企業、小売店、工場などに貸し出すのです。そこで市民とともに働き、何かしらの創意工夫で市民の役に立つ。それを積み重ねることにより厚労省の、いえ、国家公務員に対する世間の印象というものが変わっていくのではないかと私は考えます」

幹部たちは何やら話している。莉子はしばらく彼らの好きにさせておいた。すると一人の幹部が質問してきた。

「公務員をレンタルするのはわかるが、民間企業に行って役に立つのだろうか？」

「もちろんです。優秀なキャリア官僚を派遣するんですから。それに闇雲に送り込むのではなく、レンタルしたいと手を挙げてくれた企業に送るのです。こうしてほしい、ああしてほしい。受け入れ側にもそういう要望があるはずなので、それを解決するのがレンタル公務員の仕事です」

簡単に言ってしまえば莉子がこの一年間でやってきたことだ。それの縮小版といったところだろうか。

「でも待ってくれ」別の幹部が口を開いた。「職員をレンタルしてる余裕なんてないって。どこもギリギリでやってるんだからさ。むしろこっちの方が優秀な人材をレンタルで借りたいくらいじゃないか」

まさに正論だ。どの職員もそれぞれに莫大な量の仕事を抱え、夜中まで、ときには徹夜までして業務をこなしている。それが霞が関というところだ。レンタル要員を率先して出してくれる部署など皆無だろう。

「そこは私も悩みました。現役職員をレンタル要員に充てることはできないことは私も重々承知しております。そこで、現在精神的な疾患などで長期休職中の職員に、リハビリも兼ねて民間に出向していただけないか。そういう方向で本事業を推進することを検討しました」

同期の菊池克彦に会ったのは昨日のことだ。この話を打診したところ、前向きな回答を得ることができた。彼の場合、出勤途中で激しい動悸や悪寒に襲われるそうで、医師にはパニック障害と診断されたという。別の職場でなら働けるかもしれない。彼はそう言っていた。

近年の『公務員白書』によると、国家公務員における一ヵ月以上の長期休職者は約三千八百人。これは全体の一パーセント強の割合を占めている。つまり百人に一人の割合だ。しかしその統計の分母には地方に勤務する国家公務員も含まれている。莉子自身の肌感覚では、霞が関においては五十人に一人、いや、三十人に一人くらいは長期の離脱を強いられているように感じられた。

「あとは諸事情により辞めてしまった職員も対象に含めます。現在主力として働いている職員を減らすことなく、事業を進めるつもりでいます」

あまりの激務に心身ともに疲弊し、厚労省を去っていく官僚もいる。そういう者たちにも声をかけてみようと莉子は考えていた。

「私事で恐縮ですが、私は昨年厚労省を辞め、いくつかの民間企業にお世話になりました。そこで私が学んだのは、現場の仕事を体験する重要性です。レンタル公務員は公務員のイメージ回復だけではなく、そこに参加した職員の資質の向上、広い知見の獲得をも狙っているんです」

近年、国家公務員もNPO法人などでの兼業が可能となった。しかし自分の仕事を優先させる必要があるため、プライベートを削ってまで兼業をしている職員は多くはない。また、民間企業への出向制度もあるが、それに選ばれるのはほんのひと握りの職員であり、多くの者が霞が関と自宅の往復を日々繰り返している。かつて莉子自身もそうだったように。

「話は理解できたよ、真波君」佐伯官房長がうなずいた。「大変興味深いね。国家公務員を民間にレンタルで貸し出す。非常に斬新なアイデアだ。しかも長期休職者をその事業に充てて、経験を積ませる。それができれば一挙両得だ。しかしあまりに突然過ぎやしないか。年度内に事業をスタートさせることができるのかな」

「実は船津(ふなづ)市に声をかけて、色よい返事をもらっています。皆さんご存じかと思いますが、船津市の市長は元厚労省のOBです。市内にある介護施設やNPO法人など、厚労省管轄の企業・団体を紹介していただけないかと打診いたしました」

莉子はタブレット端末を操作し、船津市の概要をモニターに出した。

千葉県西部にある中核都市だ。都心への交通のアクセスもよく、ベッドタウンとして知られている。船津市の市長は元厚労省の官僚で、三年ほど前に初当選した。莉子は直接的な面識はないが、市の秘書課を通じてメールを送ったところ、今朝回答が返ってきた。協力するのはやぶさかではない。そういう内容だった。

「すでに三、四人、候補者を絞っています。早ければ来週中にも彼らをレンタル先に送り込むことが可能です。マスコミには『厚労省はレンタル公務員という事業を試験的に導入し、来年度には正式運用していく構え』くらいに伝えておけばいいでしょう。今は厚労省に対して風当たりが強く、何をしても叩かれる時期です。広報課によるコマーシャルでの宣伝効果に加え、レンタル公務員による中長期的なイメージ回復を期待する。それが私が今回提案する事業内容です」

幹部たちは黙ったまま腕を組んだり、モニターを見たりしていた。莉子は彼らの顔を見回して言った。

「どうでしょうか？　本事業を進めてよろしいでしょうか？」

代表して答えたのは佐伯官房長だった。うなずきながら彼が言った。

「ああ、進めてもらって構わん。予算についてはうちの人事課で何とかしようじゃないか。

その他必要なものについては、中村君のところで面倒をみるように」

「はい。ありがとうございます」

莉子はそう頭を下げてから、後ろを振り返った。中村が「やったな」とでも言うように小さく拳を握っていた。

○

亡くなった小熊洋介の自宅は三十階建てのマンションだった。周辺にある建物の中では群を抜いて高く、エントランスも高級ホテル並みに豪華な造りだった。城島がパネルを操作して来訪の目的を告げると、自動ドアが音もなく開いた。

エレベーターに乗る。今日は土曜日だ。忌まわしい事件から一週間が経過した。小熊がどのような経緯でインサイダー取引に関与したのか。莉子はそこに疑問を覚えているようなので、こうして城島が動いている。今日、小熊の妻から話を聞けるように段取りをしてくれたのは莉子だ。しかし当の彼女は何やらまた新規の仕事を抱え込んでしまったようで、朝から古巣である厚労省に行ったきりだ。

目当ての部屋は十七階だった。チャイムを押すと、しばらくしてドアが開いた。顔を覗かせたのは細面の髪の長い女性だった。小熊洋介の妻、美希だ。化粧をしているようだが、疲れの色が見てとれた。警戒心溢れる目を向けてくるので、城島は笑みを浮かべて言った。

「初めまして。城島といいます。真波莉子さんの代理の者です」

「話は伺っております。お入りください」

中に案内される。リビングは天井が高く、白を基調としたシンプルな部屋だった。まずは線香をあげさせてもらう。遺影の隣に骨箱が置かれていた。線香に火を点け、故人を悼む。

「この度はご愁傷様でした」

「こちらにおかけください」

リビングのソファに座ると、ちょうど目の前の壁に何枚かの写真が飾ってあるのが見えた。家族で撮った写真のようで、海外の観光地やスキー場などで家族四人が並んで写っていた。息子は高校二年、娘は中学三年になると聞いている。

コーヒーの入ったカップを城島の前に置きながら美希が言った。

「真波さんの話題はよく出ました。非常に優秀な方だったようですね。一年生だった彼女の面倒をみたのは俺だ。主人はそう自慢していました」

「本人も来る予定だったんですが、急な仕事が入ってしまったそうです。ご主人はインサイダー取引に関与するような人ではない。彼女はそう信じています。そこで私が調査をする運びになりました。あ、申し遅れました、私は……」

名刺を渡し、かつて警視庁で働いていたことを告げる。名刺を見ながら美希が言った。

「真波さんのお気持ちは嬉しいですが、主人がインサイダー取引に関与していたことは事実のようです。コロナが始まったあたりから会社の経営が思わしくなかったんです。負債はかなりの額で、主人はその返済に追われていました。前は自宅ではお酒を飲まない人だったんですが、ウィスキーなどを飲むようになりました。前後不覚になるまで酔ってしまったことも何度かあります」

「新型コロナウイルスの新薬開発について、奥さんは知っていましたか？」

「ええ。主人から話を聞いていました。かなり手応えを感じているようでした。それがまさかこんなことになるなんて……」

「ご主人が最初からインサイダー取引目当てで新薬開発の情報を流した。警察はそう考えているようですが、奥さんはどのようにお考えですか？」

「さあ、そこは何とも……主人を信じたい気持ちはあるんですが……」

そう言って美希は語尾を濁した。完全に夫を信用できていないのだろう。しかも夫は妻に相談もなく命を絶ってしまった。深い悲しみと同時に、裏切られたという思いもあるのかもしれない。

「ご遺体を発見したときの様子、主にご家族がそのときどうしていたか、それを教えてもらえますか？」

「私は夕方四時くらいに買い物に出かけ、二時間くらいで戻ってきました。その間、夫はずっと書斎で仕事をしていたはずです。私は特に主人に声をかけることもなく、夕食を作っていました。そのうち娘が学校から帰ってきて、夕食の準備もできたので、私は……」

当時の様子を思い出したのか、美希は顔を真っ青にして言葉少なに語った。書斎に向かい、夫を呼んでも返事はなかった。痺れを切らした妻は書斎のドアを開け、そこで変わり果てた夫の姿を発見した。

「そこから先の記憶はあまりありません。気がついたら部屋中が警察官だらけでした。気が動転していたんだと思います」

「息子さんにはいつ連絡したんですか？」

「ずっと携帯に電話をかけていたんですが、繋がったのは九時過ぎだったと思います。息子は塾の授業中だったんです」

「ちなみに妹さんは塾はお休みだったんですか？」

「娘は塾には通っていません。三ヵ月前に塾が嫌で辞めてしまったので」

妻が買い物に出かけている間に小熊は首を吊った。それが警察の推測らしく、パソコンには遺書らしきものも残っていたことから、自殺の線が決定的となった。遺書は『すべて自分の責任だ。許してくれ』といった簡単な内容だったそうだ。先日も会った捜査一課の前田にはたまに電話をして、できる範囲で情報を訊き出している。

「ちなみに息子さんと娘さんは？」

「二人とも自分の部屋に閉じ籠もっています。来週から学校に行くことになっていますが、難しいかもしれませんね」

父親が自殺しただけではなく、新型コロナウイルスの新薬開発を巡るインサイダー取引に関与していたのだ。その反響は大きかろう。学校に行けない、行きたくないという気持ちは城島にも理解できた。

さすがに子供たちから話を聞くのは酷というものだ。城島は壁にかかった写真に目を向けた。スキーウェアに身を包んだ親子四人は満面の笑みを浮かべていた。

その日の夜だった。仕事を終えた莉子を厚労省の前で拾い、北相模市の自宅に向かって車を発進させた。莉子は忙しいらしく、後部座席でタブレット端末を開いている。いつもの光景だ。

しばらく走ったところで莉子が口を開いた。

「小熊さんの奥さんの様子、どうでした？」

「かなり憔悴しているようでした。お子さんたちもショックを受けているみたいです」

「それは可哀想に」

小熊美希から訊き出した話を莉子に伝える。と言ってもさほど有益な情報を得られたとは言い難い。今の美希は自分の生活をとり戻すのに必死で、夫がインサイダー取引に関与していたかどうか、そこまで考えている余裕はなさそうに見えた。

足立厚労大臣は正式に辞任をし、その後任として大臣に就任したのは副大臣だった。その副大臣は栗林総理の属する旧馬渕派の議員ではなく、対立している牛窪派の議員だったが、ほかに適任者もおらず、そのまま大臣就任の運びになったという。野党から任命責任を問う声も強く、国会での追及は免れない情勢だった。テレビのワイドショーでも連日のようにリトルベアのインサイダー取引疑惑が報道され、厚労省への不平不満は高まっていた。同時にそれは栗林政権の支持率にも直結しており、総理への不信感も徐々に募りつつあった。

「できればお子さんからも話を聞きたいですね」

莉子がそう言ったので、城島は答えた。

「もう一度足を運んでみましょうか？　頼めば応じてくれるかもしれません」

「お願いします。多感な年頃のお子さんは父親の変化を敏感に感じとっている可能性が高いですから」

「わかりました。だったら来週以降、どうにかして接触してみます」

「よろしくお願いします。ちなみに息子さんは都内の進学校に通っているようです。娘さんは地元の公立中学みたいですね。さきほど小熊さんの友人の方と廊下で会ったので、話を聞いてみたんです」

小熊の死は厚労省内部でも決して小さなものではなかった。彼と一緒に仕事をした者は口を揃えたという。彼は決してインサイダー取引に手を染めるような人物ではない、と。

「これは私の推測ですが」そう前置きして莉子は自分の意見を口にした。「介護ロボット事業に行き詰まった小熊さんは、起死回生の策として新型コロナウイルスの新薬開発の事業に漕ぎ着けたのでしょう。おそらく最初の段階では彼は信じていたんだと思います。自分たちは新薬を開発できると。彼はそういう理想を持って仕事に臨んでいたはずです」

「ところが事態が急転する。イスラエルでしたっけ？　共同開発する予定だった会社は？」

「そうみたいですね。その企業から撤退を伝えられたのかもしれませんし、技術的な問題が発生したのかもしれません。しかし資金を投入してしまったあとで、すでに引くに引けない状況だった。それに負債の返済期限も近づいている。そこで悪魔が囁いたんでしょう」

高騰した株を売り、それを返済に充てたのだ。さらに数人の投資家に情報を流し、いくらかの謝礼を得た。その投資家の一人が、逮捕された津田篤史、足立厚労大臣の息子だった。

「魔が差したってやつですかね」

小熊は元キャリア官僚だ。莉子が一目置いているほどだから、さぞかし優秀な男だったのだろう。厚労省を辞め、その能力を買われて医療ベンチャー企業の社長に就任する。さあこれからというとき、未曽有の事態に直面する。彼もまたコロナの犠牲者と言えそうだ。

城島はルームミラーを見た。莉子はやけに真剣な顔つきで窓の外に目を向けていた。

○

菊池は自宅のリビングにいた。今日は日曜日で妻の仕事も休みだった。菊池に気を遣い、妻と娘は公園に遊びに行っている。

指定の時刻になったので、菊池はパソコンのビデオチャットアプリを開いた。事前に伝えられていたパスワードを入力すると、自分の顔がパソコンに映った。ほかにも四つの顔が並んでいる。真波莉子以外は初対面だ。

「全員揃ったので始めます」莉子が口を開いた。「私は本事業を統括している、真波と申します。電話などではやりとりした方もいますが、顔を合わせるのは初めての方もいますね。

初めまして。よろしくお願いします」

　今日の朝刊に小さな記事が掲載されていた。厚労省が『レンタル公務員』という新規事業を来年度からおこなう予定で、それに伴って船津市で試験導入されるという記事だった。さほど大きな扱いではなく、ともすれば読み飛ばされてしまいそうなものだった。ちなみに今朝の一面は栗林政権の内閣支持率が就任以来最低の数字を記録したという記事だった。

「まずは自己紹介からお願いします。そうですね、では加藤さんからどうぞ」

　莉子に話を振られ、一人の女性が話し始める。ややふくよかな感じの女性だった。

「加藤綾といいます。私は七年ほど前まで厚労省で働いていました。最後にいたのは年金局でした。皆さんもご存じかと思いますが、あまりに忙しくて……」

　省内ではよく聞かれる話だ。特に女性の場合、あまりの激務に自身の将来に不安を感じ、泣く泣く仕事を辞めていくというケースが多い。加藤の場合もそうだった。このままでは子供が産めないという危機感を覚え、退職を決意したという。

「……子供も保育園の年長さんになって、あまり手がかからなくなってきました。そんなとき、真波さんから声をかけてもらいました。主人も賛成してくれたので、レンタル公務員に参加してみようと思いました」

　続いて小谷麻実という女性が自己紹介をする。彼女も加藤と同じく、激務のために将来に不安を感じたことに加え、精神的に鬱の状態となり、退職を決意した。ちなみに夫は厚労省で今も働いているそうだ。

次に自己紹介をしたのは三十代半ばくらいの男性だった。

「増田充明といいます。私は現役で、今も子ども家庭局に在籍していますが、一ヵ月の長期休職中です。法改正やら何やらで忙しくて、体重が十キロ以上落ちて、ある日職場で倒れました。重度の胃潰瘍と診断されました。胃に穴が空く寸前だったと医者には脅されましたよ、ハハハ」

増田という男性は冗談めかして言うが、実際には笑える話ではなかった。彼は近々復帰できそうだと思っていたところ、莉子から連絡があったという。

最後に菊池の番となる。全員が似たような体験をしてきたせいかもしれないが、話しても苦痛は感じなかった。むしろ気持ちが楽になったような気がした。辛かった体験を共有する。カウンセリング効果かもしれない。

「皆さん、ありがとうございました」菊池が自己紹介を終えると莉子がそう引き継いだ。「この四人が最初のレンタル公務員として、それぞれ別の団体に出向していただくことになります。四銃士といったところでしょうか。皆さんには定期的にオンラインで意見交換をしてもらいます。現場で直面した課題、民間で感じた印象など、赤裸々に語ってください」

菊池は少し不安になる。果たして自分にそんな大役が務まるだろうか。年齢的には四人の中では菊池が一番下になるはず。それに自分はパニック障害だ。本当にレンタル公務員としての役目をまっとうできるだろうか。

「個別に資料をメールで送ってありますが、すでに皆さんの出向先は決定済みです。早いところでは明日から出勤が決まっているところもございます。期間は一応三ヵ月を予定しています」

たった数日間で新規事業を起ち上げてしまうとは、やはり真波莉子、ただ者ではない。菊池は内心舌を巻いた。

「何か質問はありますか？」

莉子がそう声をかけると、加藤という女性が質問した。

「勤務時間はどうなっているんですか？　もし先方の都合で時間外勤務を強いられたらどうすればいいでしょうか？」

「勤務時間は午前八時三十分から午後五時十五分までで、昼に一時間の休憩。そこは厳守してください。どうしても先方から時間外勤務を求められた場合は私に相談してください」

「私は子供を保育園に預けているんですが、たまに熱を出したりして呼び出されることもあります。そういうときはどうしたらいいでしょうか？」

「そういう場合の対処法は……」

莉子は次々と質問に答えていく。菊池は明日から出向が始まる。すでに妻の承諾を得ていて、亜里沙の保育園への送迎も夫婦で分担しておこなうことに決まっていた。朝の送りは菊池が、帰りのお迎えは妻が主に担当することになった。

菊池の場合、まずは出向先に辿り着けるかどうか、それが最初の難関だ。方向は違うし、乗る電車も違うが、例の発作が出ないとも限らない。今夜は早めに眠ろう。菊池はそう思っていた。


不安は杞憂に終わった。翌日の月曜日、菊池は特に体調に異変を感じることなく、船津駅に到着した。目指す場所は商店街の中にあると聞いていた。莉子から渡された資料を片手に商店街を歩く。まだ閉まっている店舗が多かったが、それなりに活気のある商店街だと菊池は感じた。

商店街の一番外れにその店はあった。〈猫喫茶キャッツ〉という看板を発見する。夜の店を思わせる店名だが、猫カフェと呼ばれるものらしい。猫カフェというのはその名の通り、猫が店内にいるカフェのことだ。菊池は入ったことはないが、そういう店があるのは知っている。猫好きの客に受けているらしい。

「お邪魔します」

まだ開店前だったが、ドアは開いていた。「ごめんください」と言って中に入る。店内は板張りの造りになっていて、ごく普通の喫茶店のように見えた。ただしやはりというか、床の上に一匹の三毛猫が腹這いになっていた。テーブル席が二つと、カウンターが六席ほどの狭い店だ。カウンターの中に初老の男が立っていた。

「今日からお世話になります、菊池と申します。厚生労働省から参りました。よろしくお願いします」

初老の店主はこちらを一瞥し、言った。

「まさか本当に来るとはね。レンタル公務員だっけ？　まあ座りなよ」

どことなく歓迎されていない空気を感じ、菊池は警戒しながら椅子に座った。店の奥にはもう一匹、黒い猫が椅子の上に乗っていた。資料によると店主の名前は山浦誠、五十六歳となっていた。

「先週の金曜日だったかな。役所の知り合いから電話があったんだ。で、いきなり言われたんだよ。山浦さんのところで公務員を雇ってくれないかってね。向こうも困ってるみたいだったし、その人には世話になってるから、引き受けることにしたんだよ」

事情が飲み込めた。レンタル公務員の試験導入に当たり、莉子は厚労省ＯＢである船津市の市長を頼った。市の宣伝効果を期待したのか、市長は莉子の頼みを快諾し、それをトップダウンで下に命じる。受け入れ先を探す羽目になったのが市役所の職員だったというわけだ。ありがちな話ではある。

「そういうわけだから、任せる仕事なんてあまりないんだよ。掃除くらいかな」

山浦は猫カフェの経営者であると同時に、〈船津の猫を守る会〉というＮＰＯ法人の代表を務めている。市の担当者が打診したのは、ＮＰＯ法人の仕事を手伝うという名目からだろうと推測できた。山浦はホームページも開設しており、すでに菊池も目を通している。この店で飼われている猫はすべて保護された猫であり、こうして猫カフェで引きとり手を探しているというのだった。それが船津の猫を守る会の主な活動内容であり、猫にとどまらず、ときには保健所で保護された犬も引きとって、里親を探すこともあるようだった。好きでなければできない仕事だ。

「でもレンタル公務員とは、まったくおかしなことを考えたもんだよね。まあ話題性はあるかもしれないけどさ。ちなみにあんた、菊池さんだっけ？　優秀なエリートなんだろ」

「別にそういうわけではありませんが……」

「謙遜（けんそん）しなくていいって。だって厚労省なんてそうそう入れるところじゃないよ。まずはこれで掃除してくれるかな。そのうち暇な時間帯は店番やってもらうことになるかもしれない。

コーヒーの淹れ方くらいは教えるから」

粘着ローラーを手渡される。家で娘の亜里沙がクッキーなどを食べたとき、カーペットの掃除をするのは菊池の仕事だ。ここでは猫の毛を掃除しろということか。

「それが終わったら散歩に行ってもらおうかな。今は奥で寝てるけど、看板犬を飼ってるんだよ。あ、十時になったら店を開けるから」

「はい……」

猫の毛の掃除に、犬の散歩。レンタル公務員のやる仕事とは思えないが、店主の命に背くわけにはいかない。

「でも公務員も大変だね。あんた、今日からうちで働くわけだけど、給料は厚労省が払うんだろ。つまりそれは税金だ。無駄遣いもいいところだ」

山浦は薄ら笑いを浮かべて言った。公務員に対して正直いい印象を持っているようには見えなかった。これは先が思いやられるな。菊池はそう思いながら、上着を脱いでワイシャツの袖をまくった。

○

　向こうから自転車が走ってきた。自転車に乗っているのは小熊洋介の息子、翔太で間違いなかった。翔太はコンビニの前に自転車を停めて店内に入っていく。それを見て城島は運転席から降りた。今日は火曜日であり、本来であれば高校に行っているはずだが、こうして昼間からコンビニにやってきたということは今週も学校を休むのかもしれない。

　小熊の子供たちから話を聞きたい。莉子の要望を受け、城島はマンションを張った。すると昨日の午後、自転車に乗ってマンションの前を横切る翔太の姿を発見した。籠に入った袋などからコンビニで買い物をしてきたと思われた。裏の駐輪場から出たに違いなかった。そして今日は朝から駐輪場の出口で張り込みをした。さきほど駐輪場から出ていく彼の姿を発見し、城島はマンションから一番近いコンビニに先回りしたのだ。

　買うものを決めてあったのか、すでに翔太はレジで精算していた。あまり人目につきたくないのかもしれない。父親が自殺して、しかもインサイダー取引に関与していた。多感な高校生にとっては心理的ダメージも大きいものであると推測できた。

「小熊翔太君、だね」

　店から出てきた翔太を呼び止めた。肩を震わせるように足を止めた翔太だったが、すぐに何も耳にしなかったような素振りで自転車に乗ろうとした。当然の反応だ。こちらをマスコミの人間だと思ったのだ。

「待ってくれ。俺は怪しい者じゃない。ある人に頼まれて君に話を聞きたいだけだ」

翔太は耳を貸す気配はない。すでに自転車のサドルに跨っていた。仕方ない。城島は左手を伸ばして自転車のハンドルを押さえ、その発進を阻止した。

「何するんですか。やめてください」

「ちょっと待ってくれ。少しでいい」

城島は右手に持ったスマートフォンを操作した。しばらくして通話が繋がった。テレビ通話にしたので画面には莉子の姿が映っている。

「頼む、翔太君。この人はお父さんの部下だった人だ。俺はこの人に頼まれて動いてる。話を聞いてくれないか」

莉子は状況を察してくれたようだ。スマートフォンを翔太の顔に向けると、莉子が言った。

「翔太君、初めまして。私は真波莉子といいます。お父さんには大変お世話になりました。私が厚労省に入ったとき、最初の上司がお父さんでした。あ、そうだ。バドミントンは続けているのかしら？　お父さん、いつもあなたのことを自慢していました」

事情を理解してくれたようで、翔太は画面に見入っている。ここでは目立ってしまうから。途中で城島はそう声をかけ、車の中に彼を誘導した。翔太は大人しく従った。

「翔太君、私はお父さんがインサイダー取引に関与していたとは思えないの。あ、違うわね。

逮捕状が出るくらいだから関与しているのは事実として、小熊さんに入れ知恵をした人物がいるかもしれないと私は考えているのよ」

ほかに首謀者がいるのではないか。それが莉子の推察だった。初めから小熊はインサイダー取引を狙っていたのではなく、当初はコロナ新薬に社運を賭けていた。しかしそれが頓挫してしまった。そのときに彼に悪事を勧めた第三者がいる。そういう意味だ。

「翔太君、お父さんに強い影響力を持っていた人物に心当たりはないかしら？」

莉子がそう訊いたが、翔太は首を捻った。

「さあ……俺、家であまり父さんと話したりしなかったから」

言葉少なではあったが、翔太は生前の小熊の様子を語った。ここしばらくは――ちょうど一年半くらい前から――家で酒を飲み、泥酔状態になることもあったという。母と口論になったのも一度や二度ではないらしい。

「妹さんは？　妹さんが何か知ってるってことはない？」

「どうかな。妹も何も知らないと思うけどね」

「ところで」莉子は話題を変えた。「お父さんがお亡くなりになった日だけど、翔太君は塾に行っていたんだよね。妹さんは塾が嫌で三ヵ月前に辞めてしまった。私はそう聞いたけど、間違いない？」

先日、城島自身が小熊の妻から事情を訊き、それは莉子に伝えてある。妹は学校から帰宅し、遺体発見当時も在宅していたことになっている。

「どうして塾を辞めてしまったのか。それが少し気になったの。妹さん、中三だよね。受験を控えた大事な時期なのに、塾を辞めてしまうなんてちょっと不思議な感じがしたのよ。よほどのことがあったのかもしれないなと思って。あ、これは別にお父さんの件とは関係なくて、私が個人的に疑問に感じたことなんだけどね」

城島は特に気にもかけなかった。今、莉子に指摘されて初めて気づいたくらいだ。受験生でもある中三の娘が塾を辞めた理由。事件とは関係ないにせよ、小熊千紗にとって大きな問題かもしれない。

「新しい塾に通いなさい。母さんも千紗にそう言ってたけど、妹は『塾には行かない』の一点張りだった。さすがに最近では何も言わなくなったけど」

「どうして塾を辞めたのか。なぜ今後も行きたくないのか。それを妹さんに訊いてみてほしい。少し気になるの。あ、ごめんなさい」莉子が不意に慌てたように言った。「私、これから会議なんです。すみません、これで落ちます。翔太君、ありがとうございました。城島さん、あとはよろしくお願いします」

通話が切れた。城島は翔太に礼を言った。最初は警戒心を剝き出しにした感じだったが、莉子と話すにつれて緊張も解（ほぐ）れていき、素直な高校生の顔が随所に見られた。こういう男の子だったら愛梨を嫁にくれてやってもいいな。そう思ったほどだった。

翔太は車から降りて自転車に乗り、ペコリと頭を下げてからペダルを漕ぎ始めた。小さくなっていく彼の背中を見送り、城島は車のエンジンをかけた。

○

「……私がお手伝いしているのは、家庭の事情で塾や学童保育に行けない子供に対する学習支援をおこなっているNPO法人です。退職した教師などがボランティアで子供たちに勉強を教えています」

水曜日の夜、菊池は自宅のパソコンでオンライン会議に参加していた。莉子が四銃士と名づけたレンタル公務員たちが参加している。当然、発案者である莉子の姿もある。四人とも新たな職場に通い始め、最初の意見交換としてこの会議が開催されている。

「十人以上のボランティアで仕事を回しているため、子供たちの勉強の進み具合が確認できない。そういう課題が見つかりました。初対面の子に対して、まずはその子がどの程度できるのか、それを確認するのが手間だったみたいです」

今、話をしているのは加藤綾だった。彼女は志半ばで厚労省を去った身の上であり、その当時の無念を晴らそうという気概が感じられる。目も活き活きと輝いていた。

「そこで私は子供たちのカルテを作ったらどうかと提案しました。子供たちのプロフィールを作成し、そこに勉強の進み具合を記入していくんです。当然、ファイルはすべてのボランティアさんが共有できるようにします。会長さんの賛同も得られたので、表計算ソフトを使ってカルテの原本を作っている最中です」

「それは素晴らしい発案ですね」莉子が加藤を褒め称える。「第一週としてはまずまずのスタートを切れたのではないでしょうか。では次、小谷さん、報告をお願いします」

次は小谷麻実からの報告だ。彼女の出向先は高齢者の介護施設だった。小谷も厚労省時代に培ったノウハウを活かし、煩雑な事務作業を効率化していく計画を発表し、それが好評を博したという。その次の増田充明は外国人の就労支援をおこなうＮＰＯ法人に出向していた。彼の場合は外国人の雇用を呼びかけるため、早くも各企業に営業にも似た飛び込みを試みているらしい。

「……相手にされないことも多いですけど、こう見えて意外にへこたれない性格なんですよ。妻に十回もプロポーズしたくらいですからね、ハハハ」

「その調子です。頑張ってください。では最後に菊池さん、お願いします」

莉子から振られ、菊池は軽く咳払いをしてから話し出した。

「菊池です。僕の出向先は船津の猫を守る会というＮＰＯ法人です。捨て猫を保護して引きとり手を探す。それを主な事業としています」

四人の視線が自分に集まっているのを感じ、菊池は居心地の悪さを感じていた。

今日で三日目になるが、たいした仕事をしているとは言い難い。毎日猫カフェに行き、粘着ローラーを転がしているだけだ。看板犬を近所の公園に散歩に連れていくこともある。単なるバイトのような仕事内容で、わざわざ厚労省の官僚がやる仕事でもないと思うが、ほかにやるべきことがないのだから仕方がない。

「昼間は猫カフェを営業していて、僕はそこでマスターの補助をしています。今日はコーヒーの淹れ方を習いました」

冗談めかしてそう言うと、ほかの三人が笑った。しかし莉子だけは真顔で話を聞いている。

「一匹でも多くの猫に引きとり手を見つけてあげたい。その理想を実現するため、明日以降も頑張っていきたいと思っています」

菊池はそう締めくくった。続いて民間の団体で抱いた違和感や、彼らの公務員に対する印象などをざっくばらんに語り合った。やはり民間の人たちは公務員に対してお堅い印象を持っているというのが四人の共通した感想だった。

菊池は店主の山浦の態度を思い出す。どこか公務員を小馬鹿にしたような、そんな感じすらあった。この三日間、世間話をしていてわかったことがある。彼は数年前まで大手のゼネコンで働いていたが、早期退職者の募集に応募し、新たにNPO法人を起ち上げて猫カフェをオープンさせたそうだ。ゼネコン時代に国交省あたりとひと悶着あったのではないか。菊池はそう推測している。

「それでは第一回の意見交換を終わりにします。次回に関してはまた連絡いたします。ありがとうございました」

オンライン会議は終了となる。菊池はリビングにいた。妻と娘はお風呂に入っている。パソコンの電源を落としたところでスマートフォンに着信が入った。莉子からだった。

「菊池君、どうしたの？　あまり元気がないみたいだったけど」

開口一番、莉子が訊いてくる。やはりお見通しだったようだ。菊池は素直に白状した。猫カフェの掃除と犬の散歩が主な仕事で、レンタル公務員として役立っているとは言い難い現状について。話を聞き終えた莉子が言った。

「かなり偏屈な人だっていうのは市の担当者から聞いてる。まずはその人が何を望んでいるのか、それを知ることが大切ね。そしてそのためには何をすればいいのか。それをひたすら考えるの。そうねえ、自分が役所になるみたいな視点かな。ミニ市役所的なね。財政も総務も人事も全部自分で考えるのよ」

自分自身がミニ市役所になる。その発想は菊池にはなかった。あくまでも自分は厚労省から派遣されているレンタル公務員。そう考えていた。それだけでは足りないということか。

「それじゃ健闘を祈るわ。菊池君なら何とかなる。私はそう信じてるから」

通話は切れた。あまり期待しないでくれ。そう言いたいところだったが、これは来年度から正式採用される事業の試験運用だ。失敗は決して許されない。

「パパ、お仕事してるの？」

パジャマ姿の亜里沙が部屋に入ってくる。菊池は髪が乾いていない我が子を抱き上げた。


その翌日のことだった。菊池が看板犬――雑種のジョン、四歳のオス――の散歩から戻ってくると、店主の山浦がカウンターの席に座って住宅地図を広げていた。地図には赤いペンで何やら書き込まれている。気になったので菊池は訊いた。

「それ、何ですか？」

「街で見かけた野良猫の情報だよ」

猫の種類や身体的特徴、見かけた時間帯や首輪の有無などが細かく記されている。時間があるときに街を見回ってデータを更新しているそうだ。地図の書き込みは公園に集中していた。ジョンの散歩コースにもなっている船津駅南公園で、中央には池もある大きな公園だった。たしかに野良猫をよく目にする。

「二年くらい前かな。急に捨て猫が増え始めたんだよ。猫を捨てるのに適した公園としてネットにも紹介されたらしい。悪い奴がいるよな。お陰で今は三十四くらいの野良猫が暮らしてる。できればうちで面倒みてやりたいんだけどね。なかなかそういうわけにもいかなくて」

今、ここにいる二匹は保健所から引きとってきた猫らしい。すでに飼い始めて半年以上経つが、いまだに飼い主が見つかっていない状況だった。保護猫の引きとり手を探すのは非常に困難を極めるのだ。

「一つ思ったんですが」菊池は疑問を口にした。「たとえば保健所に連絡して、公園の野良猫を全部保護してもらうことはできないんですか？」

山浦は鼻で笑い、それから説明した。

「保健所にせよ、民間の動物愛護団体にせよ、収容できる動物の数は限られているからね。それに行政ってやつは予算不足を理由になかなか動いてくれない。まあ、知り合いもいるから、文句も言いづらいんだけどね」

では何を目的に駅南公園の野良猫の数を確認しているのか。それが菊池が次に感じた疑問だった。その疑問を口にすると、山浦は質問で返してきた。

「あんた、地域猫って知ってる？」

聞いたことのない言葉だ。「知りません」と素直に言うと、山浦が説明してくれる。

「まず野良猫というのはわかるだろ。捨て猫が野良化したり、それがさらに繁殖していく猫たちのことだ。野良猫が存在する理由っていうのは人間の無責任な行動にある。そういう野良猫たちを地域ぐるみで管理していこうという取り組みが地域猫ってやつなんだよ。具体的に言うとだな……」

ＴＮＲという活動があるらしい。これ以上野良猫が繁殖して増えないように、捕獲（ＴＲＡＰ）、不妊去勢手術（ＮＥＵＴＥＲ）、返還（ＲＥＴＵＲＮ）するというのだ。不妊去勢手術を終えた猫は目印として、耳先に小さくＶ字の切り込みを入れる。それが桜の花びらを連想させることから「さくらねこ」と呼ばれることもある。

「ほかにも餌をあげたり、糞尿の掃除をしたり、地域のボランティアが協力して、地域全体で猫を飼っていこうという取り組みなんだよ」

概要は理解できた。要は地域猫の取り組みを駅南公園でおこなうのが、山浦の希望なのだろう。猫にも寿命というものがある。地域猫の取り組みを始めると、開始して五、六年後に猫が減少していくのが自治体の調べで明らかになっているそうだ。

「猫が自然に減っていくのを待っているんじゃなくて、積極的に引きとっていくべきだと俺は考えてる。そのためにこういう店を開いたわけだしね。うまくいけば二、三年もすれば猫は減っていくんじゃないかな」

野良猫が地域猫に、地域猫が保護猫に、そして保護猫が誰かにもらわれて飼い猫になる。そういうサイクルを山浦が思い描いていることは菊池にも想像できた。

「行政側は何て言ってるんですか？　地域猫事業に協力してはくれないんですか？　あ、ちなみに役所では何ていう部署が担当しているんでしょうか？」

菊池が立て続けに質問しても、山浦は嫌な顔をせずに答えてくれる。やや饒舌気味に語る山浦の口調からして、地域猫の実現こそが彼の主宰するＮＰＯ法人の本来の活動目的であることが窺えた。

「役所の担当は生活環境課だね。しょっちゅう出入りしてるから知り合いもたくさんいるよ。レンタル公務員の話が回ってきたのもそこからだしね。やっぱり予算っていうの？　そういうのがクリアできないと難しいみたいだね」

何事にも金はかかる。地域猫も例外ではなく、捕獲するトラップが一個につき五千円から一万円、不妊去勢手術が一万円から三万円、ノミなどの害虫駆除対策に五千円程度と、やはりそれなりの費用がかかるという話だった。

「不妊去勢手術に対して助成金を出してくれる自治体もあるみたいだけど、船津市ではそういう補助金制度はないってさ。あったら楽になるんだろうけどね」

山浦は諦めたような口調でそう言うが、菊池はようやく自分のなすべきことを見つけたような気がしていた。地域猫事業の実現。それこそが自分がレンタル公務員として遂行すべき仕事である。菊池はそう理解した。

ではいったいどのようにして事業を実現するべきか。自分は厚労省の職員であるが、船津市には何のコネもないし、知り合いもいない。山浦と一緒に市役所に足を運び、地道に訴えていくしか方法はないのか。

「明るい兆しがないわけでもないんだ。改正動物愛護管理法が施行されて、ペットショップとかの販売業者に対して、販売する犬や猫へのマイクロチップの装着が義務づけられたんだ。まあ犬や猫にマイクロチップを装着すること自体に賛否両論あるようだけど、ペットを捨てようとする飼い主の心理に歯止めをかけることは期待できそうだ」

もともとは阪神・淡路大震災の際、大量の迷い犬、迷い猫が発生してしまったことをきっかけに導入が検討され始めたという。所管は環境省だが、菊池もニュースで知っていた。

「今公園にいる子たちに関しては、どうにかしてやらないといけない。この店が繁盛して、売り上げ金の一部を地域猫事業に回す。最初はそう考えていたんだけど、蓋を開けてみればこの有り様だ。まったく駄目だね」

乾いた笑みを浮かべ、山浦は店内を見回した。客は一人もいない。午後になると地元商店街の経営者たちが店を訪れ、コーヒーを飲みながら雑談を交わす姿も見られるが、基本的に店は繁盛しているとは言い難い。

昨夜、莉子から聞いた話を思い出す。自分が役所になった気持ちで考える。彼女からそういうアドバイスを受けた。地域猫事業を実現させるために、果たして自分は何をすべきなのだろうか。

○

城島は警視庁の面会室にいた。莉子も一緒だ。逮捕された都内の投資家、津田篤史への面会が認められたのだ。津田の弁護士も同席する形だった。どのようにして津田がリトルベアのインサイダー取引に関与するようになったのか。それを知るうえでも重要な面会になりそうだった。

面会時間は十五分間だった。面会室に現れたのは、灰色のスウェット姿の小太りの中年男性だった。津田は今年で四十八歳になり、五年ほど前に都内の外資系証券会社を早期退職し、株やＦＸなどで生計を立てていたそうだ。

「初めまして。私は真波といいます。小熊さんの元部下であり、個人的に事件について調べています」

当然、津田との間にはアクリル板がある。津田はさして興味がなさそうに莉子を一瞥した。彼の正面には莉子と担当弁護士である輪島が並んで座り、その背後に城島が控えている。

事前に輪島から話を聞いていた。津田は大筋で容疑を認めており、自分がインサイダー取引に関与していたことも認識していたらしい。輪島は国選弁護人ではなく、津田の父親である足立元厚労大臣から弁護の依頼を受けたそうだ。

「教えてください。あなたはどのようにして小熊さんと知り合ったのでしょうか？」

津田は莉子の質問には答えずに、自嘲気味な笑みを浮かべて言った。

「あんた、総理の隠し子なんだろ。笑っちゃうよな。俺とはえらい違いだな」

津田の父親も国会議員であり、そういう意味では両者は似たような境遇だった。それを卑下するような津田の口調だ。莉子が何も言わずに津田の顔を正面から見つめていると、やがて観念したように津田が話し出した。

「小熊と会ったのは一度だけだ。二年半くらい前だったかな。奴の会社がコロナ新薬開発の発表をする少し前だった。俺は当時、まだリトルベアの株は持っていなかったけど、向こうは俺のことを大株主の一人と思っていたみたいだったな。場所は銀座の寿司屋だった」

その会食ではコロナ新薬の話題は一切出なかったという。会話の内容はリトルベアの主要事業である介護ロボットの未来像に関するものだった。ただ、自信に溢れる小熊の話しぶりや態度を目にして、津田はリトルベアの株を購入する決意を固めたという。

「リトルベアの株を買うべきだ。あなたにそう勧めたのはどなたですか？」

津田は莉子の質問には答えなかった。話していいのか迷っているような素振りだった。すると担当弁護士の輪島が口を挟んだ。

「真波さんは信用のおける方です。それに警察にも打ち明けている内容なので、話しても問題はないかと」

その言葉を聞き、津田がようやく口を開いた。

「古柴俊一（ふるしばしゅんいち）って男だ。年齢は四十代前半。飲み屋で話しかけられたんだよ。向こうも株をやっているみたいですぐに意気投合したんだ。それから連絡を交わすようになって、いくつか美味しい話を回してくれた。でも所詮は株の世界だからね、損をすることもある。奴から回ってきた話で、かなりの大損を食らったことがあって、もうこいつとの付き合いは終わりだと思ったんだよ。そんなときだ。奴が話を持ってきた」

ヤバい話がある。古柴はそう前置きして、リトルベアの新型コロナウイルス治療薬開発について語り出した。明らかにインサイダー取引であり、法に反しているのは津田にもわかった。しかし当時、津田は経済的に苦しい状況が続いていて、一発逆転を狙うという意味でも、古柴の話はかなり美味しいものだった。悩んだ末、津田はその話に乗ることに決めた。

「俺と小熊を繋いでくれたのも古柴だ。驚いたね。新薬開発のニュースが流れた途端、リトルベアの株は右肩上がりで上昇していった。俺は笑いが止まらなかった。同時に罪悪感も抱いたけど、当時は興奮の方が勝っていたかな」

　最終的に津田は三千万円近い利益を上げた。それを元手にしてほかの株にも手を出して、その年の利益は過去最大を更新した。いつか警察がやってくるのではないか。たまにそういう思いにも囚われたが、半年、一年と経過していくうちに、不安は徐々にかき消されていった。そして先週、自宅マンションにスーツを着た男たちが現れたのだ。

「最後に古柴と会ったのは、たしか一年くらい前だったかな。銀座の寿司屋だったと思うけど、俺も酔っぱらってたからあんまり憶えてないんだよ」

　俺は全部話した。そう言わんばかりに津田は胸を反らした。ちょうどそのとき面会時間の十五分が経過したことを、立ち会っている警察官が告げた。津田が警察官に付き添われて面会室から出ていくのを見送った。城島たちも続いて面会室をあとにした。廊下を歩きながら莉子が弁護士の輪島に話しかける。

「津田さんはどうなるのでしょうか。罪は認めているんですよね？」

「初犯なので執行猶予がつくと思います。それ以外に課徴金と言われる罰金を支払うことになりますね」

「彼の話によると、古柴なる男が津田さんにインサイダー取引を持ちかけた張本人のようです。彼の行方はわからないのですか？」

「警察も全力で行方を追っていますが、古柴の所在は一切わかってないようです。それどころか彼の住民登録さえ明らかになっていません。偽名を使っていた可能性が高いのではないでしょうか」

小熊が命を落としてしまった今、事件の鍵を握るキーマンは古柴なる男であるのは間違いなかった。彼の所在が摑めないとなると、津田の逮捕だけで事件は幕を下ろすことになるかもしれない。

かつての上司を信じたい。その一心で莉子は動いているようだが、この分だと真実に辿り着くのはかなり難しそうだと城島は思った。

○

「どうだ？　学校には行ってるのか？　食欲もないと思うが、こういうときはしっかり食わなきゃいけないぞ」

電話の主は横浜に住む叔父だった。翔太は自室のベッドに横になっていた。叔父は父の三歳下の弟であり、神奈川県庁に勤める役人だ。今は港湾関係の部署にいると聞いている。

「大変かもしれないけど、男はお前一人なんだからな。翔太がしっかりしないといけないんだぞ。お母さんや千紗ちゃんを守ってやれるのはお前だけだ」

今週も学校を休んでいる。来週からは学校に行かなくてはいけないと思っているが、それもどうなるかわからない。千紗も同様だ。家族それぞれ自分の部屋で一日を過ごし、食事のときだけ顔を合わせる生活が続いている。

「落ち着いたら遊びにこい。また中華街で美味しい点心でも食べようじゃないか。遠慮しないで何かあったらすぐに連絡してくるんだぞ」

通話を終え、スマートフォンをベッドの上に投げ置いた。今週に入っても学校の友人からは連絡が来ない。唯一来た連絡といえば、担任教師からの事務連絡だけだった。まるで自分が世界から切り離されてしまったかのような錯覚を抱いてしまうほどだ。

インターホンが鳴った。宅配が届いたのか、もしくはまたマスコミの取材の依頼だろうか。リビングに出てみると母がカメラ越しに応対している姿が見えた。珍しく母はよそ行きの服装をしていた。来客だろうか。すると母が振り向いて翔太に向かって説明する。

「内装業者さんよ。部屋のリフォームをしようかと思っているの。いつまでも落ち込んでばかりもいられないしね」

そうこうしているうちに内装業者である男性二人が部屋を訪れた。男たちは父の書斎に案内され、図面を見ながら母と打ち合わせを開始した。メジャーで何かを測ったり、写真を撮ったりしている。

「奥さん、思い切って和室にしてしまうというのも一つの手ですよ。最近流行っているんですよ。畳の匂いも悪くないかと」

「なるほど。それは考えてもいなかったわ。和室ねえ、意外にいいかもしれないわね」

「じゃあ両方のパターンで見積もりを出しますよ。あ、家具とかはどうなさいますか？　引き続きお使いになられますか？」

「家具は全部処分する方向で考えているの。電化製品とか使えるものは残すけどね」

三十分ほどで内装業者たちは引き揚げていった。彼らを見送った母がリビングに戻ってくる。翔太は母に訊いた。

「父さんの書斎をリフォームしちゃうのか？」

「そうよ」と母は内装業者が置いていったパンフレットを見ながら答えた。「別にあの人のことを忘れたいとかそういうのじゃないの。あのままだとどうしてもパパの遺体を見つけたときのことを思い出してしまうのよ。それが辛いの」

母の気持ちは理解できるような気がした。翔太も父が死んで以来、書斎には足を踏み入れていない。フローリングに横たわっていた父の遺体の残像は、今も翔太の脳裏にくっきりと焼きついている。

「そういうわけだからよろしくね。今週一杯はいいけど、来週からはあなたたちも学校に行かなきゃいけないわ。どうしても行きたくないのであれば、転校を考えてもいいと私は思ってる」

転校という選択肢は翔太も頭の隅にちらついていた。父の汚名がそそがれることがなければ、今の学校におそらく自分の居場所はない。コロナで儲けようとした卑怯者の息子。そういう非難の目を向けられたまま学校に通うのは自分には到底無理だ。

「私、今から美容院に行ってくるわ。ご飯は二人で相談して好きなものを頼んでいいからね」

そう言って母は玄関先へと姿を消した。少し痩せてしまったが、母も母なりに立ち直ろうとしている努力が垣間見えた。母は若い頃には通訳として働いていて、官公庁から仕事の依頼を受けたこともあるそうだ。父との結婚を機に専業主婦になったようだが、もともと社交的な人間だ。

いつまでも落ち込んでいるわけにはいかない。それは翔太にもわかっていた。

自室に戻ろうとしたところで翔太は足を止めた。妹の千紗の部屋の前だ。三日前のことだった。近くのコンビニに足を運んだとき、城島と名乗る男に声をかけられた。彼のスマートフォンを介して、父の元部下である真波莉子という女性と話をした。彼女は妙なことを言っていた。妹の千紗が塾を辞めてしまった理由を知りたいというのだった。なかなか二人きりになるチャンスがなかったので、いまだに訊き出せずにいる。

翔太は妹の部屋のドアをノックしてから声をかけた。

「俺だけど話したいことがある」

しばらくしてドアが開き、妹が外に出てきた。二人でリビングに行き、テレビの前のソファに座った。たまには兄らしいことを言わなきゃいけないなと思い、翔太は千紗に訊いた。

「どうだ？　受験勉強ははかどっているのか？」

「まあまあかな」

千紗は素っ気ない口調で答える。今はまだあどけなさを残しているが、美人の部類に入る顔立ちだ。都内でも有数の進学校として知られている女子校を受験するつもりらしい。もし受験に合格したら春休みに韓国旅行に連れていってあげよう。父とそんな約束をしていたようだが、それももう叶うことはない。

「で、私に話って何？」

「塾のことだよ。お前、三ヵ月前に塾辞めただろ。どうして塾を辞めてしまったのかなと思って。理由を教えてくれないか？」

「どうして？　お兄ちゃんには関係ないじゃん」

「関係なくはない。俺はお前の兄貴だ。いいから教えろよ。どうして塾辞めたんだよ」

「言いたくない。私のことなんて放っておいて」

会話は終わりだと言わんばかりに勢いをつけて千紗が立ち上がろうとしたので、翔太は腕を伸ばして妹の手首を摑む。妹の手首は想像以上に細く、強く握ると折れてしまいそうだった。

「待てったら。受験まであと四ヵ月もないんだぞ。絶対に塾に通った方がいい。その方が確実だ」

「わかってるよ、私だって……」

そう言って千紗は俯いた。そのまま再びソファに腰を下ろし、膝に顔を埋めるようにしてしくしくと泣き出してしまった。

参ったな。涙に暮れる妹を前にして、翔太にできることと言えばティッシュペーパーの箱を妹の方に押しやることだけだった。やがて赤く目を腫らした千紗が話し始める。

「私の塾の送り迎え、お母さんが車でしてくれていたでしょ。あるときね、ふと気になったの。塾が終わって車の助手席に乗ったとき、いつもと違う匂いがしたのよ。男の人の匂いだった。それもお父さんじゃない男の人」

話が何となく嫌な方向に向かっていくのを感じとり、翔太は敢えて茶化すような口調で言った。

「おいおい、お前の気のせいじゃないのか？」

「違う。本当のことよ。同じようなことが三回も続いたんだから」

母が父以外の男とこっそり会っていたというのか。想像を絶する妹の話に、翔太は息が止まるほどの衝撃を受けていた。しかし千紗はさらに容赦なく爆弾を落としてくる。

「私許せなかった。絶対にお母さんと密会している男の人の正体を突き止めてやりたかった。だってふざけてると思わない？　私が塾に行っている最中、お母さんは知らない男と一緒にいるんだよ。お父さんが可哀想だよ」千紗の目は吊り上がっており、怒りで頬のあたりが紅潮していた。「だから私、塾に行く前にこっそりとスマホの録音機能をオンにして、車の後ろの座席に置いてきたの。何度か繰り返したら、ばっちり録音できちゃったわ」

女って怖いな。それが翔太の率直な感想だった。俺だったらそこまでしようとは考えなかったはずだ。翔太は唾をごくりと飲み込んで、妹の次の言葉に耳を傾けた。

○

「参ったなあ。このままだと負けてしまうじゃないか。先週の地元新聞の電話アンケートではうちの候補者が圧倒的に有利だったんだ。それが例の報道が出た途端、この結果だよ」

父の栗林が自分のデスクで嘆いている。莉子は総理公邸の執務室に来ていた。栗林はさらにぼやく。

「もし負けてしまったら、野党の奴ら、さらに調子に乗るだろうな。我が党のほかの派閥の連中だって黙っていないかもしれない。まったく弱ったことになったよ」

今度の日曜、北陸地方で衆議院議員の補欠選挙がおこなわれることになっていた。与党の推薦する候補者が当選確実と言われていたのだが、ここに来て風向きが変わりつつあるらしい。厚労省絡みのスキャンダルが影響しているものと思われた。

厚労省のイメージ回復に向けて莉子は毎日忙しく動き回っている。レンタル公務員事業については四銃士による試験運用が開始され、新たな宣伝戦略、たとえばポスター作りやテレビコマーシャルなどについても徐々に企画会議が始まっている。それらの会議に参加する毎日だ。大臣官房の広報課に任せたつもりなのだが、なぜかそちらの仕事も莉子が関与することになってしまっていた。

「それで莉子、リトルベア事件の方はどうなっているんだい？　足立前厚労大臣の息子は罪を認めているんだよね」

「大筋で認めてるみたい。早く騒ぎが収まってくれればいいんだけど」

今日の昼間、逮捕された津田篤史と面会できた。さほど大きな収穫はなかったが、彼をリトルベアの小熊に紹介した人物がいることが明らかになった。古柴なる人物で、警察も彼の行方を追っているようだ。

「失礼します」

そう言って一人の男が執務室に入ってきた。父の私設秘書だ。総理公邸に出入りできるのは父が信頼している限られたスタッフだけだ。

「どうした？　夕飯の準備ができたのかい？」

「違います。お耳に入れたいことがございまして。今しがた連絡があったのですが、実はですね……」

秘書が報告を始める。近畿労働局の職員が今年の初め、駅の階段で女子高生のスカートの中を盗撮していたというのだ。労働局というのは厚労省の地方支分部局である。

「今年の初めの出来事なんだよね。それがどうして今になって……」

「実は当時、揉み消しがおこなわれたようです。盗撮をした職員というのが、滋賀県の県会議員の息子だったそうです。その関係で局の上層部が揉み消しに動いたとされていますが、詳しいことは現在調査中です。マスコミが今になってその事実を摑んだみたいですね」

最悪だ。莉子は溜め息をつく。またしても厚労省絡みの不祥事だ。これでは父でなくても頭が痛くなってくる。

「早ければ明日の朝刊には記事が出るかもしれません。総理、いかがすればよろしいでしょうか？」

「勘弁してくれよ。これ以上私には無理だよ」

栗林は天を仰いでいる。秘書の視線がこちらに向けられているのがわかったので、莉子は今後の方針を提示する。

「すぐに厚労省から調査チームを近畿労働局に派遣しましょう。盗撮した職員はすぐさま処分、揉み消しに加担した幹部たちも洩れなく減給等の処分がくだされることになるはずです。明日中に厚労大臣に謝罪会見をおこなっていただきます。就任したばかりで大変だと思いますが、こればかりは致し方ないですね」

副大臣から昇格した新大臣の初仕事が謝罪会見ということになる。何ともお粗末な結果だ。

これが今の厚労省を物語っているようでもあった。元職員として情けないが、現役の職員たちはもっと肩身の狭い思いを強いられるはず。より一層、イメージ回復に努めなければならない。

「了解いたしました」

執務室から出ていこうとする秘書を栗林が呼び止めた。

「待ちなさい。今日の夕飯は何だったかな？」

「天ぷら御膳でございます」

「ちょっと重いな。今の話を聞いて天ぷらを食べる気はなくなったよ。もっとさっぱりしたものがいいな。そうだ、しゃぶしゃぶなんかがいいんじゃないか」

しゃぶしゃぶがさっぱりしているとは思えないのだが、父の嗜好にまで口を出す気はなかった。人間ドックの結果もさほど悪くないと聞いている。

「かしこまりました。料理番に伝えます」

秘書が下がっていく。一難去ってまた一難とはこのことだ。いや、実際には去ってもいないのに悪事が次から次へとやってくる。莉子は早速父のパソコンを借り、不祥事の起きた近畿労働局の幹部の名簿に目を通した。場合によってはこの中の何人かは別の部局に異動することになるかもしれない。当然のごとく内閣支持率にも影響する。週末の衆議院補選は敗北すると見ていいだろう。党内においても父の求心力が下がっているのは事実だった。

それにしても、と莉子は考える。こうまで厚労省絡みの不祥事が続くとなると、何かが裏で動いているのではないかと勘繰ってしまう。一連の不祥事がすべて繋がっているとは思えないが、そう疑いたくなるほどの体たらくだ。

「莉子、どうしようか？　また私が頭を下げなくちゃいけないのかい？」

「そうね。そうなるかもしれないわね。今日中に弁解を考えておくわ。いつ国会で追及されてもいいようにね」

「弱ったなあ。どうにかして内閣支持率を回復できないものだろうか。まあしょうがないかな。そうだ。ここは気分転換で美味しいワインを飲むとしよう。たまにはブルゴーニュの赤にしようか。気合いを入れてエシェゾーでも開けちゃおうかな。莉子、君も飲んでいくだろう？」

エシェゾーには抗い難い魅力を感じるが、今日も家に帰ってからまだ仕事が残っている。どうしようかと逡巡していると執務室のドアがノックされた。応接間で待機していたはずの城島が顔を覗かせる。

「真波さん、お仕事中にすみません。少しよろしいでしょうか？」

「どうされました？」

城島が手にしたスマートフォンをこちらに向かって差し出した。

「小熊翔太君から電話がかかってきています。緊急の用件らしいです。どうしても我々に話したいことがあるそうです」

○

「へえ、市役所には何度か来たことあるけど、こんなところを歩くのは初めてだよ」

山浦がそう言って物珍しそうに周囲を見回している。菊池たちは船津市役所を訪れていた。

廊下に人の気配はなく、左右にドアが並んでいる。さきほど議会事務局の職員に教えてもらったドアをノックすると、中から男の声がした。

「どうぞ」

「失礼します」

そう声をかけてから菊池は部屋の中に入った。それほど広くない部屋で、中央に応接セットがあり、窓際には本棚やロッカーが見える。ここは市議会議員の控室だ。船津市では議員一人一人にではなく、所属する会派ごとに控室が与えられているらしい。菊池も仕事の関係で国会には何度も出入りしたことがあるが、地方の市役所の議会事務局を訪れるのは初めての経験だ。

中央のソファに一人の男が座っていた。男は真向かいのソファを手で示して言った。

「どうぞおかけください」

「それではお言葉に甘えて」

山浦と並んでソファに座る。男は青沼（あおぬま）という名前の市議会議員だ。市のホームページにある自己紹介によると年齢は四十二歳、前職は大手新聞社で記者をしていたという。前回の市議会議員選挙で初当選した若手議員だ。

「それで私に話というのは？」

青沼が単刀直入に訊いてきたので、菊池はバッグから資料を出しながら自己紹介をした。

「秘書の方にお伝えしたように、我々は船津の猫を守る会というＮＰＯ法人を運営しております。現在は猫カフェを経営しつつ、保護猫の引きとり先を探す活動を主にしています。ところで議員、最近駅南公園に行かれたことはございますか？」

「ないけど、それがどうかしましたか？」

「ここ数年、駅南公園に猫を捨てていく人が後を絶たず、野良猫が増えていく一方です。こちらは代表の山浦ですが、彼が事細かにその様子を観察してきました」

山浦は議員を前に硬くなっているのか、緊張気味な声で説明を始めた。

「ええとですね、現在では三十四ほどの野良猫が公園内で暮らしています。野良猫というのは放っておくと増える一方です。それに糞尿などが臭うことから、公園を利用する人々にとっても衛生上よくありません」

自分が役所になった気持ちで考える。それが莉子から受けたアドバイスだ。山浦の目標でもある地域猫の実現。そのためには行政の協力が必要不可欠だった。たとえば不妊去勢手術に対する補助金など、行政の協力なくしては実現は有り得ない。ではどうすれば行政が動いてくれるのか。そう考えたときに菊池の脳裏に思い浮かんだのは、厚労省で働いていたときに何度も目にした光景だ。

上司が議員に呼ばれ、国会議事堂や議員会館に出向いていく。そして議員から下りてきた仕事が若手に振られるという、毎度お馴染みの光景。やはり何かの政策を実現するためには、議員から直接働きかける方が、役所というのは動くのである。だからこうして市議会議員のもとを訪れることに決めたのだ。

山浦の説明が終わったので、菊池は用意しておいた資料をテーブルの上に置いた。

「そこで我々が進めたいのが、地域猫という活動です。議員はご存じでしょうか？」

青沼は首を横に振る。菊池は説明を始めた。

「地域猫というのは文字通り地域の人たちの力で、野良猫を管理していこうという試みです。すでに着手している自治体もありまして……」

青沼は興味深そうな顔つきで資料に目を落としている。たった一晩で作った資料だが、要点だけはしっかりとまとめたつもりだ。

「……年度内に補助金等の具体案を市と協議して、来年度から事業を開始すれば、おそらく二、三年のうちに結果は現れるはずです。駅南公園の野良猫が減少する。きっと地域の人々にも喜ばれることでしょう。それは当然、青沼議員の政治活動による成果と言ってもよろしいかと」

青沼は前のめりで資料を読み込んでいる。右手に赤ペンを持ち、時折メモをとるほどだ。

二十五名が定員である船津市の市議会議員の中から、無作為に青沼を選んだわけではない。前回の市議会議員選挙の結果を市のホームページで確認したところ、青沼はかなり際どい票差で当選していたことがわかった。つまり彼は次回の選挙に向けて、目に見える成果を上げておきたいという野心があるのは疑いようがなかった。

さらに青沼のSNSを閲覧したら、彼が二児の父親であり、市内の一軒家で猫を飼っていることもわかった。自宅で猫を飼うくらいだから、地域猫の活動にも理解を示してくれるのではないか。菊池はそう期待したのだ。

「ちなみに町内会長はこのことを知ってるんですか？」

青沼の質問に答えたのが山浦だった。

「一応打診済みです。市側がオーケーならやってみてもいい。そう言ってくれてます」

町内会長は山浦の店の常連でもあり、飲み仲間でもあるという。町内会にしても駅南公園に野良猫が溢れているのは決して芳しい状況ではない。

「わかりました」青沼が資料片手に言った。「悪くないですね。うんうん、もし実現できれば面白いんじゃないか。ちなみに担当部署はどこになるんでしょうか？」

「生活環境課です」

「そっか。ちょっと課長に話してみようかな。もしあれだったら次の議会の一般質問に上げてもいいかもしれない。ねえ、できればもっと詳しい資料を見たいんですけど」

「了解しました」

菊池は即答する。資料の作成など朝飯前だ。菊池君、明日までに資料よろしく。厚労省で何度上司からそう言われたことか。

「じゃあ資料ができたらまた持ってきてくださいよ」

「かしこまりました。今後ともよろしくお願いいたします」

深々と頭を下げてから菊池たちは控室をあとにした。

市役所からの帰り道のことだった。商店街の中で山浦が足を止め、菊池に向かって言った。

「菊池さん、ちょっと一杯やっていかないか？」

山浦の視線の先には店先に赤提灯をぶら下げた居酒屋が見えた。暖簾が出ていることから営業中であることがわかるが、時刻はまだ午後四時を回ったばかり。酒を飲むには少し早過ぎる。

「いや、まだちょっと……」

「遠慮しないでよ。酒は飲めるんだろ？」

「飲めますけど、まだ一応仕事中ですし……」

「命令だ。俺の頼みが聞けないっていうのかよ」

「そういうわけじゃありませんけど。えっと……じゃあこういうことにしましょう。四時から一時間、年休をいただいたということで」

「まったく公務員っていうのは頭が固いんだな」

そう言って山浦は暖簾をくぐっていく。菊池もあとに続いた。カウンター席だけの狭い店内だが、すでに二人の客が酒を飲んでいる。山浦は常連客らしく、店の大将に挨拶をしてから生ビールを注文したので、菊池も同じものを頼んだ。山浦はメニューも見ずにつまみを適当に頼んでいく。店のそこかしこに老朽化の兆しが見てとれるが、悪くない雰囲気の店だった。家の近所にあれば仕事帰りについ立ち寄ってしまいそうだ。

運ばれてきたジョッキで乾杯する。喉を鳴らすようにしてビールを飲んでから山浦が言った。

「いやあ、さっきは驚いたよ。あの青沼っていう議員、本気で俺たちに協力してくれそうだな。うまくすればとんとん拍子に話が進んでしまうんじゃないか」

「さあ、どうでしょうかね。喜ぶのはまだ早いと思いますが」

「だって早速、生活環境課の課長に話してくれるって言ってたじゃないか。あの調子なら間違いないと思うけどな」

「ぬか喜びは禁物です。市役所の現場の人間が動いてくれるかどうか、そこにかかってくると思います」

せめて不妊去勢手術の補助金制度だけでもなんとか成立してほしい。それが菊池の最初の目標だった。地域猫事業の推進において最も費用のかかる部分がそこだからだ。全面的に市が協力してくれればそれはそれで有り難いが、菊池はそこまで高望みはしていない。おそらくこれから何度も市役所に足を運ぶことになるだろうと思っている。菊池が説明して、市が検討する。その繰り返しだ。

「菊池さん、これ食べてよ。ここのおでん、旨いんだぜ」

大きめの皿に大根やこんにゃく、竹輪や牛すじなどのおでんが盛られている。皿の端には真っ黄色のカラシがたっぷりとついている。十月下旬にさしかかり、薄手のコートを着るようになってきた。温かいおでんも美味しく感じられる季節だ。

「いただきます」

大根を箸でとる。大根はとろけてしまいそうなほど柔らかく、味が染み込んでいる。

「正直、最初はどうなるかと思ったけどな」隣で山浦が言う。あまり酒に強くないらしく、すでに顔が赤い。「レンタル公務員のことさ。やってもらう仕事なんて何もないからさ、そのうち音を上げて帰っちゃうんじゃないか。そんな風に思っていたんだけど、あんたはよくやってくれてる。公務員を少し見直したよ」

嬉しい言葉だった。思えば厚労省に採用されて以来、たまに上司に褒められることはあっても、こうして一般の人から感謝の言葉をかけられたことは一度もない。

「お伺いしたいことがあるんですが」菊池は箸を置き、山浦に訊いた。「もしかして公務員のことが嫌いですか？　あまり良くない印象を持たれているように思いまして」

山浦はビールを一口飲み、乾いた笑いを浮かべて言った。

「俺、別れた女房との間に息子が一人いるんだ。もう就職して今はＩＴ業界で働いている。まだ結婚してた頃の話だ。当時息子は小学生だった。やんちゃな男の子だったんだけど、ある日を境に人が変わったように大人しくなってしまった。不審に思った俺は何度も息子を問い詰めたんだけど、なかなか口を割ろうとしなかった。最初に気づいたのは妻だった。息子の教科書がなくなっていたんだ。ほかにも、やけに汚れた体操着とかね。ここまで言えばわかるだろ」

いじめか。娘を持つ親としていじめ問題は他人事とは思えない。もし亜里沙の身にそういうことが起きたら。考えるだけで頭が痛い。

「俺はすぐに学校に乗り込んだ。うちの息子がいじめを受けているからどうにかしてくれと。でも学校側は動いてくれなかった。俺は痺れを切らして、今度は教育委員会に訴えた。調査をしますと言ってくれたんだが、最終的に『いじめの事実はありません』とぬかしやがった。あのときの役所の職員の冷酷な態度が本当に気に食わなかったんだ。でも半年後くらいかな。クラス替えがあって息子へのいじめもなくなったんだけどね」

同じ公務員として、針の筵（むしろ）に座らされたような心境だ。山浦に対応したその職員も、果たして本心でそれを言っていたのかどうかはわからない。彼にもまた立場というものがあり、上司に言わされていただけかもしれないのだ。何ともやり切れない話だ。

「それはそうと」山浦が話題を変えた。「うちの店の売り上げ、どうにかならないものかな。あのままだと地域猫事業が始まる前に、店が潰れてしまうかもしれない。もっと客を入れなきゃ商売あがったりだ。菊池さん、何かいいアイデアない？」

「そうですねえ。目玉になるような料理とかあればいいんですけどね。その料理目当てに客が訪れるような」

今もトーストなど軽食はメニューにある。しかしお世辞にも手の込んだ料理とは言い難いし、客が舌鼓を打っているのを見かけたこともない。

「雑誌で読んだんですけど、間借りカレーというのがあるらしいです」

「何それ？」

「夜だけ営業しているバーを昼のランチタイムだけ借りて、カレーを提供するお店の形態です。副業でやられている方も多いそうです。自分のこだわりのカレーを食べてもらいたい。世の中にはそういう熱い気持ちを持った人がいるんですよね。たとえば料理が趣味のサラリーマンとか主婦に声をかけて、料理の仕込みだけをお願いするっていうのはどうでしょうか？　もしくはこれから独立を考えている料理人に厨房を任せてしまうとか」

「いいかもしれないね。でもどこでそういう人を探してくるんだい？」

「うーん、そうですね……」

菊池は腕を組んで考え込む。レンタル公務員の期間は三ヵ月。考えることはまだまだ山ほどありそうだ。今、自分は仕事をしている。久し振りに菊池はそう実感していた。

○

「奥様、だいぶ肌に艶が出てきましたね。かなり若返った感じがいたしますよ」

「ありがとう。お世辞でも嬉しいわ。また来週お願いね」

行きつけのエステティックサロンだ。小熊美希は会計を済ませると、馴染み(なじ)の店員に見送られてサロンをあとにした。夫が死んで以来、ずっと家に引き籠もっていた。昨日は美容院に行き、今日はエステティックサロン。明日からはジム通いを始めるつもりだった。

いつまでも悲しんでいるわけにはいかなかった。世間の風当たりは強く、子供二人はいまだに学校に通える目途は立っていない。来週にはリトルベアの顧問税理士と話し合いをすることになっていた。会社の負債が残っており、破産等も含め、今後とるべき道を決めなければならない。

駐車場の中を歩き、愛車であるＢＭＷに乗り込んだ。五人乗りのＳＵＶだ。購入したのは夫がまだ厚労省に勤めていたときで、翔太と千紗も小学生だった。家族四人で遠出をするにはこのくらい大きな車でもいいだろう。そう言って夫が購入を決めたのだ。子供二人も成長して、今では美希が私用で乗っているだけだ。時機を見てコンパクトカーに乗り換えるのも悪くないだろう。

美希はエンジンをかけ、車を発進させた。自宅マンションまで十五分もかからない。

小熊と出会ったのは今から二十年ほど前のことだ。当時、美希はフリーの通訳として働いていて、外務省のキャリア官僚と仕事上の付き合いがあった。その関係で若手官僚の集まりに呼ばれる機会があり、そこで厚労省の官僚の一人であった小熊洋介と出会ったのだ。彼はバイタリティーに溢れており、切れ者という言葉が相応しかった。アプローチをしたのは美希の方だった。この男は厚労省の官僚で終わらず、もっと大きなことを成し遂げるのではないか。そういう期待がなかったといえば嘘になる。

夫が厚労省を辞めたのは四年前のことだった。医療ベンチャー企業の社長に就任し、介護ロボット導入事業を始めたのだ。将来的に介護業界において人手不足となるのは火を見るよりも明らかで、夫の会社の成功を美希は信じて疑わなかった。ところがコロナという予期せぬ災いにより、夫の事業は完全に停滞してしまったのだ。

小熊の遺体を発見したときのことは、今も鮮烈に目に焼きついている。彼がかなり憔悴しているのはわかっていたが、まさか自ら死を選ぶような人だとは思っていなかった。夫の死の責任の一端は自分にもある。美希はそう理解している。私にできる贖罪は二人の子供をきちんと育て上げることだ。今は自分にそう言い聞かせていた。

自宅マンションの地下駐車場に到着した。決められているスペースに車を停め、バッグの中からスマートフォンを出した。特にメッセージなどは入っていなかった。バッグの奥からもう一台の端末を出した。こちらは彼とのやりとりに使用している特別な端末だ。こちらから連絡することは禁止されているが、どうしようもない不安に襲われたときなど、無性に連絡をとりたくなってしまう。その端末をバッグの一番奥に押し込み、美希は車から降りた。

地下駐車場は静まり返っている。美希の歩く足音だけが響き渡っていた。エレベーターの前に到着する。ちょうどエレベーターは下降中だった。しばらく待っていると背後に足音が聞こえた。振り返ると一組の男女がこちらに向かって歩いてくるのが見えた。男性の方は見憶えがあった。城島という警備会社の男だ。夫の元部下である真波莉子の代理の者だと名乗っていた。とすると一緒にいる髪の長い女が真波莉子だろうか。ネイビーブルーのパンツスーツが非常によく似合っている。

「突然お邪魔して申し訳ございません」そう声をかけてきたのは女の方だった。「私、真波莉子と申します。小熊さんには生前大変お世話になりました。少々お話しさせてもらってもよろしいでしょうか？　できればお線香もあげさせていただきたいのですが」

先日の城島とのやりとりを思い出す。小熊はインサイダー取引に関与するような人物ではない。真波莉子はそう信じているようだ。どんな質問を投げかけられてもきちんと答えられる自信はある。何度もシミュレーションを重ねてきたからだ。

「わかりました。ご案内いたしますわ」

エレベーターで十七階に向かう。不思議なことに自宅に翔太と千紗の姿がなかった。外出するとは聞いていない。二人でコンビニにでも行ったのだろうか。

二人を仏壇の前まで案内する。お線香をあげてから莉子が頭を下げた。

「奥様、この度はご愁傷様でございました。心よりお悔やみ申し上げます」

「ご丁寧にありがとうございます。生前主人はよくあなたの話をしておりました。自慢の部下だと申しておりました」

「私は官僚としてのイロハを小熊さんから教わりました。こういう官僚になりたい。私は常々そう思っておりました。あそこまで仕事に没頭できるということは、ご家族のサポートなくては有り得ません。そういう意味では陰の功労者は奥様、あなただったのではないかと私は考えています」

「光栄です。私はただ専業主婦をしていただけですけどね」

厚労省時代の小熊に休息という文字はなかった。家に帰ってくるのは深夜一時か二時。休日も当たり前のように出勤していた。まさに二十四時間営業のコンビニのようだった。

「あれは私が厚労省に入省した年だったと思います。小熊さんに連れられて議員レク、国会議員への説明に行った帰り、小さな中華料理屋で昼食を摂りました。小熊さんがご馳走してくださったのですが、店を出てから『もらったお釣りが五十円多い』と言って、彼はお店に戻って五十円を返却していました。小熊さんがインサイダー取引に関与していると知ったとき、私はそのエピソードを思い出しました。もらい過ぎたお釣りの五十円を返却する人が、自社の株を操作するような真似をするだろうか。そういう素朴な疑問を覚えたんです」

あの人らしいエピソードではある。清廉潔白であるのは彼の持ち味でもあったのだが、それが彼が厚労省を去った一因でもあると美希は冷静に分析していた。綺麗事ばかりでは仕事は進まないのだ。

「ところで娘さんですが」突然、莉子が話題を変えた。「三カ月前に塾をお辞めになられているようですね。受験の年に塾を辞める。いったい何があったのでしょうか？」

千紗が塾を辞めたのは間違いのない事実だ。しかしそれは今回の件とは無関係だ。美希は笑みを浮かべて頭を下げた。

「お気遣いありがとうございます。娘が塾を辞めたのは個人的な事情があったのだと思います。さほど私は気にしておりません」

「娘さんを塾に送り迎えしていたのは奥様だったそうですね。塾から出てきた娘さんが車に乗った際、いつもと違う匂いに気づく。具体的に言ってしまえば、車内に残っている男性の残り香に気づいてしまった。そういうことがあったとは考えられませんか？」

一瞬、背中に寒気が走った。彼と会うのは大抵千紗が塾に行っている最中だからだ。まさかあの子、気づいていたというのだろうか。それにこの女、どうしてそんなことを――。

「最近の子供を舐めてはいけません。我々が想像している以上に、子供というのは物事を認識しています。母の不貞行為を疑った娘さんは、それを確かめるためにある仕掛けを施しました。それがこれです」

莉子がそう言って一台のスマートフォンを出した。それを操りながら彼女が説明する。

「これは娘さんにお借りしたスマホです。塾に行く間際に録音機能をオンにして車の後部座席に置き、塾が終わったあとに回収する。そういうことを何度か繰り返しているうちに、この音声を録音することに成功したみたいです」

莉子がスマートフォンをテーブルの上に置いた。やがて音声が流れてくる。

『……心配するなよ、美希。絶対に俺たちが逮捕されるようなことはない。お前の旦那は何があってもお前の関与を警察に洩らしたりはしないはずだ。両親揃って逮捕されることになったら、子供たちの面倒をみる者がいなくなってしまうからな。そういうことも織り込み済みの計画なんだよ』
　間違いない、彼の声だ。不意に立ち眩（くら）みのような症状に襲われる。美希は平静を保とうと奥歯をギュッと噛み締めた。

○

　もともと色白だった小熊美希の顔色が、さらに血の気を失ったように見えた。再生された録音内容がかなり彼女の精神にダメージを与えたようだった。あと少しだ。莉子は言葉を選びながら言った。

「小熊さんは首謀者ではなかったのではないか。私はずっとそう考えていました。私の勘は間違いではなかった。娘さんの録音した音声を聞き、私はそう確信しました。コロナ禍もあり、会社の経営に行き詰まった小熊さんは、新型コロナウイルス治療薬の開発に活路を見出しました。おそらく最初の段階ではインサイダー取引などやるつもりは毛頭なく、小熊さんは本気で新薬の開発に臨んでいたと思います。それが私の知る小熊洋介という男性です。しかし彼は最初から騙されていたのです」

　イスラエルの製薬会社と共同開発するという話だった。しかし実際にはリトルベアは出資者的な立場であり、新薬開発には直接タッチできなかったのではないか。ある程度開発が進んだ段階でマスコミ向けの発表をするつもりだったが、なかなか芳しい成果が上がってこない。その段階でようやく小熊は――。

「騙されていた。そう気づいたのでしょう。しかし遅過ぎた。融資を受けて多額の資金を送金してしまったあとだった。そこで何者かが彼に接近し、インサイダー取引の話を持ちかけたのです。少しでも会社の負債を減らしたい小熊さんとしては、その誘いに乗るしかなかった。いや、その前に奥さんに相談したのではないかと私は考えているのですが、いかがでしょうか？」

美希は答えなかった。蒼白な顔をして、テーブルの一点に視線を落としていた。莉子は続けて言った。

「あくまでも私の想像です。たとえば奥さんに『家族を路頭に迷わせるような真似はしないでくれ』と言われたら、いくら正義感の強い彼でも悪に手を染める道を選んでしまうことでしょう。そして彼に悪知恵を授けた者の言いなりになり、新薬開発の発表に踏み切ったのです。リトルベアの株価は急騰しました」

新薬開発の発表が二年半前の四月で、さらに治験に成功したという発表が同年九月のことだった。小熊は株が高値になったタイミングで、自分や家族名義の株を売って利益を上げたのだ。同時に複数の投資家に事前に情報を流し、多額の謝礼を受けとった。

「逮捕された投資家の津田ですが、彼にリトルベアの話を持ちかけた人物がいるようです。名前は古柴俊一。四十代の男で、津田とはたまに会って投資話をするような間柄だったと聞いています。古柴も事件に関与していると思われ、警察も行方を追っているようですが、いまだに彼の所在は明らかになっていません」

所在どころか、その正体さえも判明していない。古柴俊一というのも偽名と思われた。

「私がこの録音内容を耳にしたのは昨夜のことです。ずっと娘さんはこの音声をどうしようかと思い悩んでいたんです。父親だけではなく、母親までも悪事に関与しているかもしれない。そう考えると恐怖で言い出すことができなかったんでしょう。その気持ちは痛いほど理解できます」

昨夜、電話で呼び出され、翔太が住むマンション近くのコンビニの前で彼と落ち合い、妹のスマートフォンを渡された。そこに録音された音声を聞き、すぐに莉子は事情を察した。

「実は今日の午前中、私は警視庁に行きました。津田と面会するためです。弁護士立ち会いのもと、この音声を津田に聞かせたところ、録音されている声の主は古柴俊一で間違いないという証言を得ました。奥様、あなたはどうして古柴と一緒にいたのですか？　録音の内容を聞く限り、奥様と古柴はかなり親しい関係にあるようですが」

美希はがっくりと肩を落とし、さめざめと泣き始めた。莉子はバッグの中からハンカチを出し、それを彼女の方に押しやった。美希は無言でハンカチを受けとり、それを目元に持っていく。ようやく観念したのか、美希が震える声で話し出す。

「私は外語大学を卒業後、フリーランスの通訳として働いていました。その関係で外務省などの官公庁と仕事をしたり、国会議員のアテンドとして海外視察に同行することもありました。仕事を始めて四年くらい経ったときのことです。私は自明党の議員団に同行して、ヨーロッパ諸国を回りました。そのときに彼と出会ったんです」

美希と同年代と思われるその男は、ある国会議員の秘書として視察ツアーに参加していた。比較的年配の参加者が多い中、美希とその男は自然と仲良くなっていった。

「実は私、当時すでに小熊と結婚する約束をしていました。今になって思うとマリッジブルーだったのかもしれません。旅行中、何度か彼と同じ部屋で一夜を明かしました。それだけの関係だと思っていたのですが……」

帰国後、美希は結婚式を挙げ、専業主婦となった。子宝にも恵まれ、夫が忙し過ぎるという不満はあるものの、幸せな生活だった。ところが五年ほど前のことだった。買い物中に背後から声をかけられ、振り返ると彼が立っていた。

「向こうも驚いたような顔をしていました。本当に偶然だったんだと思います。久し振り？

元気だった？　みたいな話になり、連絡先を交換しました。その翌週には二人きりで会っていました。お恥ずかしい話ですが、夫も忙しく、子供もそれほど手がかからなくなってきて、私自身も淋しかったんだと思います」

彼は議員の秘書を辞めており、現在はフリーのジャーナリストとして働いているようだったが、その実態はいまいちよくわからなかった。そういう妖しい魅力がある男だった。

「一昨年のことでした。コロナでリトルベアの経営が傾いたとき、彼が私に言ったんです。『コロナ新薬を巡る美味しい話がある。ご主人に話を持っていくから、お前は黙って見守っててくれ』と」

どんな手を使ったのか、それは美希にもわからないらしい。男は小熊に接近し、新型コロナウイルスの新薬開発の事業を言葉巧みに持ちかけた。

「主人は彼の話に乗りました。そのくらい会社は大変な状況だったんです。新薬開発計画の発表を翌週に控えた頃、主人の様子がおかしくなりました。電話の相手に激昂しているのを何度か見かけました。独り言をつぶやくようにもなりました。自分が騙されたことにようやく気づいたんだと思います」

子供二人が眠りに就いた深夜だった。話がある。そう言われて美希は夫から相談を受けた。俺は騙されてしまったようだ。法に触れる行為に手を染めないかとある人物から言われている。いったいどうすればいいんだろうか。

「その数日前に彼から連絡があり、夫が相談してきた場合の言うべき内容を指示されていたんです。私は用意していた台詞を口にしました。今の生活を守ることを優先してほしい、と。夫は血走った目でうなずいていました。その翌週、新薬開発計画のニュースがネットにも流れ、リトルベアの株価は急騰しました」

莉子は隣を見た。城島と視線が合い、二人でうなずき合った。大体莉子が思い描いていた筋書き通りだ。古柴俊一なる男が主犯格と考えていいだろう。

「ここ最近はようやく主人も元気をとり戻していたのですが、リトルベアの周辺を警視庁が嗅ぎ回っているという噂が耳に入り、主人は疑心暗鬼になっていたようです。逮捕も時間の問題かもしれない。そんな弱気な発言をすることもありました。そして先週のことでした。夕飯ができたと呼びに行ったら、主人はもう……」

美希は泣き崩れた。亡くなった小熊のことを思う。どんなにタフなメンタルの持ち主でも折れるときは簡単に折れてしまうものだ。昨日まで元気だった職員が急に長期休暇に入ってしまったり、もしくは辞めてしまったり……。厚労省時代に頻繁に目にした光景だ。

「奥様、お顔を上げてください。過ぎてしまったことはどうにもなりませんし、ご主人が生き返ることもございません。我々にできることは真実を追求して、本当に罪を犯した人物を断罪することだと思います。警察は古柴俊一の行方を追っています。彼の本名を教えていただくことはできますか？」

美希が顔を上げた。泣き腫らした真っ赤な目で彼女は言う。

「小橋和寿。それが彼の本名です。漢字は……」

古柴俊一は平仮名で「こしばとしかず」とも書ける。並べ替えると「こばしかずとし」となる。偽名に自分の名前の痕跡を残す。会ったことはないが、小橋という男の本性が垣間見えたような気がした。きっと不遜な男に違いない。

気になることがあったので莉子は美希に尋ねた。

「小橋さんは国会議員の秘書をしておられたようですが、どなたの秘書をされていたのでしょうか？　知っておられるなら教えてください」

「現外務大臣の牛窪先生です。ヨーロッパ視察に行った当時、牛窪先生は国土交通大臣だったと思います」

思わず「えっ？」と声が出てしまいそうになる。牛窪恒夫。自明党の二大派閥の一つ、牛窪派の領袖だ。長年、馬渕元幹事長とライバル関係にあり、どちらが総理の椅子に座るか、牛馬の対決などとマスコミは騒いでいた。しかし十年前、馬渕が狙撃未遂事件に巻き込まれ、自らの後継者として栗林を指名。禅譲を受けた栗林が総裁選で牛窪を破って総理の座に就いたのである。

小橋がかつて牛窪の秘書をしていたことは、果たして何を意味しているのか。偶然なのか。それとも必然なのか。もしや――。

この一連の事件は私の想像をはるかに超えた、もっと大きいものなのかもしれない。莉子は背筋が凍る思いがした。

「奥様、誠に残念でございますが」莉子は気をとり直して言った。「今の話を聞いてしまった以上、奥様には警察に行っていただく必要がございます。逃亡する恐れはないかと思いますが、我々が奥様を警視庁までお送りいたします。実はお子さん二人は今、駅前のインターネットカフェで時間を潰しています。このまま二人に何も言わずに警視庁に向かうのもよろしいですし、お二人の顔を見てからでも我々は構いません。奥様、どうなさいますか？」

「二人に……二人に会わせてください」

「わかりました」

城島が立ち上がり、スマートフォン片手に部屋から出ていった。翔太と千紗の心境を慮（おもんぱか）るとやるせない気持ちになってくる。裏で糸を引いている人物を決して許すわけにはいかない。

莉子は決意を新たにした。

それから二日後のことだった。莉子は築地にある老舗の料亭を訪れていた。政治家が会合で利用する有名な店だ。女将に案内されて莉子は外廊下を歩いていた。庭の池には錦鯉が泳いでいて、その周りの竹林が何とも言えぬ風情を醸し出している。

実はこの料亭、厚労省に勤務していた頃に一度だけ訪れたことがある。亡くなった小熊に連れてきてもらったのだ。いつか君たちもこういう場所で政治家と会談するときが来るかもしれないから、そのための予行演習だよ。彼はそう言って若手官僚たちを自腹でここに招いたのだ。今となってはいい思い出だ。

「失礼いたします。お連れ様がおいでになられました」

女将が膝をついて障子を開けた。莉子は覚悟を決めて、中に足を踏み入れる。広い部屋だった。中央に座卓があり、一人の男性が上座に座っている。外務大臣の牛窪恒夫だ。一瞬だけ驚いたような顔をした牛窪だったが、そこは百戦錬磨の政治家、ギョロリとした目で莉子を見て言った。

「これはこれは総理のご息女ではないですか。部屋をお間違えではないかな」

「間違ってはいません。お約束されている東京都連の会長にはお引きとりいただきましたので」

あらゆる手を尽くして莉子は牛窪のスケジュールを調べ上げた。そして今日ここで自明党の東京都支部連合会の会長と懇談する予定を摑んだのだ。東京都連の会長には父を通じて会食を辞退するように要請した。

「失礼します」

莉子は牛窪の正面に座った。まだ料理などは出ておらず、牛窪の前には瓶ビールが一本と小ぶりのビアタンブラーが置かれているだけだ。

「いったい何の用だね」

牛窪が鋭い視線を向けてくる。今年で七十四歳になる政治家だ。「剛腕」という異名を持っており、強引な手法で今の地位まで昇りつめた。血色もよく、十歳は若く見える。彼との間には深い因縁がある。

去年のことだった。総理の隠し子であることをバラされたくなければ俺の愛人になれ。そう迫られたのだ。いやらしい笑みを浮かべた牛窪に膝を撫でられた。結果、莉子はスキャンダルの発覚を覚悟し、厚労省を去る決意を固めた。あのときの屈辱は決して忘れることはなかった。

「大臣、お元気そうですね」

「まあな。君の方こそ活躍しているらしいじゃないか。それより用件は何だ？　私にだって予定がある。東京都連の会長が来ないのであれば、ほかの用を優先させたいんでね」

「まあそんなに焦らずに。リトルベアのインサイダー取引疑惑をご存じでしょうか。自殺した小熊社長は厚労省時代には大変お世話になった上司でした。お人柄も素晴らしく、インサイダー取引を主導するような人物ではありませんでした」

「世の中そんなもんじゃないか。あの人がまさかあんな真似を、と犯罪加害者の周りの者は声を揃える。よくあることだ。でも死んでしまったんだろ。死人に口なしというやつだ。まったく可哀想に」

「まだ報道されてはいませんが、小熊社長の奥様が警視庁に出頭いたしました。小熊社長を背後で操っていた人物がいるようです。名前は小橋和寿。大臣、ご存じありませんか？」

「小橋？　はて、どうだろうな。こう見えて顔が広いものでな。会った者たちの顔をいちいち憶えていないのだ」

「大臣の元秘書です」

莉子はバッグの中から一枚の写真を出し、手を伸ばして座卓の中央に置いた。牛窪はその写真に視線を落としたが、何も見なかったかのように視線を逸らした。

苦労して入手した写真だ。今から二十年ほど前、自明党の議員団がヨーロッパ諸国を視察した際、フランスの凱旋門広場で撮った集合写真だ。中央付近には当時国交大臣だった牛窪の姿が、写真の右端には通訳として参加していた小熊美希の姿もある。

「右端の女性の隣にいる男性です。彼が小橋和寿であり、大臣の秘書として視察旅行に同行していました。海外にも連れていくくらいなので、大臣がかなり重宝されていた秘書であると想像できます」

この二日間、莉子は徹底的に小橋について調べたのだが、詳細が判明したとは言い難かった。謎の多い人物だった。それでも牛窪の元秘書などに話を聞き、わかってきたことがある。

「十五年ほど前です。小橋は都内で交通事故を起こし、逮捕されました。信号無視をしてクリーニング店に突っ込んだのです。営業時間外ということもあり怪我人などは出ませんでしたが、小橋は道交法違反の容疑で逮捕されました。これはあくまでも噂ですが、実は車を運転していたのは小橋ではなく、自明党の中堅議員だったようです。小橋は身代わりとなって逮捕された。そういう噂がまことしやかに囁かれているのを大臣はご存じでしょうか？」

牛窪は答えない。腕を組み、目を閉じている。まるで瞑想しているかのようだ。

「その若手議員は今では牛窪派の重鎮です。身代わりになった小橋は大臣の秘書を辞めたようですが、大臣との関係は切れていなかった。むしろ強まったのではないかと私は考えています」

清濁併せ呑むという言葉もあるように、牛窪ほどの政治家になると表に出せない裏の顔いか。

というものがある。この十五年間、小橋は牛窪のために濁の部分を担当してきたのではな
「今回世間を騒がせた一連のリトルベアの事件ですが、裏で糸を引いていた、いわゆる総合演出は小橋であり、さらにその背後にいる黒幕は牛窪大臣、あなただったのではないかと私は考えています」

壮大な計画だった。そのスタートは三年近く前だったはずだ。厚労省の元官僚が経営する医療ベンチャー企業。その社長の妻と、牛窪の元秘書の小橋がかつてただならぬ関係にあったことが、この計画の発端となったのだ。さらに現厚労大臣の息子をも巻き込み、厚労省への風当たりを強くする。先日発覚した近畿労働局の盗撮事件揉み消し工作も、牛窪が背後で動いていた可能性がある。すべては栗林政権にダメージを与えるためだ。事実、政権発足以来、内閣支持率は最低の数字に落ち込んでいる。

「大臣の目論見通りに事は運びました。栗林政権は逆風に晒され、党内からも総理に対する不信の声が高まりつつあります。まさか私まで週刊誌の餌食になるとは思ってませんでした。あれは大臣のアドリブでしょうか？　それとも小橋の発案ですか？」

牛窪の策略に一つだけ穴があったとすれば、それは莉子を巻き込んだことだった。いや、莉子と小熊の関係を考慮せずに計画を進めた点と言うべきかもしれない。

「今日は衆議院補欠選挙の投票日です。最新の調査では自明党の推薦する現職は落選するのではないかと言われています。そうなれば父に対する不信の声は一層高まるでしょう。大臣の思惑通りに」

「そんなことはない」牛窪がようやく口を開く。まだまだ余裕というものが感じられる。「たしかに内閣支持率は下がっているようだが、栗林政権は盤石ではないか。私が入り込む余地などない。君のお父さんにはこれからも頑張ってもらわなくてはな」

「今すぐどうこうしようというわけではないでしょう。ただし一度失ってしまった信頼をとり戻すのは意外に難しいのです。ボディブローのように徐々に政権にはダメージが蓄積していきます」

去年の総裁選で栗林は勝利した。牛窪派の対立候補に大差をつけての圧勝だった。おそらく牛窪は三年後の総裁選を見据えて、栗林の足を引っ張る策謀をあれこれと練っているはず。リトルベア疑惑もそのうちの一つなのだ。手間暇かけたという意味では最重要作戦だったのかもしれない。

「すべてはお前の想像に過ぎない。私が関与しているという証拠など一切ないではないか。それとも何か？　小橋が逮捕されてすべて白状したとでもいうのか」

小橋の現住所は港区内のマンションになっているが、そこはもぬけの殻だった。警視庁が調べたところ、一週間ほど前にタイに向けて出国した記録が見つかっていた。海外逃亡したとみて現地の警察に協力を依頼したようだが、彼の所在は今も明らかになっていない。

「現時点では私の想像に過ぎませんが、小熊美希の証言もあり、小橋が事件に関与したことはいずれ明らかになるでしょう。それに想像でも十分なんです。あることないこと週刊誌に書かせて世間の注意を惹く。大臣お得意の手法じゃないですか。週刊スネークアイズでしたっけ？　いつもお世話になっております」

栗林政権に辛辣な記事を掲載することで有名な写真週刊誌だ。莉子が栗林の隠し子であるとスクープしたのも同誌だ。牛窪と出版社幹部は昵懇（じっこん）の仲であると莉子は睨んでいる。

「大臣、あなたはやり過ぎました。人の命が失われたのです。あなたに言わせれば勝手に死んだ本人が悪いのかもしれません。しかし亡くなった小熊さんには家族がいました。今も二人のお子さんは悲しんでいることと思います。私は徹底的に追及していくつもりです。大臣、首を洗ってお待ちになっててください」

牛窪は無言のまま、正面から莉子の顔を見据えている。やがて牛窪はビール瓶を摑み、手酌でビールを注いで一息に飲み干した。そのままの勢いでタンブラーを壁に向かって投げつけた。乾いた音を立てて砕け散る。

「それでは失礼いたします」

去年の雪辱を果たした気分だった。莉子が廊下に出ると、そこには城島が待機していた。城島も口元に笑みを浮かべている。彼に向かってうなずいてから莉子は廊下を歩き出した。

○

見知らぬ町の商店街の外れの方にその店はあった。猫喫茶キャッツという店で、くたびれた外観からして、あまり流行っていないような感じだった。

「着いたわ。降りましょう」

助手席に座っている真波莉子がそう言って振り向いた。翔太は後部座席に座っている。隣には妹の千紗の姿がある。あなたたちを連れていきたい場所がある。莉子にそう言われて半ば強引にここまで連れてこられたのだ。

「いらっしゃいませ」

狭い店内に客の姿はなかった。カウンターの中に二人の男がいた。どちらもエプロンをしている。莉子が二人を紹介してくれた。年配の方は店主の山浦という男で、若い方は菊池という、厚労省の職員のようだった。

「菊池君は私の同期なの。来年度からレンタル公務員という事業が始まるんだけど、彼はそれに先駆けて試験的にここで働いているの。見た感じは喫茶店だけど、猫を保護するNPO法人でもあるのよ」

二匹の猫が店内にいるのが見えた。猫好きの千紗は早くも興味を示している。小学生の頃に猫を飼いたいと言い、実際に父とペットショップに足を運んだのだが、母に反対されて泣く泣く諦めたことがあった。千紗の視線に気づいたのか、店主の山浦が説明してくれる。

「三毛猫はメスのハナコ。黒い方はオスのチョコ太だ。触っても大丈夫だよ」

千紗はうなずき、椅子の上に座っている三毛猫の背中を撫でた。ハナコは大人しかった。レジの近くには茶色い犬が腹這いになっている。

「座りましょう。翔太君は千紗ちゃんと同じテーブル席に座ったらどう？　私たちはカウンター席に座るから」

言われるがままテーブル席の椅子に座る。千紗は満足そうな顔つきでハナコを膝の上に乗せている。いったいどうして自分たちをここに連れてこようと思ったのか。莉子の真意はまだ読めない。

母が警視庁に出頭してから三日間が経過した。母の担当弁護士の話によると、そろそろ母は保釈されるようだった。実は母もインサイダー取引に関与していた。母の口からそう打ち明けられたとき、さほど驚きは感じなかった。千紗のスマートフォンに録音された音声を聞いていたので、ある程度は予想していたのだ。母は涙ながらに謝罪した。ごめんね、お母さんが悪かったわ。本当にごめんなさい。あなたたちのことは一生を懸けて私が守るから。母のことを全面的に許す気にはなれなかったが、その涙に嘘はないと思った。

「こちらはサービスになります」

菊池という店員が運んできたのはクリームソーダだった。体に悪そうな緑色だ。赤いサクランボが浮かんでいる。

「このお店にいる猫は保護猫よ」莉子が三毛猫を見ながら言った。「飼い主に捨てられてしまった猫を保護して、お店で飼っているの。気に入った猫がいれば引きとることも可能なの。新しい飼い主が見つかった場合、また新しい保護猫がお店にやってくるわけね。あ、偉そうに説明してるけど、実は私も最近教えてもらったばかりなんだけど」

奥の椅子に座っていた黒猫のチョコ太が椅子から飛び降りて、翔太の方に向かって歩いてくる。チョコ太は翔太の隣の椅子に飛び乗った。人に慣れた猫のようだ。恐る恐る手を伸ばしてチョコ太の背中を撫でる。サラサラして気持ちがいい。

俺たち兄妹に似ているな。翔太はそう思った。自分たちは捨てられたわけではないが、それに近い状況だ。父が亡くなり、母は逮捕された。犯罪者の子供という十字架を背負って、一生生きていかなければならないのだ。

横浜の叔父とは頻繁に連絡をとり合っている。思い切って横浜に引っ越してこないか。叔父はそう提案するのだが、いまだに決断できていない。どうすればいいのかわからないのだ。

翔太の胸中を察したのか、莉子がこちらを見て言った。

「将来の話をしましょう。去年私の知り合いの娘さんが学校でいじめを受けたとき、私はこう言いました。逃げるか、戦うか、それとも引き分けを狙うか。その娘さんは逃げることを選択し、今は別の土地で楽しく暮らしています。選ぶのはあなたたちです」

何となく理解できた。横浜に引っ越すことが「逃げる」。今の学校に通い続けることが「戦う」。学校には行かずに事態が落ち着くのを待つのが「引き分けを狙う」だ。

「私……」不意に千紗が声を発した。三毛猫の頭を撫でながら千紗が震える声で言った。

「私、学校に行きたい。またみんなと一緒に勉強したい」

戦うことを選ぶ。千紗はそう言っているのだ。妹がこれほどまで強い決意を胸に秘めているとは翔太も知らなかった。

莉子と視線が合った。あなたはどうしたいの？　そう言われているような気がして、翔太は自分の胸に改めて訊いてみる。お前はどうなんだ、と。

横浜に行くのも悪くないと内心は思っていた。心機一転見知らぬ土地でやり直すのだ。父や母のことを誰も知らない環境で生きていく。それが一番楽ではないかと考えていた。楽ではあるが、ネットの発達した今のご時世、どこに逃げてもいずれバレてしまうのではないかという不安もある。それに――。

胸をよぎるのは学校の友達や部活の仲間のことだ。連絡は途絶えてしまっているが、今でも彼らのことはよく思い出す。できればまた元の生活に戻りたい。部活で汗を流し、塾の帰りにファストフード店でゲームに興じる。そういう生活を送りたかった。

「俺も……俺も学校に行きたいです。前の生活に戻りたいです」

声を詰まらせながら翔太は言った。すると莉子は大きくうなずいた。

「いいと思います。あなたたちのお父さんは非常に強い方でした。あなたたちならきっと以前と同じ生活をとり戻せる。私はそう信じています。最後にこれだけは覚えておいてください。あなたたちは一人ではありません。寄り添ってくれる人が必ず近くにいるはずです」

なぜかわからない。ただただ涙が溢れてきた。前に座る千紗もまた、ハナコを撫でながら泣いている。

「あの……この子、私が飼ってもいいですか？」

突然、目を赤く泣き腫らした千紗がそう言った。カウンターの中にいる山浦という店主が優しい声色で言った。

「お嬢さん、今すぐには決めない方がいい。またうちの店においで。何度も通って、それでもやっぱりハナコを飼いたいんだったら、そのときは連れていきな」

「……はい。また来ます。必ず」

翔太はスマートフォンを出した。バドミントン部の二年生のグループＬＩＮＥを開く。ここ数日は誰もメッセージを投稿していない。父のインサイダー取引疑惑が報道された日を境にやりとりは途絶えていた。

今は午後四時を過ぎたあたりだ。授業が終わり、みんなは部活の準備をしている頃だろう。翔太は「明日から学校に行くよ」と入力してメッセージを送った。しばらくすると既読がついた。やがて「お帰り」とか「待ってたぜ」という好意的なメッセージが続々と投稿されてくる。続けて「ただいま」とメッセージを送った。

仲間たちの反応は止まることはなかった。文字やスタンプが流れるように送られてくる。その画面に翔太の涙がポタリと落ちた。

テーブルの上のクリームソーダはアイスが溶け出し、鮮やかなグリーンが白く濁り始めている。ストローで一口飲む。久し振りに飲むクリームソーダは驚くほどに美味しかった。

○

そのニュースは突然届いた。北相模市に帰宅中の車内だった。莉子がプリウスの後部座席でメールのチェックをしているとき、スマートフォンに着信が入った。かけてきた相手は父だった。興奮気味の父の声が聞こえてくる。

「莉子、私だ。大変だ。大変なんだよ、莉子」

「お父さん、落ち着いて。いったい何があったの？」

「牛窪さんが大臣を辞めるっていうんだよ。大臣だけじゃない。議員も辞職するって話だ。寝耳に水とはこのことだよ」

詳しい話を聞く。胃に腫瘍が見つかり、治療と療養のために牛窪は議員辞職をする決意を固めたという。近日中に官邸を訪れ、栗林にも報告する予定らしい。先日の料亭での会談が引き金になっているのは間違いなかった。胃の腫瘍というのは少々眉唾だ。

「後任人事が大変ね。どうせ牛窪派から出せって向こうは言ってくるはず」

「本当に頭が痛いよ。厚労大臣も替わったばかりなんだ」

「お父さん、いい方向に考えましょう。牛窪さんが退いてくれれば、それはそれで有り難いことよ。外交関係は牛窪さんに頼り切りだったわけだから、ここはしっかりとお父さん主導で後任人事を決めなければならない。大事な仕事よ」

「荷が重いなあ。莉子が外務大臣になってくれれば一番なんだけどな」

「無理言わないで。後任人事についてはまた話しましょう」

通話を切った。今の話を運転席の城島に伝えると、彼も驚いていた。試しにスマートフォンでネットニュースを覗いてみたが、まだその記事は掲載されていなかった。牛窪は父と並んで与党の顔とも言える政治家だ。ニュースになれば大騒ぎになるに違いない。

小熊美希も大筋で容疑を認め、数日前に保釈された。ただしタイに出国した牛窪の元秘書、小橋和寿の行方は今なお摑めていない。現段階では捜査線上に牛窪の名前は出ておらず、仮に小橋が逮捕されたとしても、きっと彼は牛窪の関与を否定するはずだった。それでも牛窪が政界から去る決意を固めたのは、事件への関与を認めたも同然だ。このまま小橋が逮捕されなくても、小橋が主犯であるという線で捜査は進んでいくだろう。亡くなった小熊の無念を少しは晴らすことができたのではないか。莉子はそう思っている。

「そういえば」思い出したことがあり、莉子は城島に言った。「あれはいつのことでしたっけ？　あ、そうそう、京浜ラビッツの試合を観戦した夜です。私に相談があるとおっしゃっていましたよね。相談というのは何でしょうか？」

「そうでした。すっかり失念していました。まあ何というか、込み入った事情がありましてね……」

「愛梨ちゃんのことですよね？」

「ええ、まあ、その……」

城島の歯切れが悪い。辛抱強く待っていると、やがて城島が意を決したように言った。車は赤信号で停まっている。

「わかりました。私も男です。ちゃんと話します。実は……ん？」

不意に城島がルームミラーに目を向けた。その表情は真剣なものだった。城島が叫んだ。

「真波さんっ、気をつけて。後ろから車が突っ込んで……」

莉子は振り向く。黒いミニバンがかなりのスピードでこちらに向かって走ってくる。速度が落ちる気配はない。

衝撃を受ける。体ごと前に投げ出されそうになったが、シートベルトでそれは防がれる。顔の前に白いものが広がる。後部座席の特別仕様エアバッグが作動したのだ。

「真波さん、大丈夫ですか？」

城島の声が聞こえる。運転席のエアバッグも作動しているため、彼の姿も見えにくい。しかし声だけ聞いている限り、彼も無事のようだ。ぶつかった際にシートベルトが首筋に食い込み、その部分が少し痛かった。今のところ痛いところはそこだけだ。

「私は大丈夫です。城島さんは？」

「無事です。今外に回ります」

城島が運転席から降りていく姿がエアバッグ越しに見えた。待っていると後部座席のドアが開けられた。城島が伸ばしてきた手を摑む。車の外に引き出される。

酷い有り様だった。真後ろから追突され、プリウスの後部は激しく損傷していた。修理でどうにもならないと一目でわかる。追突してきた黒いミニバンの運転席から一人の男が降りてきた。金髪で黒い革ジャンを着た男だ。男はよろよろとこちらに向かって歩いてくる。

「君、危ないじゃないか。どこを見て運転……」

城島が口をつぐむ。同時に莉子を庇うかのようにスッと前に出た。城島の背中越しに男の様子を観察する。金髪の男の手には黒い物体が見える。オートマチック式の拳銃だ。まさか本物なのか——。

「落ち着きなさい。何をやってるのか、自分でわかっているのか」

男は答えない。目が虚ろだった。足元も覚束ない様子で、一見して酒に酔っているようにも見える。

「やめるんだ。とにかく落ち着きなさい。持っている拳銃を捨てるんだ。早くっ」

男が耳を貸す気配はない。車線が完全に塞がれているため、後続車両が次々と停まっていく。何事かと車から降りた女性が、金髪の男が手にした拳銃を見て「ひいっ」と甲高い悲鳴を上げた。

「どけ。俺はその女に用があるんだよ」

金髪の男がそう言って、銃口をこちらに向けてきた。視界の端に自転車に乗った警察官の姿が映る。近くの交番から駆けつけてきたのかもしれない。遠くからパトカーのサイレンが聞こえてくる。

「ふざけやがって」

金髪の男が悔しそうにそう言い、震える手で拳銃のグリップを握り直した。次の瞬間、耳をつんざくような銃声が鳴り響き、莉子がすがっている城島の体がはっきりと脱力した。

○

店内にはカレーの香りが漂っている。菊池はいつものように粘着ローラーを転がして、猫の毛を丹念にとっている。カウンターの中では山浦が雑誌を読んでいて、その奥では一人の男が鍋の中をかき回している。大坂（おおさか）という名前の、近所に住む四十代のサラリーマンだ。

店の看板料理を作ってくれる人材を探している。山浦が商店街の会長に相談を持ちかけたところ、紹介されたのが大坂だった。商店街の会長の遠い親戚筋にあたり、今はサラリーマンをしているが将来的に自分の店を出したいと画策しているとの話だった。若い頃には飲食店での勤務経験もあり、仕事もリモートワークが中心のため、こうして時間があるときに店に来ることも可能だった。もう店に通い始めて一週間ほど経っており、何度も試作品を作っている。

「できました。味見をお願いします」

大坂の言葉を聞き、菊池は粘着ローラーを置いてカウンターに向かう。今日のカレーはスープカレーだった。大きめの具材が映える。その色合いからして味が薄そうな気がしたのだが、一口食べてみると非常にコクがあり、ライスにもパンにも合いそうだった。

「うんうん。これはいいんじゃないか」満足げな顔つきで山浦がうなずいた。「この味なら店で出してもオーケーなレベルだね。それにこのあたりでスープカレーを出してる店はないから、その点でも合格だ」

ネットであれこれ調べて、大坂はこの味に辿り着いたという。看板メニューとして通用しそうな一品だった。将来自分の店を持ちたいという野望は伊達ではないということだ。

「問題は原材料費だな。鶏が一羽丸ごと入っているんだろ。あまり原材料費がかかってしまうと採算がとれない。そのあたりのバランスを考えないと」

「そうですね。ちょっと工夫してみます」

「でもまあ、目標にしていたオリジナルカレーができてよかったよ。あ、菊池さんにもお礼を言わなきゃだな。ありがとね、菊池さん」

「いえいえ、お礼だなんて、そんな……」

「謙遜するんじゃないよ。レンタル公務員さん」

冗談めかして山浦が言った。鍋の前で大坂も笑っている。

実は昨日、菊池の中で大きな変化があった。厚労省の人事担当者から連絡があり、広報のための写真を撮影したいとオファーを受けた。人事担当者も菊池の精神疾患を知っているので、無理なら来なくてもいいと言ってくれたが、菊池は厚労省に足を運んでみることにした。電車と地下鉄を乗り継ぎ、霞ケ関駅で下車した。緊張気味に階段を上った。駄目なら帰ればいいいだけだ。そう思って一歩ずつ階段を上っていった。

幸いなことに発作が起きることもなく——大量の腋汗をかいてしまったが——厚労省の入っている中央合同庁舎第五号館に辿り着くことができた。広報の取材を受け、四銃士が揃ってカメラに収まった。その帰り道に心療内科のクリニックに向かい、担当医師に話をしたところ、もう大丈夫でしょうと太鼓判を押された。

レンタル公務員が終わる三ヵ月後には仕事に復帰できるだろう。電話ですぐに妻に報告した。帰宅すると夕食はすき焼きだった。娘の亜里沙も嬉しそうにすき焼きを食べていた。

「せっかくカレーも完成したことだし、早めに店を閉めて飲みにでもいこうか。二人とも大丈夫だろ」

山浦が片づけを始めた。大坂にも異存はないらしく、余った食材などを冷蔵庫の中に入れている。

「すみません。自分はちょっと帰らないと……」

「何言ってるんだい、菊池さん。飲みニケーションは公務員の基本だろ。ん？　発砲だって？　物騒な世の中だな」

テレビでは夕方のＮＨＫニュースが流れており、神奈川県内で発砲事件が発生したことを報じていた。怪我人が出ており、撃った男はその場で警察官にとり押さえられたという。

「じゃあ行こうか。菊池さん、テレビ消してよ」

胸の中に言いようのない不安が押し寄せたが、菊池は「はい」と返事をしてからテレビを消した。

○

「お、意外に元気そうじゃないか。生死の境を彷徨（さまよ）ったって聞いたんだが。この分だと明日から通常の仕事に戻れそうだな」

「勘弁してくださいよ。来週一杯は入院らしいです」

ジャパン警備保障の上司である的場が見舞いにきてくれていた。北相模市立病院の入院病棟の一室だ。城島がここに運び込まれてから三日が経つ。

「このファイルに労災関係の書類が入ってる。あとで記入しておいてくれ」

「わざわざすみません」

「気にするな。でも少し羨ましいよ。実弾を食らうなんて滅多に体験できることじゃないからな」

苦笑せざるを得ない。金髪の男が放った銃弾は、城島の左の胸に当たった。ちょうど鎖骨の下あたりで、大胸筋が発達した箇所だったのが幸いした。内臓も損傷することなく、無事に銃弾も摘出された。

「じゃあ俺は帰るよ。せっかくなんだからゆっくり休めよ。真波さんの警護は俺たちに任せておけ」

「ありがとうございます。よろしくお願いします」

的場が去っていく。城島は一人、病室にとり残される。個室に入院していた。別に相部屋でも構わないと城島自身は思っているのだが、莉子はこの病院の経営再建に携わっている最高責任者であり、そのＳＰでもある城島はある意味でＶＩＰ扱いなのだ。壁際の棚の上には病院スタッフからの差し入れが山のように積まれている。

ドアをノックする音が聞こえた。「どうぞ」と城島が声をかけると、入ってきたのは莉子だった。

「お加減はどうですか？」

「大丈夫ですよ。特に問題ありません」

「そうですか。それは何よりです」

莉子は城島が横たわるベッドの脇の椅子に座り、膝の上にタブレット端末を置いた。たまにここを訪れ、仕事をするのが彼女の日課になりつつあった。静かで集中できると彼女は言うが、莉子がいると城島は少々落ち着かない気分になる。

「さきほど警察から私のもとに連絡がありました」莉子が報告してくれる。「大きな進展はないようですね。これ以上調べても無駄と判断したのか、近々起訴されるようです」

「そうですか」

城島を撃った男はその場で現行犯逮捕されていた。住所不定、無職の男で、二十八歳という若さにして覚醒剤取締法違反で三度も逮捕されている男だった。男の供述によると、新宿の路上で見知らぬ男に声をかけられ、五十万円の報酬と一丁の拳銃を渡され、莉子を撃つように命じられたらしい。依頼した男の素性は何一つ明らかになっていない。

牛窪の仕業ではないかと考えられたが、いくらなんでもやり方が暴力的過ぎる。タイに逃亡した牛窪の元秘書、小橋が怪しいのではないかと捜査当局も考えているようだが、彼の行方は今もわかっていない。ジャパン警備保障では莉子の警護を強化し、しばらくは二十四時間、三人態勢で警護する方針だ。今も病室の外にはＳＰが目を光らせているはずだ。

「ところで城島さん」莉子がタブレット端末を操作しながら言った。「結局私に相談というのは何だったんですか？」

仕事をしているついでに少し訊いてみた。そんな口振りだった。あまり先延ばしにするのもどうかと思い、城島は打ち明けることに決めた。

「実はですね……」

いきなり告白するのも変なので、まずは経緯から説明する。別れた元妻から愛梨を私立中学に進学させたいという話があり、それを愛梨に伝えたところ、ある条件を突きつけられた。城島が莉子に告白すれば、受験をせずに北相模市に残って父親と一緒に暮らしてもいい。まったくもって無理難題だ。

「……そういうわけなんですよ。本当に申し訳ありません」

「なるほど」と莉子はうなずき、タブレット端末を裏返しにして椅子の上に置く。「いくつか問題が錯綜していますね。まず一つめ」莉子は人差し指を立てる。「愛梨ちゃんの進学については彼女の学力、希望を優先すべきだと思います。別にお母さんのもとに帰らなくても受験はできるんですから。もし愛梨ちゃんが私立中学に進学したいのであれば、私は全面的に協力します。場合によっては都内に戻っても構いません。それに彼女の将来の夢が官僚というのは、私自身も少し嬉しいです」

「はあ……」

いつもと同じように莉子は理路整然と話している。つけ入る隙など見当たらない。さらに彼女は続けて言う。

「二つめの問題は城島さんのお気持ちです。愛梨ちゃんのせいにしているようですが、本当の気持ちはどうなんでしょうか？　好きになった異性に告白する。それは当然だと私も考えます。私のことが好きなんですか？」

真正面から剛速球が飛んできたような心境だ。しどろもどろになりながら城島は答えた。

「ええ、まあ……異性として、はい、好きですね」

「そうですか。ありがとうございます。三つめの問題は年齢差でしょうか。私と城島さんは十三歳も年が離れていますが、もうかれこれ一年以上一緒にいて、それなりに価値観も共有できていると私は思っています」

「えっ？　ということは……」

「話は変わりますが、私が陰で何と呼ばれているか、城島さんはご存じですか？」

「はい、一応は」

ミス・パーフェクト。それが莉子につけられたあだ名だ。父の栗林総理はミスター・パーフェクトの異名をとっているのだが、真の意味で完璧なのは娘である莉子の方だと、総理に近しい者なら誰もが知っている。

「もし私が城島さんと一緒になってしまうと、私のあだ名はミセス・パーフェクトになってしまいます。ちょっとかっこ悪いと思いませんか？　まあミズ・パーフェクトでもいいんですけど、それだとちょっと逃げてるというか、私って白黒つけたい人間なので、そういうの嫌なんですよね」

ミセス・パーフェクトか、ミズ・パーフェクト。どちらもたしかにキレが悪い。それを正直に言うのも憚られたので、城島は何も言わずにいた。

「でもまあ、いいでしょう。城島さん、よろしくお願いします」

そう言って莉子が右手を差し出してきたので、城島はおずおずとその手を握り返した。この握手は交渉成立を意味するものなのだろうか。

「あ、厚労省とのオンライン会議が始まります。何かあったら遠慮なくナースコールを押してくださいね」

莉子が病室をあとにした。まるで狐につままれたような気分だった。俺は、総理の娘と結婚することになるのだろうか——。

来客用の椅子を見て、城島はそれに気がついた。完璧そうに見えた彼女も内心はかなり動揺していたらしい。その証拠に、椅子の上には彼女が肌身離さず持ち歩いているタブレット端末が置かれたままになっている。

第四問：厚労省の元キャリア官僚によるインサイダー取引疑惑の真相を解明し、地に墜ちた厚労省の評判を回復させなさい。

解答例

レンタル公務員という事業を実施し、
厚労省のイメージを
中長期的に回復させる。

インサイダー取引に関しては、
警察もノーマークだった
容疑者の妻を疑ってみる。

事件の背後にいる古狸には
ガツンと言ってやってもいい。

【参考文献】

『ブラック霞が関』千正康裕著　新潮新書

この作品は二〇二二年十二月小社より刊行されたものです。

闘え！ミス・パーフェクト

横関大

令和7年4月10日　初版発行

発行人——石原正康
編集人——宮城晶子
発行所——株式会社幻冬舎
〒151-0051東京都渋谷区千駄ヶ谷4-9-7
電話　03(5411)6222(営業)
　　　03(5411)6211(編集)
公式HP　https://www.gentosha.co.jp/
印刷・製本—株式会社　光邦
装丁者——高橋雅之

幻冬舎文庫

ISBN978-4-344-43467-7　C0193　よ-27-5

この本に関するご意見・ご感想は、下記アンケートフォームからお寄せください。
https://www.gentosha.co.jp/e/